Mondia

oder

Die Verschwörung der Gleichen

Zukunftsroman

„Die Trennungslinie zwischen denen, die denken wollen und deshalb für sich selbst urteilen müssen, und denen, die sich kein Urteil bilden, verläuft quer zu allen sozialen Unterschieden, quer zu allen Unterschieden in Kultur und Bildung. Verlässlicher werden die Zweifler und Skeptiker sein, nicht etwa, weil Skeptizismus gut und Zweifel heilsam ist, sondern weil diese Menschen es gewohnt sind, Dinge zu überprüfen und sich ihre eigene Meinung zu bilden."

Hannah Arendt

Luise Link

Mondia

oder
Die Verschwörung der Gleichen

Zukunftsroman

Bibliografische Information der Deutschen Nationalbibliothek:
Die Deutsche Nationalbibliothek verzeichnet diese Publikation in der Deutschen Nationalbibliografie; detaillierte bibliografische Daten sind im Internet über http://dnb.dnb.de abrufbar.

TWENTYSIX
Eine Marke der Books on Demand GmbH

© 2021 Luise Link

Herstellung und Verlag:
BoD – Books on Demand, Norderstedt

ISBN: 978-3-740-78402-7

Mit Cover und fünf Farbbildern von Doris Bauer

Prolog

Wer im Sommer frühmorgens um sechs, halb sieben vom Westen her in gemächlichem Tempo auf die große Stadt zufährt, entdeckt ihr reizvolles Antlitz. Die Autobahn ist fast leer, die Sonne steht hinter der Skyline, bereit hinaufzusteigen und ihren Sonnenstrahlenregen über den Hochhäusern auszuschütten. Man hat ihnen goldene Kappen verpasst, spitze, flache, gewölbte. Die neuen Tempel. Ein kurzer Moment von blau, orange bis feuerrot, prächtig, aber bald so gleißend, dass man geblendet zur Sonnenbrille greift. Schon lange beeindruckt diese Stadt, die Mondäne, von ferne. Fast ein Menschengedenken. Manche Veränderungen entblößen sich nicht. Sie finden statt, in den Gebäuden. Die Menschen, die in ihnen arbeiten oder leben, hat sie ergriffen. Erinnerungen verblassen, eine neue Normalität etabliert sich. Diejenigen, die vergleichen, die Stirn runzeln, protestieren, schreien würden, haben geschwiegen, schweigen oder sind verschwunden. Bestimmt das Bewusstsein das Sein? Wer die Köpfe der Menschen besetzt, besitzt die Macht? Ein warmes Frühjahr mit Spargelverkaufsständen, süßen Erdbeeren und prallen Kirschen, und jetzt ein heißer Sommer. Die Bewohner der Stadt leben angenehm. Gutes und ausreichendes Essen, für jedermann eine anständige Wohnung, man wird in Ruhe gelassen.

Wer dabei noch unzufrieden ist, mit dem stimmt doch etwas nicht.

♣

1

Fantasietanz

„Das Einzige, was bleibt,
ist die Schönheit.“
Nora

Das Einzige, was bleibt, ist die Schönheit, hat Eleonore Fichtner damals in einer Talkshow gesagt. Dass ich mich nach so langer Zeit daran und an ihren Namen erinnerte, lag wohl an der offensichtlichen Diskrepanz dieser Aussage zu ihrem Aussehen. Den anderen Teilnehmern der Gesprächsrunde ging es anscheinend ebenso. Einige grinsten, ein, zwei lachten. Ob der Moderator die entstandene Peinlichkeit ausnutzen wollte, weiß ich nicht. Jedenfalls forderte er sie auf, ihre Aussage doch mal zu erläutern. Zeitgleich flimmerte ihr Gesicht in unvorteilhafter Großaufnahme über die Mattscheibe.

„Was Schönheit besitzt", antwortete sie, „schenkt uns für immer Freude, auch wenn nur die Erinnerung daran bleibt. John Keats, der englische Dichter, hat es unübertroffen formuliert:

A thing of beauty is
a joy for ever
Its loveliness increases;
it will never
Pass into nothingness;
but still will keep
A bower quiet for us,
and a sleep
Full of sweet dreams, and health,
and quiet breathing."

Na gut, anders gemeint, trotzdem, auf welchem Planeten lebt die denn, dachte ich. So was von antiquiert! Deklamiert Gedichte! Und schön sieht anders aus. Ihre Haare waren grau, trocken, und sie hatte Falten. Überhaupt, jenseits von Gut und Böse. Ich hatte ihren Namen vorher nicht gekannt und ihn danach nie wieder gehört.

Und jetzt? Was denkt sich Edwin Schneider dabei? Wen interessieren so alte Leute? Zugegeben, bei ihm ist das ein bisschen anders. Der hat sich im Verlag breitgemacht, ist der große Zampano und S hat behauptet, dass er immer noch den jungen Weibern hinterher ist. Mich hat er nicht angemacht, aber dass er die Jüngeren bevorzugt, das glaube ich schon.

Zum Beispiel im Juni, beim Bewerbungsgespräch. Der Verlag hatte drei Leute, die in die engere Auswahl gekommen waren, in seinen Ehrfurcht-gebietenden Gebäudekomplex am Fluss eingeladen.

Wir waren wohl eine halbe Stunde zu früh bestellt worden. So lange warteten wir nämlich vor Schneiders Büro. Der Doktor der Philosophie, der wirkte weltfremd. Erzählte lang und erschöpfend von Sokrates und Platon und begründete seine Vorliebe für die Gedankenwelt des Ersterwähnten. Ach du liebe Scheiße! Die Ü-40-Akademikerin mit einschlägiger Berufserfahrung und besten Referenzen, wie sie kundtat, nahm ich schon ernster. Die sah gut aus, war stilsicher gekleidet, lange pechschwarze Haare, perfekter Teint, ein ziemlicher Knaller. Im Interview hatte die dann auch die Nase vorn, wusste so ziemlich auf alles eine Antwort, switchte zu Esperanto, als Schneider auf unsere Sprachkenntnisse zu sprechen kam. Piano spielen, das konnte sie allerdings nicht und der Doktor der Philosophie nur Geige, aber ich habe mich damals sowieso gefragt, warum das von Belang für eine journalistische Tätigkeit sein sollte.

Mir konnte das recht sein. Ich bin zwar ein ziemlicher Dilettant, aber immerhin habe ich drei Jahre Klavierunterricht gehabt, dabei allerdings durch Talentfreiheit meinen Lehrer genervt. Die Tatsache an sich kam aber offensichtlich gut an. Denn, wer wurde genommen? Eben. Ich.

„Wir brauchen die Jugend! Wir Verlage sind wohl gelegentlich etwas verstaubt, aber in Ihrem Alter, da hat man noch den Kopf am Puls der Zeit", erklärte Schneider mir seine überraschende Entscheidung hinterher. Häh?, den Kopf am Puls der Zeit? hab ich damals gedacht, aber nicht lange. Glück hinterfrage ich grundsätzlich nicht.

Wie Edwin der Große sich das vorstellt, von dieser Frau Fichtner schöne Fotos zu machen? Da ist doch mit Filter kaum noch was möglich. „Ach, da bin ich aber gar nicht gut getroffen!", wird sie ausrufen. Nein, nein, verehrte Frau, so genau sehen Sie aus. Aber natürlich werde ich das nicht sagen, eine Unmenge weiterer Fotos knipsen, bis endlich eines halbwegs zu gebrauchen sein wird und der Verlag zufrieden ist. Wer zahlt, bestimmt, hat meine Oma immer gesagt.

♣

Ich sitze an diesem sonnenverwöhnten Augustnachmittag im verlagseigenen Kleinwagen vor ihrer Tür, es gab in der ganzen Straße nur diesen einzigen Parkplatz. Es ist verdammt heiß hier drin, der winzige Methusalem hat noch eine Klimaanlage, aber die im Stehen laufen zu lassen, das kann man sich bei den Umwelt-Wächtern an jeder Ecke nicht leisten. Wenn das einer mitkriegt, wird zumindest an die Scheibe geklopft. Dass dieser Benzin-Furzer überhaupt noch auf der Straße fahren kann, ist ein Wunder, bei den Werten. Aber Schneider hat eben gute Beziehungen, der kriegt so manches zustande. Manchmal nutzt er den Smartie selbst, wurde mir gesagt. Hat aber auch eine schöne Farbe, dunkelrot, genau wie die Smarties, die süßen kleinen Schokobonbons, die die Leute früher in rauen Mengen gefuttert haben sollen, als noch nicht bekannt war, wie schädlich Zucker ist. Die Türen kann ich auch nicht aufmachen, sonst sieht sie mich noch von ihrem Fenster aus und denkt, sie muss dieses junge Ding, das, aus welchen Gründen auch immer, eine halbe

Stunde zu früh zum Termin erscheint, hereinbitten. Da schwitz ich schon lieber.

Mein erster bedeutender Auftrag mit so einen Promi als Zielobjekt. Bei solchen Leuten kann man nicht einfach vor der Zeit klingeln. Warum gerade ich so ein Glück habe, ist mir immer noch rätselhaft. Vielleicht hatte Schneider auch sofort einen Narren an mir gefressen. Soll ja vorkommen.

Eleonore Fichtner ist schon ziemlich alt. Meine zweite Mutter hat allerdings mal gesagt, wie alt jemand ist, kommt auf das eigene Alter an. Zum alten Eisen gehört sie anscheinend wirklich noch nicht. Jeder, dem ich erzählt hab, dass ich eine Artikelserie über sie verfassen soll, schien sie zu kennen, obwohl sie nach meinen Erkenntnissen schon lange nicht mehr konzertiert. Von neuen Buchveröffentlichungen ist mir auch nichts bekannt.

In Zukunft erzähl ich sowieso nichts mehr. Schneider hat mich gestern ins Büro gerufen und mich zur Verschwiegenheit verpflichtet.

„Ihnen ist wohl hoffentlich klar, dass Sie über Ihre beruflichen Aufträge nicht sprechen dürfen, nicht wahr? Sie sind zum absoluten Stillschweigen verpflichtet. Zuwiderhandlungen haben zumindest eine Abmahnung zur Folge, je nach Bedeutung allerdings auch Ihren Rauswurf mit einer kräftigen Konventionalstrafe. Halten Sie also Ihre Zunge im Zaun!"

Häh?, hab ich bei der neuerlichen Sprachverhunzung gedacht, ich musste mich ziemlich zusammenreißen, um nicht los zu prusten. Aber meine Angst vor seinem langen Arm hat mich gezügelt. Na ja, bei ihrem Zwei-Namen hat die Fichtner einen Bonus für Bekanntheit. Bei sechsundzwanzig Anfangsbuchstaben hält sich beim Normalbürger die Unverwechselbarkeit in Grenzen. Allein im Verlag gibt es dreizehn S. Und mich gibt es gleich fünfzehn Mal. Wenn es drauf ankommt, kann man zwar eine Zahl hinzufügen, die Straße, in der man wohnt, oder das Unternehmen, in dem man arbeitet, dann weiß man doch, wer gemeint ist. So ist das eben. Die Absicht dahinter ist erst einmal gut, bei Bewerbungen kann man jetzt weder Geschlecht noch Herkunft erkennen. Personen zu speichern, geht bestimmt auch effektiver damit, Zahlen sind schließlich unendlich. Was dabei letztlich herauskommt, steht allerdings auf einem anderen Blatt. An die Bücher von Eleonore Fichtner ranzukommen, das ist unmöglich. Ich habe es bei meiner Recherche natürlich versucht, aber überall hieß es „Auflage vergriffen, E-Book nicht mehr erhältlich." Und antiquarisch war auch nichts zu haben. Komischerweise kriegt man auch im Netz nichts über sie heraus, obwohl sie doch so vielen bekannt ist oder war. Mehr schlecht als recht bin ich vorbereitet, hoffentlich kann ich das eine Zeitlang verbergen, bis ich die Gründe für mein Halbwissen erklären kann.

Endlich, nachdem ich sicher schon zwanzig Mal draufgeschaut habe, zeigt mein Phone fünfzehn Uhr an. Ich steige aus, schließe die Tür, verriegele meinen kleinen Lebensabschnittsgefährten und gehe langsam zur Auffahrt ihres Hauses.

♣

Mann, das nenn ich nobel. Als ich die Türklingel bediene, höre ich statt Gebimmel Klaviermusik. Was Altes aus der Romantik, an das ich mich dunkel erinnere. Das muss vom altehrwürdigen Robert Schumann sein, ein Stück, das mir mein Lehrer eintrichtern wollte, ich aber trotz wochenlanger Bemühung nie richtig spielen konnte. Ich fand es in meiner Bearbeitung absolut schrecklich, aber jetzt gefällt es mir recht gut.

Eine elegant gekleidete ältere Frau öffnet mir die Tür und lächelt. Das muss Nora Fichtner selbst sein. Sie ist groß und schlank, schlanker als damals im Fernsehen. Ihre Haare sind raspelkurz geschnitten und noch grauer geworden. Komisch, dass sie bei einem so riesigen Anwesen kein Hausmädchen hat. Sie lächelt.

„Ich habe Sie schon erwartet, Frau", sie zögert etwas, „A".

Ich halte meinen Medienausweis hin.

„Der guten Ordnung halber", sage ich.

Sie nimmt meinen Ausweis, schaut einige Zeit darauf.

„Was ist denn Ihr richtiger Name? Ihre Mutter hat sie sicherlich nicht nur A genannt, oder?"

Oh, Mann, das läuft nicht rund. Wir stehen immer noch in ihrem großen Foyer mit den Marmorböden, dicken Teppichen, riesigen schwarzglänzenden Garderobenschränken, einem Leuchter mit mindestens zwanzig illuminierten Kugeln in der Mitte des Eingangsraumes, der geschätzt drei Mal so groß wie meine ganze Wohnung ist. Eine geschwungene, ebenfalls marmorne Treppe führt rechter Hand in das obere Stockwerk.

Ihre Frage ist geeignet, alle unangenehmen Bruchstellen meines Lebens gleich am Anfang und in Sekunden bloß zu legen.

„Anne", sage ich und verschweige den ganzen vertrackten Rest.

Sie mustert mich, ihre Antwort lässt einen Moment auf sich warten.

„Prima, Anne, nennen Sie mich Nora", sagt sie dann.

Sie geht voraus, bedeutet mir mit dem Arm, ihr zu folgen. Das ebenerdige Wohnzimmer, eher ein eleganter Salon, ist noch einmal deutlich größer als das Foyer. Wir nehmen auf einer beigen lederbezogenen Wohnlandschaft Platz. Nora nickt mir zu, sie lächelt ein wenig, ich soll wohl anfangen.

„Der Verlag hat mich für heute ja bereits angekündigt. Ich vermute, man hat Ihnen meine Aufgabe und die Zielsetzungen meiner Arbeit schon kurz erläutert?"

Statt einer Antwort lächelt Frau Fichtner wieder, wiegt ihren Kopf leicht hin und her.

„Mein Vorgesetzter, unser Chefredakteur, hat sie als eine Person des öffentlichen Interesses charakterisiert, die etwas in den Hintergrund getreten ist. Nun soll Ihnen mit einer Artikelserie, gegebenenfalls einer Biografie, der Weg in erneute Publizität, wieder mehr Aufmerksamkeit geebnet werden."

„Schön", entgegnet Nora. „Und der Chefredakteur heißt Edwin Schneider, nehme ich an?"

„Das ist richtig. Kennen Sie ihn?"

Nora wiegt wieder ihren Kopf, gibt aber keine Antwort.

Sie erhebt sich und holt, wohl aus der Küche, ein Tablett mit Geschirr, Kaffee und Gebäck.

„Darf ich Ihnen eine Tasse Kaffee anbieten?"

Ihre selbstverständliche Art überrascht mich. Als wäre ich zum Plausch bei einer Wohnungs-Nachbarin eingeladen, fast so fühle ich mich. Dabei ist es offensichtlich, dass sie eine Prominente ist oder war, zumindest ziemlich viel Kohle hat.

„Gern", sage ich und halte meine Tasse hin.

Sie reicht mir die Gebäckschale.

Eine Weile trinken, essen und schweigen wir gemeinsam.

„Kann ich dann mit dem Interview beginnen, Nora?"

„Das – leider nein. Ich gebe keine spontanen Interviews, schon lange nicht mehr. Sie müssten mir die Fragen vorher hereinreichen, damit ich sie prüfen und mich ein wenig vorbereiten kann."

Sie steht auf.

Die unerwartete und etwas schroffe Ablehnung trifft mich nach all der Liebenswürdigkeit unvorbereitet. Ist sie doch eine Diva, wenn man sie länger kennt?

Ich stehe auf, packe Notizblock und Notebook zusammen.

„Hat der Verlag Ihre Mailadresse, damit ich Ihnen meine Fragen elektronisch übermitteln kann?", frage ich. „Schreiben Sie sie auf und werfen Sie die Liste in meinen Briefkasten, bitte nicht später als übermorgen. Sie können nächste Woche zur gleichen Zeit vorbeikommen, wenn Ihnen die Zeit passt."

Ich tue so, als müsse ich den Termin in meinem Smartphone prüfen. Ich weiß genau, dass ich nichts vorhabe, ich bin nur für diese Aufgabe abgestellt. „Der Termin nächste Woche passt mir sehr gut. Vielen Dank, Frau Fichtner."

Sie schaut für einen Augenblick ein wenig überrascht, dann lächelt sie und begleitet mich hinaus.

♣

„Wie ist sie denn so?", will S wissen.

S und ich haben unsere Schreibtische diesen Monat nebeneinander. Wir kommen gut aus, eigentlich wär es schöner, man könnte mal länger nebeneinander sitzen. Wird aber von oben nicht gewünscht, weiß der Teufel, warum. Unvorsichtigerweise habe ich vor einiger Zeit den Termin mit Nora Fichtner erwähnt. Da hatte mich Schneider noch nicht vergattert, dass ich niemandem ein Sterbenswörtchen erzählen dürfte. Und mit Rauswurf und Konventionalstrafe gedroht hatte er auch noch nicht. Sibel – so heißt S nämlich und so nenne ich sie, wenn wir allein im Büro sind – wird mich für komisch bis verrückt halten, wenn ich jetzt so heimlichtue. Ob ich sie ins Vertrauen ziehen soll? Dann werde ich aber erpressbar, und ganz genau weiß ich doch gar nicht, ob sie meine Freundin oder meine Feindin ist. Scheiß-Dilemma, hat meine Oma immer gesagt.

„Ich war nur ganz kurz dort, sie will die Interviewfragen vorher schriftlich haben", erzähle ich einen Teil der Wahrheit. „Und sprich bitte nicht drüber, dass ich dir was erzählt habe. Es hat Gründe."

Sibel hakt nicht weiter nach. Entweder hat sie das Interesse verloren oder sie hat mal wieder Angst vor der Sprachaufzeichnung oder Webcam-Aufnahme. Deshalb redet sie so wenig, was für mich, ehrlich gesagt, ziemlich übertrieben, fast paranoid, ist. Klar, es gibt einige, die vermuten, dass man gefilmt wird. Aber, wer hätte denn die Zeit, all den langweiligen Mist zu sichten? Und außerdem, wenn man nichts zu verbergen hat, kann einem das doch völlig egal sein.

♣

Die letzten Tage haben sich hingezogen wie Kaugummi. Meine Fragen an Nora Fichtner hatte ich schnell formuliert, zumindest der Anfang ist ja kein Hexenwerk. Ich hänge im Büro herum, habe nichts zu tun. Von effektivem Potentialeinsatz ist unser Verlag weit entfernt. Das scheint aber niemanden zu jucken, den Schneider auch nicht. Die Mittel für alles kommen anscheinend immer irgendwo her. Als ich ihm die vorformulierten Interviewfragen zur Absegnung vorgelegt und ihn davon in Kenntnis gesetzt habe, dass ich erst in der nächsten Woche zu ihr gehen kann, hat er nur genickt. Von einer anderen Aufgabe bis dahin erwähnte er nichts.

„Soll ich in der Zwischenzeit eine andere Arbeit erledigen?", habe ich ihn gefragt.

„Konzentrieren Sie sich, versuchen Sie, sich vorzubereiten. Nora Fichtner ist ein harter Brocken, da brauchen Sie schon einige Munition."

Mit diesen Worten war ich entlassen.

♣

Das rote Benzinerchen hat mich zu ihrem Haus gebracht. Die Scheibenwischer hatten Mühe, des Regens Herr zu werden, so tratscht es. Der Parkplatz in ihrer Straße ist wieder frei, so viele Autos gibt es ja auch nicht mehr. Ich verriegele die Türen, spanne meinen Regenschirm auf und stakse über die zahlreichen Pfützen zu ihrem Hauseingang. Ich läute. „Fantasietanz", so heißt das Schumann-Stück, das statt Gebimmel ertönt. Ich musste meine ganzen alten Noten durchblättern, bis ich es endlich gefunden hatte. Sie öffnet wieder selbst die Tür, nirgendwo ein Laut im Haus, der Leben signalisieren würde. Sie wohnt wohl mutterseelenallein hier.

„Hallo, Anne, ich habe Sie schon ankommen sehen. Was für ein hübscher Oldtimer! Schön, dass Sie da sind. Kommen Sie herein!"

Wenn man dem freundlich-fröhlichen Ausdruck auf ihrem Gesicht glauben kann, freut sie sich wirklich. Sie deutet mit der Hand in Richtung des Salons, ich meine Kaffeeduft wahrzunehmen.

„Bitte, nehmen Sie Platz!", sagt sie im Wohnzimmer.

Auf dem Couchtisch steht eine hübsche Porzellananne in schwarz-mint-gelb auf einem Stövchen. Bauhausangehaucht. Dazu Milchkännchen, Zuckerdose und Kaffeetassen in gleichem Dekor. Und Fotoalben. Attraktiv, sehr stylisch. Über hundert Jahre rückwärts.

Sie blickt mich fragend an, ich nicke. Sie gießt mir eine Tasse Kaffee ein. Ein vielversprechender Anfang, unsere Kommunikation ist erstaunlich vertraut, so, als ob man sich bereits ohne Worte versteht. Aber vielversprechend begonnen hat es ja auch beim letzten Mal.

Wir schweigen eine Weile zusammen, ich lasse die Eleganz des Raumes, aber auch die Stille auf mich wirken.

„Sie haben meine Fragen bekommen?"

Nora nickt.

„Sind Sie mit allen Fragen einverstanden?"

„Fangen wir doch mit meiner Kindheit an. Das wird einige Zeit dauern – wenn Sie die haben, Anne", schlägt sie statt einer Antwort vor.

„Herr Schneider hat mich für die nächsten Wochen ganz allein für diese Aufgabe abgestellt. Wir haben alle Zeit der Welt", antworte ich, etwas zu eilfertig und willfährig, wie ich sofort darauf selbst bemerke.

Nora quittiert meine Bemerkung mit einem kurzen Zusammenziehen der Brauen, dann lächelt sie wieder.

„Ich würde unser Gespräch gern aufzeichnen. Sind Sie damit einverstanden, Nora?"

„Doppelt genäht hält besser, nicht wahr", antwortet sie.

Ihr Spruch erinnert mich an Schneider.

♣

Sie öffnet eines der Fotoalben.

„Schauen Sie mal, Anne, die beiden jungen Leute hier sind meine Eltern, bei ihrer Hochzeit. Sehen Sie die hohen Backenknochen meiner Mutter? Sie war eine sehr aparte Frau, finden Sie nicht? Vater nannte sie Malika, was im Mongolischen so viel wie Engel und auch Königin heißt. Er hat sie bis zu ihrem Tod bewundert, verehrt und geliebt. Und zusammengehalten haben sie, wie Pech und Schwefel, und sich niemals betrogen. Wenigstens ist es das, was ich weiß.

Nora Fichtner nippt an ihrer Tasse, gießt sich neuen Kaffee nach.

„Ich bin auf dem Land aufgewachsen. Mein Vater hatte ein kleines Handwerksunternehmen, meine Mutter war zuhause. Das war früher üblich, dass die Frauen nur für Haushalt und Familie da waren. Am besten hat mir als Kind gefallen, dass Mama jeden Mittag, wenn ich aus der Schule kam, ein leckeres Mittagessen für uns vorbereitet hatte, für mich und meinen Vater. Geschwister hatte ich keine, Mutter konnte nach meiner Geburt keine mehr bekommen, obwohl Vater sich so sehr einen Nachfolger für sein Geschäft gewünscht hatte. Und ich hatte von Anfang an zwei linke Hände, so dass ich für einen Handwerksberuf nicht in Frage kam. Aber fürs Klavierspielen, da waren diese beiden Hände geeignet und das stellte sich sehr früh heraus.

Sehen Sie hier", sie deutet auf ein Foto auf der nächsten Seite, „das war mein erstes Instrument. Ein Harmonium, das mein Vater von seinem Großvater geerbt hatte. Ich versuchte ihm schon früh seine Töne zu entlocken. Musikinstrumente haben auf mich, seit ich denken kann, große Anziehung ausgeübt. Ich mag wohl fünf, sechs Jahre alt gewesen sein, da verbrachte ich meine Zeit gern auf dieser hölzernen Sitzbank, die vor unserem Harmonium stand. Ich zog an dessen Registern, drückte die Tasten. Aber meine Beine waren zu kurz, um die Schöpf-Pedalen, die die Luft ins Instrument befördern niederzutreten. Das Instrument blieb stumm. Irgendwann hatte mein Vater ein Einsehen und kaufte mir ein gebrauchtes Klavier. Nach Mama und Papa, meinem Fahrrad und Pudding-gefülltem Streuselkuchen war eine weitere große Liebe geboren. Und bis heute sind es die Tasteninstrumente geblieben."

Nora steht auf und geht zum Flügel an der Fensterseite des Salons. Sie beginnt mit dem „Fantasietanz" von Schumann.

„Das Stück kennen Sie ja schon von meiner Klingel, nicht wahr?", lacht sie, als sie das erste Stück beendet hat.

Sie greift wieder in die Tasten, und je länger sie spielt, je länger die wunderbare Musik den Raum erfüllt, desto mehr scheint sie mich vergessen zu haben.

Ich lehne mich entspannt zurück. Es haben Leute schon schwerer ihr Geld verdient.

♣

„Ich glaube nicht an Gott, aber wenn man sich Göttliches vorstellen sollte, käme mir zuerst die Musik in den Sinn. Oder die Schönheit, ganz allgemein. Und die Liebe, die vielleicht noch vor allem anderen."

Sie lächelt nach diesen Worten, wie mir scheint, ein wenig verlegen. Wahrscheinlich schämt sie sich, dass sie einem eigentlich wildfremden Menschen gegenüber so offen gewesen ist. Dass sie sich dazu hat hinreißen lassen, verwundert mich etwas. Sie ist doch ein Profi, gegenüber Journalisten, die man erst ein, zwei Stunden kennt, sollte man etwas vorsichtiger sein. Sie setzt sich wieder auf die Couch und gießt sich eine weitere Tasse Kaffee ein.

„Was für Ihre Leser vielleicht ganz interessant wäre, können Sie auf dem nächsten Foto sehen."

Sie blättert einige Seiten um, dann hat sie es gefunden.

„Hier sitze ich in der Küche bei meiner Mutter. Das Foto hat mein Vater gemacht, weil es den Endpunkt einer Entwicklung in meiner Kindheit dokumentiert."

Sie deutet auf den Teller, der vor dem kleinen Mädchen steht. Nora, acht, neun Jahre alt. Auf dem Teller liegt ein großes Stück Wurst, Fleischwurst, so wie es sie heute noch gibt, daneben etwas Undefinierbares, ich vermute, Senf oder irgendeine Sauce, die man damals dazu aß. Das Kind lacht.

„Papa hat den Augenblick festgehalten, an dem ich wieder Wurst und Fleisch gegessen habe. Das war lange Zeit nicht so gewesen."

Ich frage nicht, warum. Ich unterbreche die eintretende Pause nicht, sie soll sich ohne Hast, ohne Druck zurückerinnern, dann sind ihre Äußerungen fast spruchreif und ich brauche nicht mehr allzu viel überarbeiten. Ich staune über mich selbst, dass ich die Grundsätze fürs Interviewen, die sie mir im Journalistenkurs an der Allgemein-Akademie beigebracht haben, in der Realsituation so eins zu eins umsetzen kann. Prima, Anne! Eigenlob motiviert, wenn fremdes Preisen deiner Leistung meistens unterbleibt.

„Sie wollen sicher wissen, warum das so ein großer Augenblick war, warum ich lange kein Fleisch mehr gegessen hatte."

„Ja, das ist sicher außerordentlich interessant, gerne, unbedingt", sage ich und nicke dazu.

Meine Antwort scheint ihr nicht gefallen zu haben. Sie schweigt mehr als einen Augenblick. Ob sie so verstimmt ist, dass sie gleich die Diva raushängen lassen, vielleicht unsere Sitzung sogar abbrechen wird?

„Ich erinnere mich noch ziemlich genau an jenen Tag, der das Ganze in Bewegung gesetzt hat", setzt sie dann doch, einige Schrecksekunden später, ihre Erinnerungen fort. „Anfang Januar, Februar muss es gewesen sein. Ich war hinausgegangen ins Freie. Schon als kleines Mädchen liebte ich es, allein spazieren zu gehen, besonders bei rauem Wetter, wenn es stürmte, regnete oder schneite. Wenn der Wind mir das Haar zerzauste, wenn ich mal wieder ohne Regenschirm hinausgelaufen war und mir die Regentropfen ins Gesicht klatschten, wenn die Schneeflocken sich auf Stirn und Nase setzten, ich sie auf meinen Lippen schmecken konnte, fühlte ich mich der Natur so wunderbar nah. Dieses Entzücken, gepaart mit undefinierbarer Traurigkeit, ich glaube, man kann es nur auf dem Land empfinden, wo oft noch die Natur, nicht die Zivilisation regiert. Als ich nun auf meinem Gang am Nachbarhaus vorbeikam, hörte ich plötzlich laute Schreie. Ganz hoch, schrill, verzweifelt, Schreck-geplagt. Ich konnte nicht weitergehen, ich war wie erstarrt, schloss die Augen. Nur nichts sehen! Wieder diese Schreie, Todesschreie. Ich hielt mir die Ohren zu, wartete. Irgendwann – waren es Sekunden oder Minuten – nahm ich die Hände von meinen Ohren. Stille, dann Stimmengewirr. Ich öffnete die Augen, schaute in Richtung Nachbarhaus. Auf dem Hof, in einem langen Metall-Bottich, so lang wie zuhause unsere Badewanne, lag etwas. Wasserdampf stieg aus dem Bottich auf. Jetzt hoben sie einen Körper heraus, so groß wie ein Mensch. Ein Schwein. Ein totes Schwein. Sie hatten das Schwein ermordet, jetzt wollten sie es aufschneiden, ausweiden, aufhängen, zerteilen, damit sie seinen Rücken, seine Füße, seine Zunge, seinen ganzen Körper essen konnten – so empfand ich es damals.

Ich bin dann nachhause gerannt und habe zwei Jahre kein Fleisch mehr gegessen. Und nach den zwei Jahren, nachdem ich mein Horrorerlebnis schon etwas überwunden hatte, hat mir Papa dann Fleischwurst vorgesetzt. Aber verraten, dass da Fleisch drin war, das hat er mir erst Monate später. Zunächst haben sie mich noch belogen und sie Kartoffelwurst genannt, bis ich irgendwann ganz drüber weg war und sie mir die volle Wahrheit sagen konnten."

Nora steht auf und geht zum Fenster.

„Damals war das Schwein das Opfer. Es geht auch andersherum, nicht
wahr?"

Was meint sie?

Nora schweigt noch einen Moment, dann sagt sie:

„Ich glaube, für unsere erste Sitzung haben wir jetzt genug geleistet, finden Sie nicht auch, Anne?"

Ich erhebe mich sofort, packe meine Sachen.

„Sie finden den Weg allein hinaus, nicht wahr? Kommen Sie nächste Woche Freitag zur gleichen Zeit um fünfzehn Uhr wieder, ich freue mich darauf", sagt sie und winkt mir, weiter am Fenster verweilend, mit der Hand zu.

Dieser Job verspricht interessant zu werden.

♣

Um Sibel mache ich mir allmählich Sorgen. Den lieben langen Tag blickt sie verstohlen im Büro herum, als ob sie irgendetwas suchen würde. Sie spricht noch weniger als sonst, was mir allmählich auf die Nerven geht, weil ich meistens unbeschäftigt herumsitze und mir nichts übrigbleibt, als ebenfalls um mich herum zu gucken oder Fake-Recherchen im Computer vorzutäuschen. Inzwischen bin ich froh, dass wir beide nicht mehr lange nebeneinandersitzen werden. Ihre Nervosität, ihre Fahrigkeit ist nämlich ansteckend. Eigentlich habe ich von der Natur ein gewisses Phlegma geerbt, vielleicht habe ich es in dem unsteten Leben, das hinter mir liegt, auch erwerben müssen. Mich juckt so schnell nichts, deshalb schlafe ich meist wie ein Murmeltier, tief und lang. Meine letzte, meine einzige Oma hat oft zu mir gesagt:

„Kind, du hast ein Nervenkostüm wie ein Fleischerhund. Der liegt auf dem Boden der Metzgerei und interessiert sich nur für die Wurstzipfel, die er ab und an hingeworfen bekommt. Aber sonst hättest du das alles auch nicht ausgehalten, oder?"

Dann hat sie mir meistens die Hand auf die Schulter gelegt und mir über die Wange gestrichen. Wie habe ich ihre warmherzige Art und ihre putzige altmodische Sprache vermisst, als sie umgesiedelt worden ist! Na ja, und? Auf die Länge der Zeit ist das meiste eh egal, das ist meine Erfahrung.

Sibel schwitzt schon wieder, obwohl es im Büro gar nicht heiß ist. Mir jedenfalls ist nicht warm. Sie hat Schweißperlen auf der Stirn und ruckelt mit ihrem Schreibtischstuhl hin und her.

„Hast du Probleme, Sibel?", frage ich irgendwann, weil man so einen Unruhegeist in seiner Nähe kaum ertragen kann.

Sie antwortet nicht, sondern legt nur kurz den Finger auf ihren Mund. Mein Gott, werde ich froh sein, wenn sie endlich von hier verschwindet.

♣

Meine Wohnungsnachbarin rechter Hand quasselt gern über die Auswirkungen von Überforderung auf die Gesundheit.

„Hach, ich weiß wirklich nicht, wo mir der Kopf steht", lamentiert sie regelmäßig, wenn ich es nicht geschafft habe, der Geschwätzigen zu entkommen. Und dann folgt eine neue Variation von Ach-wie-belastet-bin-ich oder Wie-schlecht-geht-es-mir-wieder. Ich warte zwar immer eine Weile hinter meiner Wohnungstür, ob sich nebenan etwas rührt und sie gleich herauskommen wird, sichere auch immer die Treppe ab, aber trotz meiner Vorsicht kommt es des Öfteren zu diesen unerquicklichen Begegnungen. So wie heute, Mittwochabend, achtzehn Uhr.

„Stellen Sie sich vor, meine neue Chefin erwartet von mir, dass ich samstags im Büro erscheine und arbeite. Als ob die Sechs-Tage-Woche nicht schon vor Urzeiten abgeschafft worden ist. Aber nein, sie kann sich am besten konzentrieren, wenn das Büro ausgestorben ist. Und ich darf dann alles in den Computer tippen. ‚Können Sie nicht Ihr Sprachprogramm benutzen? Ich könnte dann alles noch einmal auf Fehler durchgehen', habe ich daraufhin vorgeschlagen. ‚Sie wollen meine Fehler finden? Überschätzen Sie sich da nicht ein wenig, liebe Frau B.?', hat sie geantwortet und acht Uhr als künftigen samstäglichen Arbeitsbeginn verordnet. Früher, da gab's ja Betriebsräte, an die man sich wenden konnte, wenn einem die Arbeitsbedingungen nicht passten. Das habe ich irgendwo gelesen, ich weiß aber nicht mehr, wo. Ist doch gar nicht wahr, dass wir so was nicht mehr brauchen, weil jetzt alle gleich sind und alles gerecht, oder? Manche sind gleicher als andere, sieht man doch. Na ja, ich muss mich beeilen, meine Wohnung putzt sich auch nicht allein, die ist ja auch ein bisschen größer als Ihre, nicht wahr?"

Endlich hat sie ihren Monolog beendet. Unter zehn Minuten kommt man bei ihr nie weg. Mein Problem ist ein anderes, aber darüber redet man eigentlich nicht. Ich bin unterfordert. Die ganze Woche sitze ich im Büro herum und langweile mich. Es dauert nur wenige Stunden, bis ich die Aufzeichnungen der Gespräche mit Eleonore Fichtner in schriftliche Form gebracht habe. Die automatische Sprachaufzeichnung nutze ich nicht. Die würde zwar vielleicht etwas Zeit sparen, aber davon habe ich ja sowieso zu viel. Darüber hinaus ist die trotz der vielen Jahre, die sie existiert, immer noch sehr fehleranfällig. Warum die das nicht hinkriegen, ist mir schleierhaft. Dienstag, Mittwoch, Donnerstag sitze ich demgemäß unbeschäftigt im Büro herum und starre Löcher in die Luft. Reden kann ich mit niemandem mehr. Sibel sitzt seit Montag nicht mehr auf ihrem Platz, ich habe sie die ganze Woche noch nicht gesehen, komisch. Vielleicht hat sie Urlaub, macht jetzt nur noch Home-Office – oder ob sie gekündigt wurde? Den Eindruck, dass ihr die Arbeit Spaß gemacht hat, vermittelte sie ja wirklich nicht. Da haben sie vielleicht die Konsequenzen gezogen. Drüber nachdenken, was Sibel ohne Arbeit erwartet, will ich nicht. Eigentlich mochte ich sie ganz gerne.

♣

Endlich ist der Freitag da, endlich kann ich wieder etwas Sinnvolles tun. Ins Büro bin ich erst gar nicht gegangen, was soll ich da? Und um den Smartie habe ich mich dieses Mal nicht bemüht. Ich werde den Fußmarsch genießen, meine Laptoptasche mit Notebook und den paar sonstigen Materialien hängt über meiner Schulter.

Die goldenen Hauben, die man den Wolkenkratzern vor Jahrzehnten verpasst hat, haben viel von ihrem Glanz

24

verloren. An jedem fünften, sechsten Hochhaus hängen oder laufen Banner mit dem derzeitigen PRIMEQUI und dem Motto seiner Gleichheitsbewegung: Gleichheit und Gerechtigkeit. In einem alten Buch, bei meinen letzten Eltern, hab ich mal was über die Französische Revolution gelesen. Freiheit, Gleichheit, Brüderlichkeit, das war deren Leitspruch. Wie sich die Ziele und Zeiten ändern! Zwischen den Hochhausschluchten ist es trotz Sonnenschein so dunkel wie in einem engen Alpental. Da war ich mal mit Omimi. So hab ich Beate, meine letzte und einzige Oma, genannt. Früher sollen die Straßen immer voll gewesen sein, von Autos und Leuten. Na ja, Individualverkehr ist etwas Altmodisches, den braucht man kaum noch. Es gibt genug Bahnen, für Ziele in der näheren Umgebung kann man schließlich auch das Rad benutzen, bei dem bestens ausgebauten Radwegnetz. An E-Autos kommt man schwer ran, selbst, wenn man unbedingt eins haben will oder wegen seiner Arbeit dringend braucht. Es gibt wohl in den Autofabriken Probleme mit den Rohstoffen, die sie brauchen. Aber Genaues weiß man darüber nicht. Bleiben wenigstens nicht so viele Batterien für die Akku-Friedhöfe übrig, mit denen sie die Landschaft verschandeln. Die sollen auch oft Feuer fangen und die Brände kaum zu löschen sein. Kriegt man in der Stadt aber nicht so mit, liegen weitab auf dem Land.

Früher soll die Luft in den Großstädten verschmutzt gewesen sein. Das ist nicht mehr so. Man kann frei durchatmen, kein Problem. Zahlreiche Hochhäuser stehen leer, an manchen Fassaden bröckelt der Putz. Na ja, an vielen flimmern ja jetzt die Banner. Alle kaufen online, da braucht man keine Kaufhäuser oder kleine edle Geschäfte mehr. Und wohnen muss man in der Stadt auch nicht. Fast alle Leute, außer denen, die systemrelevant sind, so nennen sie das, arbeiten von zuhause aus. Da kann man immer in seinen Hausklamotten rumlaufen, braucht nichts mehr. Schick machen, das hat kaum noch eine Bedeutung. Das war vor ein paar Jahrzehnten anders. Ich habe im Fernsehen das Interview mit einem Stardesigner von damals gesehen. Der hatte so einen lustigen Pferdeschwanz, einen Mozart-Zopf, war rabenschwarz angezogen, aber mit einem eleganten weißen Hemd mit Rüschen. Der hat in dem Interview gesagt, wer ständig in Jogginghose rumläuft, hat die Kontrolle über sein Leben verloren.

Den Spruch finde ich bemerkenswert.

Beate bedauerte die ganze Entwicklung.

„Kind, das sind nur noch Geisterstädte. Da werde ich vom Hinsehen richtig depressiv. Was glaubst du, wie das Leben früher hier gebrummt hat?"

Wir sind dann immer schnell wieder nachhause gefahren.

Allmählich machen die Hochhäuser Wohnblocks Platz. Riesenhafte Komplexe mit tausenden Wohnungen, die man vor zwanzig, dreißig Jahren gebaut hat. Da hatten sie wahrscheinlich noch andere Entwicklungen im Kopf. Ob die Leute gern hier leben? Ist zwar billiger als mitten in der Stadt, aber wenn man wie ich noch an seinen städtischen Arbeitsplatz gebunden ist, bringt es Vorteile, nicht zu weit rauszuziehen. Meine Wohnung ist zwar nicht groß, aber für mich als Single reicht's.

♣

Fantasietanz, ich habe geläutet. Die Tür wird geöffnet, Nora Fichtner lächelt, eher könnte man sagen, strahlt mich an.

„Hallo, Anne, ich freue mich, Sie zu sehen. Kommen Sie herein!"

Sie deutet mit der Hand in Richtung des Salons, ich meine Kaffeeduft wahrzunehmen.

„Bitte, nehmen Sie Platz!", sagt sie im Wohnzimmer.

Auf dem Couchtisch steht eine hübsche Porzellankanne in schwarz-mint-gelb auf einem Stövchen. Bauhausangehaucht. Dazu Milchkännchen, Zuckerdose und Kaffeetassen in gleichem Dekor. Und Fotoalben. Attraktiv, sehr stylisch.

Déjà-vu.

„Wie geht es Ihnen, Anne?", erkundigt sie sich.

„Gut, vielen Dank. Wollen Sie einfach anfangen und erzählen, was Ihnen einfällt?", erwidere ich. Dann füge ich hinzu: „Wir hatten mit dem Schweine-Erlebnis aufgehört, Sie erinnern sich noch?"

„Schweine-Erlebnis?", wiederholt sie und lacht.

Die entstandene Peinlichkeit und kleine Verlegenheit bei mir überspielt sie sofort, öffnet das Fotoalbum und blättert.

„Schauen Sie mal hier, Anne! Das pummelige Kind, das bin ich. Da hatte man mir zum ersten Mal meine Haare kurz geschnitten. Als mein langer Pferdeschwanz, den ich von Kleinkindesbeinen an getragen hatte, ab war, habe ich zunächst fürchterlich geheult und den halben Friseurladen in Aufruhr versetzt. Aber dann habe ich mich sehr schnell daran gewöhnt und bis heute immer nur kurze Haare getragen. Obwohl mein Mann."

Sie stoppt mitten im Satz, fährt sich durchs Haar, dann presst sie die Lippen zusammen. Für einen Augenblick schweigt sie.

Sie will etwas für sich behalten – ein Geheimnis? Soll ich nachfragen? Nein, ich werde nicht in sie dringen. Sie soll sich selbst öffnen, sonst macht sie am Ende ganz dicht, weil ich ihr zu nahegetreten bin.

„Nun, ja", fährt sie fort, „bis auf die Tatsache, dass ich mit vier Jahren begonnen habe, Klavierunterricht zu nehmen, ist meine Kindheit völlig normal und unspektakulär verlaufen."

Völlig normal und unspektakulär. Das hätte mir auch gefallen. Mit vier war ich schon bei meiner zweiten Mutter und kurz vor dem Wechsel zu meiner dritten. An meine erste, meine leibliche Mutter, kann ich mich gar nicht mehr erinnern, von der haben sie mich wohl ganz früh weggeholt. Alles, was vor dem dritten Geburtstag liegen soll, vergisst man anscheinend bis auf vereinzelte Bruchstücke, obwohl es trotzdem bedeutend ist. Omimi hat mir erklärt, dass die frühkindliche Sozialisation mit drei abgeschlossen ist, ohne dass du dich daran erinnern kannst. Aber dein Kopf, der ist schon programmiert.

„Mögen Sie Klaviermusik?", fragt Nora.

‚Darauf müssen Sie gefasst sein, dass im Laufe Ihrer Arbeit mit Frau Fichtner auch Ihre eigene Vita zur Sprache kommt', hat Schneider zutreffend vorausgesehen. ‚Antworten Sie knapp, zu viel wird nur ablenken, halten Sie sich also bedeckt. Das Ziel unserer Begierde', Schneider hatte nach diesem Ausdruck laut gelacht, ‚ist Nora. Sie, mein gutes Kind, sind von minderer Bedeutung. Gehen Sie immer auf die Interessen Ihres Zielobjektes ein, das wird eine vertraute Atmosphäre zwischen Ihnen schaffen und damit eine gedeihliche Zusammenarbeit ermöglichen.'

„Ja, aber eben passiv, Nora", erwidere ich. „Ich höre sie gern, kann sie aber nur sehr unvollkommen produzieren."

„Ach, Sie können Klavier spielen, Anne? Da sind wir ja Seelenverwandte, nicht wahr?"

Eingedenk Schneiders Warnung schweige ich.

Nora lässt sich von dem eingeschlagenen Pfad aber noch nicht abbringen.

„Kommen Sie, setzen wir uns zu zweit an den Flügel. Wer über mich schreiben will, sollte einige wichtige Dinge in meinem Leben verstehen."

Sie rückt einen zweiten Stuhl an den Flügel, ich nehme Platz.

Warum bleibt mir das nicht erspart? Jetzt wird meine grässliche Stümperei auch noch öffentlich.

„Wir spielen etwas zu vier Händen, einverstanden?"

„Ich habe nur drei Jahre Klavierunterricht gehabt und sehr begabt war ich nicht, wenn man den Verzweiflungsausrufen meines Lehrers Glauben schenken darf. Aber ja, versuchen können wir's, warum nicht?"

Sie geht zu einem Schrank auf der anderen Seite des Salons und öffnet die Tür. Übereinander angeordnete Fächer, sorgfältig gestapelte Noten. Sie sucht die Ablagen durch, nimmt unterschiedliche Stapel heraus, dann hat sie es gefunden. Sie lächelt.

Sie breitet die Noten auf dem Ständer aus. Handgeschriebene, schon etwas verblichene, mit einem Primo und einem Secondo. Fantasietanz, sehr einfach gesetzt, das könnte sogar für mich lösbar sein. „Wir spielen es, langsam, nicht sehr rasch, wie es original angegeben ist. In der Dehnung ist es auch reizvoll. Und da schaffen Sie's vielleicht auch gleich vom Blatt." Sie nickt mir zu, zählt leise vor, Ein-se-un-se, zwei-e-un-se, zwei Mal. Mein armer Klavierlehrer hat auch immer so vorgezählt.

Zu meiner Überraschung klappt es dieses Mal ganz gut, irgendwie, mein Primo-Teil ist eben so einfach, dass selbst ein Piano-Trottel wie ich erfolgreich sein kann. Der letzte Ton erklingt, sogar die Wiederholung habe ich nicht verpatzt. Ich freue mich und blicke Nora an. Sie lächelt zurück – aber sie hat geweint. Sie steht eilig auf und verschwindet irgendwo in dem großen Haus.

♣

Eine ziemliche Zeit habe ich allein auf ihrer Couch verbracht und an meinem restlichen Kaffee genippt.

Sie hat sich mit Erfolg frisch gemacht, von ihren Tränen ist nichts mehr zu sein, keine geröteten Augen, perfekt sitzende Frisur. Sie kommt mit Schwung, offensichtlichem Elan und einem Lächeln zurück. Sie setzt sich neben mich auf die Couch und blättert im Fotoalbum.

„Ich erzähle Ihnen ein bisschen über eine weitere wichtige Station in meinem Leben, meinem Abitur. Hier ist das Foto, das unser Klassenlehrer draußen vor der Aula von unserer Abiturklasse aufgenommen hat."

Das Bild zeigt, in drei Reihen stehend, fünfzehn, vielleicht auch zwanzig junge Leute, alle adrett angezogen und freundlich dreinschauend.

„Die ersten Fotos sind danebengegangen. Einige standen außerhalb des Bildes, hatten die Augen geschlossen oder schauten grimmig. Als Brackmännchen, so nannten wir Dr. Brackmann liebevoll, weil er so nett und klein und bemüht war, dann beim letzten Fotoversuch vorher „Cheeeese" rief, ist dieses Foto entstanden, auf dem alle ganz annehmbar aussehen, ich auch. Jeder hatte sich für den Anlass schick gemacht. Pummelig war ich nicht mehr, Gottseidank. Hier, da oben rechts, stehe ich."

Sie zeigt auf das Foto, schaut sich die Einzelheiten genau an und spricht für eine ganze Weile nicht mehr. Dann blättert sie weiter.

„Das hier ist beim Abiturball aufgenommen worden. Die Eltern waren eingeladen und meine waren richtig stolz, weil Papa selbst kein Abitur hatte und Malika auch nicht. Ich habe Mama manchmal Malika genannt. Heute ist das ja modern, Mütter bei ihrem Vornamen zu rufen, damals nicht. Aber mir gefiel der Name so gut, weil sie bis zu ihrem Tod wie eine Rose und eine Königin aussah, eine etwas fremdartige, asiatisch aussehende."

Sie schaut mich an, lächelt.

„Sie sehen Malika ein bisschen ähnlich, finden Sie nicht? Vor allem die Augen. Und ein bisschen um den Mund. Ulkig, was?"

Mir fällt nichts Kluges ein, was ich erwidern könnte. Ich sage nichts, Nora scheint meine Schweigsamkeit nicht aufzufallen, zumindest nicht zu stören.

Die auf dem Foto abgelichteten Personen schauen freundlich in die Kamera, so, als wollten sie mit ihrem schönsten und besten Ausdruck verewigt werden. Sie tragen festliche Kleidung, die Damen im Abendkleid, die Herren im Anzug, mit Krawatte, einige sogar mit Fliege, alles Kleidungsstücke, die ich nur noch aus der Geschichtsunterweisung an der Allgemein-Akademie unter „Kleidung vergangener Epochen" kenne.

Ich habe auch so was wie Abitur, den A-Abschluss, der zum Besuch der Allgemein-Akademie berechtigt. Davon gibt's aber weder ein Foto mit den anderen Eleven noch gab's gar einen Ball.

Am letzten Kurstag wurden die A- und B-Zettel ausgeteilt und fertig war's. Na ja, auf die Länge der Zeit ist eh alles egal.

Nora Fichtner schaut auf ihr Handgelenk. Sie trägt noch eine dieser altmodischen Armbanduhren. Für die zwischenmenschliche Kommunikation waren die Dinger bestens geeignet. Man muss nicht gähnen wie ein Krokodil oder gar sagen „Ich bin jetzt aber doch etwas müde geworden", ein Blick genügt und das Gegenüber weiß Bescheid.

Ich erhebe mich, packe meine Sachen zusammen, meine Gastgeberin begleitet mich zur Tür.

„Bis nächsten Freitag, gleiche Zeit?", fragt sie.

„Gern, ich freue mich", entgegne ich.

Sie schließt die Tür.

Auf meinem Fußweg zurück in die Stadt fühle ich mich aufgewühlt und gleichzeitig deprimiert, durchaus keine erhaltungswürdige Kombination. Ich muss nachdenken, das bevorstehende Single-Wochenende bietet genug Gelegenheit.

♣

Ich liege im Bett und denke an Noras Abiturball. Warum habe ich so etwas nicht erlebt? Wäre doch toll, mit einem Mann über eine Tanzfläche zu schweben, unter den Augen der versammelten Festgesellschaft, unter den Augen von stolzen Eltern. Na ja, wenn meine hätten kommen dürfen, hätte das Gedränge gegeben. Zu dem Zeitpunkt hatte ich schon drei Elternpaare hinter mir. Omimi, die hätte ich bei so was gerne dabeigehabt. Wo sie wohl jetzt wohnt oder ob sie überhaupt noch lebt? Schade, dass man bei der Umsiedelung nicht nur seine Wohnung verlassen muss, sondern auch alle, die man vielleicht liebgewonnen hat. So viele waren das allerdings nicht, eigentlich nur Beate. Sibel ist auch schon wieder weg. Zwar hat sie mich zuletzt genervt, aber ein bisschen vermisse ich sie. Ich hatte sie doch ganz gern. So mehrere Jahre mit den gleichen Klassenkameraden zu lernen, jeden gut zu kennen und sich darauf einstellen können, Freundschaften zu schließen, eine feste Familie zu haben, das hätte mir besser gefallen als es heute ist. Und am Arbeitsplatz, da fände ich es auch schön, wenn man mal länger mit jemandem zusammenarbeiten könnte. Wenn ständig neue Leute kommen und die alten gehen, kann man keine Freunde gewinnen. Für die, die nur im Home-Office arbeiten, ist es noch schlimmer, hoffentlich muss ich das die nächsten Jahre nicht, bevor ich einen Partner gefunden habe. Die verkaufen uns die ganzen Veränderungen als Flexibilität und effektiven Potentialeinsatz. Brauchen sie halt kaum noch Büros zu bauen oder zu mieten und Aufpasser zu bezahlen. Die Computer überwachen unsere Arbeitsleistung jetzt, da kannst du weniger tricksen als bei einem Vorgesetzten. Ist alles schön und gut, aber für den einzelnen bedeutet das doch nur Einsamkeit und trübe Gedanken. Nora? Komisch, dass ich überhaupt in meiner Freizeit an sie denke. Berufliches soll man vom Privaten trennen. Gelingt aber anscheinend nicht immer. Ich freue mich die ganze Woche auf den Freitag und habe den Eindruck, sie auch. Man kommt sich so schnell nahe, wenn man über die Vergangenheit spricht. Ich werde mich vorsehen müssen, dass die professionelle Distanz nicht irgendwann im Nirgendwo versinkt.

♣

Montagmorgen. Ich bin extra früh aufgestanden und habe mich sorgfältig zurechtgemacht. Im Schrank habe ich noch einen Rock gefunden. Schwarz, wadenlang, figurbetont, schick. Den hatte ich zum letzten Mal am letzten Tag im Jugend-Camp an, als wir mit der ersten Ausbildungsphase fertig waren und uns die Zettel ausgeteilt werden sollten. Beates Credo hatte mich zur Kleiderwahl bewogen. „An einem besonderen Tag zieht man sich auch besonders an", hatte sie oft gesagt und „Schade, dass es heute kaum noch besondere Tage gibt", hinzugefügt. Die anderen Zöglinge haben mich wie einen Alien angesehen, weil ich mich so fein gemacht hatte, während alle anderen im Einheitslook erschienen waren. Mann, war das peinlich! Danach habe ich den Rock stets in die hinterste Ecke meines Kleiderschranks verbannt. Aber irgendwie muss man einen Neuanfang markieren, finde ich. Ich hab mir keine neue Frisur zugelegt, also ist der Rock mein Symbol für Veränderung. Jede noch so kleine Gelegenheit, die sich bietet, dazu bin ich fest entschlossen, werde ich wahrnehmen, um Freunde oder vielleicht sogar einen Freund zu finden. Wenn ich einen Liebhaber hätte, könnte ich mit ihm ein Kind bekommen. Dann hätte ich endlich eine richtige, eine eigene Familie.

„Guten Morgen, Frau A", sagt Schneider, als ich die Tür zum Büro öffne.

Was will der? Seit ich angefangen habe, hier zu arbeiten, sucht er mich zum ersten Mal auf.

„Frau S hat ja nun Turnus-gemäß unser Haus verlassen, deshalb werden Sie einen neuen Arbeitskollegen bekommen. Ich hoffe, dass Sie beide gut kooperieren werden."

Schneider rauscht wieder ab.

Wenn ich den Mut dazu hätte, wären einige Fragen fällig gewesen. Warum war Sibel statt vier nur zwei Wochen hier, was heißt da Turnus-gemäß? Warum hat sie den Verlag verlassen und ist nicht wie üblich in eine andere Abteilung versetzt worden? Warum wird der neue Kollege von Schneider selbst avisiert?

Den ganzen Morgen warte ich nun darauf, dass sich die Tür öffnet und vielleicht Omimis Ritter auf dem weißen Pferd erscheint. Fehlanzeige. Ich übertrage die Aufzeichnungen vom Freitag, um die Mittagszeit bin ich fertig. Ich mache mich auf den Weg zur Kantine, um endlich mein Leben in die Hand zu nehmen.

♣

Ich habe auf den Fahrstuhl verzichtet und bin die fünf Treppen von meinem Büro hinunter in den Keller gestiegen. Dort befindet sich unsere Verlags-Kantine. Auf der letzten Treppe höre ich immer noch nichts. Ob die Wände schalldicht sind oder niemand in der Kantine isst? Ich war bisher noch nicht da.

Hinter der Eingangstür ist ein Riesenlärm. In der Kantine sind mindestens zweihundert Leute. Die Warteschlange ist lang, es dauert, bis ich an der Reihe bin. Ich entscheide mich für die Asia-Suppe und Schweinefleisch-süß-sauer. Am hintersten Ende des Raumes sind noch mehrere Plätze frei, ich setze mich. Das Essen schmeckt gut, wie dumm war ich, bislang darauf zu verzichten, vor allem weil es kostenlos ist.

„Kann ich mich zu Ihnen setzen?", fragt eine junge, sehr schlanke hübsche Frau mit hohen Backenknochen und mandelförmigen Augen. Die passt prima zu meinem Essen, fährt es mir durch den Kopf.

„Gern, bitte nehmen Sie Platz", sage ich.

Sie hat keinen Teller, keine Tasse, kein Glas, kein Essen. Sie greift in ihren Rucksack und holt etwas hervor. Sie packt ein belegtes Brötchen aus, dann einen Getränke-Pack und beginnt ihre Mahlzeit.

„Sie haben ja einige Zeit gebraucht, bis Sie hier herunter gefunden haben, nicht wahr?", meint sie nach einer Weile.

Woher hat sie die Information, dass ich hier schon länger arbeite. Sie kennt mich doch gar nicht. Jedenfalls kann ich mich nicht an sie erinnern.

„Kennen wir uns?", frage ich deshalb zurück.

„Wir haben eine gemeinsame Bekannte. Und die hat mich auf Sie aufmerksam gemacht."

„Und wer ist das?"

„Sibel, meine Freundin."

Ich schaue mich um. In der Öffentlichkeit spricht man sich nicht mit vollem Namen an und über andere spricht man auch nur mit dem Kürzel.

„Keine Angst", versucht sie mich zu beruhigen. „Hier ist es so laut, dass man ungestört sprechen kann. Bestimmt siebzig, achtzig Dezibel im Schnitt. Da könnte einer mit einem Abhörgerät einen Meter weiter stehen, zu entziffern ist nichts. Hier ist man völlig ungestört und Beobachtung würde sich nicht lohnen."

Sibels Freundin also. Hätte ich mir denken können, dass diese Frau genauso paranoid wie Sibel ist.

„Sibel hat mir gar nicht erzählt, dass Sie so unangepasst sind. Ihr Rock ist bei der Uniformität hier ein richtiges Statement. Was wollen Sie denn damit ausdrücken? Sind Sie unter die Revoluzzer gegangen?"

Die übertreibt ihr loses Mundwerk wirklich. Revoluzzer, alles rund um Revolution – das sind sämtlich Tabuworte. Und das schon seit ungefähr zehn Jahren, seit der Rede vom damaligen PRIMEQUI.

„La revolucio nun finiĝis", hat der damals auf Esperanto verkündet. Dann kam's noch mal in den Landessprachen, die immer noch in den einzelnen Bundesstaaten gesprochen werden. „Die Revolution ist jetzt komplett", das war auch dabei.

Wenn einer das Tabuwort hört!

„Ich dachte, es sieht vielleicht ein bisschen schön aus. Das ist alles", antworte ich und schaue demonstrativ auf meinen Teller.

„Ich würde das nicht aufessen, wenn ich Sie wäre", meint sie.

Was soll das nun schon wieder bedeuten? Fragen will ich sie nicht, wer weiß, was die alles von sich gibt. Und weit entfernt sitzen die nächsten Kantinenesser nun auch nicht. Sie erhebt sich, ihr belegtes Brötchen und ihr Getränk hat sie schon vor einigen Minuten verzehrt.

Ist es nicht gemein, wenn ich sie nicht nach Sibel frage?

„Warten Sie, einen Augenblick!" Ich schaue mich jetzt doch unauffällig nach allen Seiten um.

„Wissen Sie, wo Sibel ist?"

„Entspannen Sie sich lieber, ich glaube nicht, dass Sie das wissen wollen."

♣

Ich verzichte wieder auf den Fahrstuhl. Ein bisschen Bewegung bei der ewigen Rumsitzerei tut gut. Was wird das für ein langweiliger Nachmittag, die Stunden werden sich ins Unendliche dehnen!

Der junge Mann, der, als ich eintrete, an Sibels Schreibtisch sitzt, erhebt sich sofort. Er kommt ein paar Schritte auf mich zu, deutet eine altmodische Verbeugung an.

„Ich bin Ihr neuer Kollege. Herr Schneider hat mich wohl schon angekündigt, nicht wahr?"

Ich gehe auf ihn zu, reiche ihm die Hand.

„Ich freue mich, Sie als neuen Kollegen willkommen zu heißen. Ich bin A."

„Vielen Dank für Ihre freundlichen Worte, ich bin auch A."

Wir schauen uns an, müssen ein wenig lachen. Etwas verlegen setzen wir uns an unsere Schreibtische und schweigen.

Ich mustere A, etwas verstohlen um die Ecke lugend. Er sieht sehr gut aus. Mittelgroß, schlank, dunkle volle Haare, hellbraune Haut.

Vielleicht hat er einen arabischen Vater und eine europäische Mutter? Er schaut auf seinen Computer, schreibt, schaut, schreibt. Was ihm Schneider wohl für eine Aufgabe zugewiesen hat? Ich muss jetzt jedenfalls darauf achten, dass meine Beschäftigungslosigkeit nicht zu offensichtlich wird. Ich surfe etwas, gebe Stichworte wie „Pianistin", „Schumann", „Autor" ein, damit der Browserverlauf unverdächtig ist. Wenn man die öde Zeit doch nur mit Schwätzen verbringen könnte, dann wäre das Leben so schön.

♣

Der gutaussehende Mann in meinem Büro ist eine männliche Sphinx. Morgens grüßt er freundlich, arbeitet den ganzen Tag ununterbrochen oder gibt sich zumindest den Anschein, er schweigt, er isst nichts, trinkt jeden Tag eine Flasche Wasser und geht nur zweimal täglich zur Toilette oder rauchen. Vielleicht auch nur einmal Toilette und einmal rauchen. Aber den Zigarettenrauch würde ich ja riechen, also zweimal Toilette. Wie sehne ich mich nach der nervösen Sibel zurück, die hat wenigstens ab und zu mal etwas von sich gegeben. Aber ich will mich nicht länger mehr mit ihr beschäftigen, das führt nur zu komischen Gedanken.

„Ich würde Sie gern bei einem sprachlichen Problem um Rat fragen, A", sagt A am Donnerstag.

Oh Wunder, er kann sprechen!

„Fragen Sie. Ich helfe gern, wenn ich kann", antworte ich, mal wieder zu untertänig und willfährig.

„Können Sie vielleicht mal schauen, hier, bei einer etwas längeren Textstelle, wie Sie das formuliert finden?"

Soll ich jetzt zu ihm an seinen Computer kommen und ihm über die Schulter blicken?

Er lächelt mich an, erwartungsfroh.

Ich erhebe mich und schreite – mein wadenlanger figurbetonter Rock erlaubt keine andere Bewegungsart – zu ihm. Sein Lächeln wird etwas breiter.

„Ich habe die Stelle durch Unterstreichung markiert. Schauen Sie mal!"

Er riecht gut. Ein schwacher Duft irgendeines Aftershaves oder Herrenparfüms. Er hat breite Schultern, der Haarschnitt ist perfekt, betont seinen gut geformten Hinterkopf und Hals. Seine rechte Hand liegt neben der Tastatur. Was für eine starke Hand mit langen, nicht zu langen Fingern. Hände haben mich schon immer fasziniert. Du kannst an Händen viel erkennen, wie klug, wie intellektuell jemand ist, das vor allem. A ist intellektuell und sehr klug, so sehen seine Hände aus.

Ich beuge mich über ihn, um den Text besser lesen zu können. Er dreht sich um, unsere Gesichter sind sich ganz nah. Einen kurzen Augenblick, dann wendet er sich wieder dem Bildschirm zu.

„Ich würde die Textstelle etwas von Substantiven befreien, mehr verbalisieren, damit sie lebendiger wird", sage ich und schreite wieder zu meinem Platz. Verdammter Rock!

Er gefällt mir, er gefällt mir sehr. Aber unter den Umständen, wie sie im Büro nun einmal sind, verleiht mir das Gefühl keine Flügel, wie man das früher nannte. Eher beschert es eine bleierne Schwere, die im Gegensatz zu meinem beschleunigten Puls steht.

Ich starre den ganzen restlichen Tag geradeaus auf meinen Computer. Gottseidank bin ich morgen nicht im Büro. Wie freue ich mich auf den Besuch bei Nora!

♣

Sie haben mir den Smartie für meinen Auswärtstermin bei Nora wieder überlassen. Nicht mal zehn Minuten, und ich stehe auf meinem angestammten Parkplatz. Drei Minuten, und ich läute an ihrer Tür. Dieses Mal habe ich das Vergnügen, den Fantasietanz eine lange Strecke zu genießen. Ist schöne Musik, aber es dauert schon ziemlich lange, bis Nora die Tür öffnet. Sie sieht ein wenig verschlafen – und etwas abgenudelt aus. Omimi hat diesen Ausdruck immer verwendet und heute passt der bestens auf Nora. Ihre kurzen Haare wirken verwuschelt, ungekämmt. Sie sieht alt aus, viel älter als die letzten Male. Ganz schön viele Falten hat sie, das fällt mir heute wieder auf. Bei den Fotos werde ich ziemlich schummeln müssen.

„Hallo", sagt sie. „Kommen Sie bitte herein!"

Wir setzen uns, Kaffeeduft, Kaffeegeschirr. Wie immer.

„Ich befinde mich in einem Zwiespalt, Anne. Sie und Schneider haben bei unserem Projekt vermutlich so eine Art Chronologie im Kopf. Ich weiß aber, dass ich das nicht will. Natürlich ist es verlockend für jeden Autoren, für jeden Pianisten, aus dem Dämmerschlaf erweckt zu werden und vielleicht wieder eine Rolle zu spielen. Andererseits will ich über vieles gar nicht mehr nachdenken. Und berichten darüber will ich noch viel weniger, verstehen Sie?"

Oh, weh! So eine Klippe habe ich nicht erwartet. Möglicherweise Schneider schon, aber der hat mich nicht munitioniert. An der Akademie haben sie immer auf die Zeitgewinnungs-Strategie verwiesen. Omimi hat was Ähnliches empfohlen. ‚Kommt Zeit, kommt Rat.'

„Wie wär's, wenn wir uns zuerst einmal chronologisch weiter vortasten und die Lücken dann einordnen, wenn sie auftauchen. Vielleicht lösen sich manche Hürden ja in Wohlgefallen auf."

Nora lacht, ihre gute Laune scheint urplötzlich zurückgekehrt.

„Wissen Sie, Anne, was an Ihnen so herrlich lustig ist?"

Nein, weiß ich nicht. Mir fällt keine gescheite Antwort ein. Ich schweige, versuche, nicht beleidigt dreinzuschauen.

„Sie formulieren so rückwärtsgewandt. Mit Sprichwörtern, geflügelten Worten und alten Ausdrücken. Wunderbar!"

Ja, Anne, woher hast du das und warum ist dir das selbst bisher nicht aufgefallen?

„Wenn Sie mich so darauf hinweisen, es könnte der Einfluss meiner Oma gewesen sein, die sprach – putzig. Und die habe ich sehr geliebt, vielleicht habe ich sie deshalb mehr als zuträglich kopiert und imitiert."

„Da hat Ihre Oma einen nachhaltigen sprachlichen Fußabdruck bei Ihnen hinterlassen, schön. Mir gefällt es, Anne. Es wirkt auf mich so vertraut, so, als könnte ich mit Ihnen dreißig Jahre zurück in meine Vergangenheit wandern. Einfach bei Ihnen Platz nehmen in dem kleinen Smartie, mit dem Sie öfter herkommen und mich von Ihnen durch meine persönliche Geschichte chauffieren lassen. Fangen wir also an, oder?"

Fotoalben liegen heute nicht auf dem Couchtisch, aber einige Hefter. So legte man früher wichtige Dokumente ab, bevor Digitalisierung und zahllose Clouds das gute alte Papier nach zwei Jahrtausenden abgelöst haben.

Nora nimmt zwei Hefter in die Hand, blättert.

„Das hier ist mein Reifezeugnis, darüber habe ich Ihnen ja schon einiges erzählt. Und das", sie öffnet den zweiten Hefter, „ist mein Diplom von der Musikhochschule. Konzertpianistin und staatlich geprüfte Musikpädagogin für Klavier, das wurde mir nach fünf Jahren Studium bescheinigt."

„Haben Sie viele Konzerte gegeben oder sich mehr pädagogisch betätigt?", frage ich.

Oh Mann, was für eine dämliche Frage! Jetzt kommt sie drauf, dass ich kaum etwas über sie weiß. Wenn sie nicht berühmt gewesen wäre, hätte Schneider doch bestimmt kein Interesse an ihr. Aber das war alles vor meiner Zeit und ich hab mir wirklich Mühe gegeben, aber es war kaum etwas über sie herauszufinden, obwohl viele Leute etwas über sie wussten, wenn man gefragt hat.

„Sehen Sie, Anne, so legt sich das Schweigen, das Verschwiegen-Werden über einen Künstler, fast wie der Tod. Totgeschwiegen nannte man das früher. Vor zwei, drei Jahrzehnten kannte mich fast jeder, nicht nur hier, sondern in der ganzen Welt. Ich habe überall konzertiert, mein Buch war ein Bestseller. Damals war ich bewundert."

„Es war schwierig, etwas über sie herauszufinden. Ich habe es im Vorfeld versucht", gestehe ich kleinlaut.

„Ich weiß darum. Sie können nichts dafür. Wie alt sind Sie übrigens?"

Sie will ablenken, wir haben also schon die erste Lücken-Klippe erreicht. Ich muss sie ein wenig aufmuntern.

„Was denken Sie, Nora? Schätzen Sie mal. Ich nehme es nicht übel, wenn Sie mich älter machen als ich bin."

„Dafür sind Sie ja auch noch viel zu jung. Bei mir sieht es da schon anders aus, ich bin in der Angelegenheit etwas empfindlich."

Sie lacht.

„Also, ich denke, Sie sind", sie mustert mich eingehend, „achtundzwanzig Jahre alt."

„Getroffen! Bei meinem Alter verschätzen sich die Leute sonst oft. Wie haben Sie das so genau gewusst?"

„Ihr Verlag hat es mir – nicht – mitgeteilt. Wenn ich Gelegenheit dazu habe, schaue ich mir immer junge Frauen in Ihrem Alter an, da bekommt man ein bisschen Übung in der Einordnung, verstehen Sie?"

Aha? Ist sie lesbisch? Das kann ich sie ja nun auch nicht fragen.

Unsere Unterhaltung ist jetzt endgültig auf Grund gelaufen. Ich nippe verlegen an dem kalten Kaffee in meiner Tasse, Nora murmelt etwas von „Ich bin gleich wieder da", und verschwindet für geraume Zeit in den Tiefen des Hauses.

Als sie wiederkommt, bleibt sie vor der Couch stehen. Verstehe. Ich erhebe mich, packe alles zusammen.

„Bis nächsten Freitag, gleiche Zeit?", fragt sie.

„Gern, ich freue mich", entgegne ich.

Sie schließt die Tür.

Meinen Rock habe ich wieder an seinen angestammten Platz in der hintersten Ecke des Kleiderschranks verbannt. Auf das Grinsen von A kann ich verzichten. Vielleicht fährt er mehr auf Unisex ab. Meinen Unisex-Hosenanzug, den trage ich heute. Dazu flache Schuhe. Schreiten und mit dem Po wackeln ausgeschlossen.

Er sitzt schon am Schreibtisch, als ich die Bürotür öffne. Er blickt von seiner Arbeit auf, erhebt sich, geht zu meinem Bürostuhl, bietet mir mit großer Geste meinen Platz an und verbeugt sich. Dann beginnt er zu lachen. Seine gute Laune ist ansteckend. Zum ersten Mal, seit ich hier im Verlag arbeite, geht in meinem Büro die Sonne auf. Ich nehme Platz, er steht jetzt hinter mir und schiebt mich sacht, ganz langsam, näher an meinen Schreibtisch.

„Guten Morgen, schöne Frau", sagt er, dann geht er zurück zu seinem Schreibtisch.

„Come on, Baby, light my fire", der alte Song von den antiken Doors, den Omimi so geliebt hat, geht mir den ganzen Morgen nicht aus dem Kopf. Anscheinend habe ich nicht nur daran gedacht, sondern den Refrain oder vielleicht den Anfang auch gesummt, denn plötzlich erhebt sich A, positioniert sich in der Mitte unseres Büros, breitet beide Arme aus und fängt an zu singen. Er kennt den ganzen Text, eine schöne Stimme hat er auch. Und toll sieht er aus.

You know that it would be untrue
You know that I would be a liar
If I was to say to you
Girl, we couldn't get much higher.
Come on baby, light my fire
Come on baby, light my fire
Try to set the night on fire.

The time to hesitate is through
No time to wallow in the mire
Try now we can only lose
And our love become a funeral pyre.
Come on baby, light my fire
Come on baby, light my fire
Try to set the night on fire, yeah.

The time to hesitate is through
No time to wallow in the mire
Try now we can only lose
And our love become a funeral pyre.
Come on baby, light my fire
Come on baby, light my fire
Try to set the night on fire, yeah.

You know that it would be untrue
You know that I would be a liar
If I was to say to you
Girl, we couldn't get much higher.

Come on baby, light my fire
Come on baby, light my fire
Try to set the night on fire

...

„Lieben Sie so alte Songs auch, A?"

„Wie Sie gerade hören konnten, A, liebe ich sie nicht nur, ich kann sie doch auch ganz passabel singen, oder nicht?"

„Sie singen wunderbar. Vielleicht können wir uns den Song mal zusammen anhören."

Au weh! Das war viel zu anmacherisch, viel zu weit vorgeprescht. Vielleicht zieht er jetzt sofort den Schwanz ein und alles ist gegessen.

„Ich lade es heute runter, dann haben wir morgen in der Mittagspause Gelegenheit, in alten Zeiten zu schwelgen."

Er dreht sich zu seinem Bildschirm, schaut, schreibt, schaut, schreibt.

In meinem Gefühlschaos wird die Bearbeitung von den Fichtner-Aufzeichnungen bestimmt den ganzen Tag beanspruchen.

Come on, baby, light my fire.

♣

Man darf Männer nicht durch zu viel Nähe-Begehren vergrätzen, hat mich Beate gelehrt. Ich spreche A deshalb auch den ganzen Dienstagmorgen nicht auf unseren Mittagszeit-Plan an. Männer müssen den ersten Schritt machen, finde ich. Da bin ich altmodisch. Als er sich kurz vor zwölf Uhr immer noch nicht geäußert hat, erhebe ich mich geräuschvoll von meinem Stuhl.

„Ich geh dann mal in die Kantine", sage ich. Ob er mich begleiten will, hätte ich gerne gefragt, aber ich halte mich zurück. „Schade", meint er, „ich dachte, wir wären zu einem Spaziergang mit Musik verabredet, oder?" „Ich dachte schon, Sie hätten es vergessen. Klar, ich komme gerne mit." Mist, das war zu eilfertig und gierig. Ich bin unerfahren und muss wirklich noch viel beim Flirten lernen. „Er nimmt sein Smartphone vom Schreibtisch, schließt den Computer und lädt mich mit angewinkeltem Kopf und einem strahlenden Lächeln ein. „Wollen wir zusammen gehen?", fragt er und kneift, ziemlich ungeschickt, sein linkes Auge zu. Na, altmodisch ist A auch.

♣

Wir sind mit der U-Bahn gefahren und jetzt durch das große Tor gegangen, bei dem wohl früher die Leute Eintritt bezahlen mussten. Der Park soll verwildert sein, aber man kann ja auch kostenfrei hineingehen, er steht jedermann offen.

„Kommen Sie, sagt A, das ist einer meiner Lieblingsplätze in der Stadt. Eine wunderbare Kulisse für unser Vorhaben, nicht wahr?"

Was meint er mit Vorhaben? Wir wollen gemeinsam spazieren gehen und uns etwas Musik anhören, oder? A geht schnell, als ob er ein bestimmtes Ziel hat, meist ein wenig voraus. Alle paar Schritte dreht er sich um, schaut mich an, lädt mich mit einem Kopfnicken zum Weiterlaufen ein.

Die gepflasterten Wege sind übersät mit Unkraut, die Blumenwiesen und Pflanzenbeete aber immer noch voller Pracht. Ungezähmt, Natur statt Kultur. Längs unseres Weges Dahlien, Astern, Gräser, Heidekraut und Stiefmütterchen überall. Auch die niedrigen Bodendeckerrosen blühen noch, rot, weiß, rosa. Vögel in Scharen fliegen an uns vorbei, lassen sich hie und da nieder, picken nach Futter oder schlagen Radau. Irgendwann kommen wir an einen großen Weiher. Auf seiner Oberfläche spiegeln sich die bunten Blätter der Bäume, rot, orange, gelb und immer noch grün. Zielsicher steuert A auf eine Bank zu, die am Rande des Weihers steht.

„Was halten Sie von diesem Plätzchen? Idylle pur, oder?"

A setzt sich nieder, wartet, bis ich mich neben ihm platziert habe – und schweigt.

Ich kann Stille, wenn ich jemanden nicht gut kenne, schwer aushalten. Meist plappere ich dann darauf los, weil ich so leicht verlegen bin. Aber hier halte ich tatsächlich den Mund. Den wortlosen Zauber mit A neben mir empfinde ich sofort.

Nach einer kleinen Ewigkeit legt A seine Hand auf meine Hand. Stromschlag, alle Gefühle konzentrieren sich in einem Punkt.

„Wollen wir jetzt die Musik zusammen hören, A? Wie heißt du übrigens wirklich?"

„Anne", entgegne ich.

„Anne", wiederholt er. „Aus dem Hebräischen. Bedeutet Anmut, Liebreiz. Das passt zu dir, meine Schöne." Er führt meine Hand an seinen Mund und haucht einen Kuss darauf. Alte Schule, oh wie toll ist Handkuss denn!

Er holt sein Smartphone aus der Jackentasche, sucht nach der Musik, dann hören wir Wange an Wange „Come on, baby, light my fire".

Des Liedes bedarf es nicht mehr, in Flammen stehe ich schon längst.

Den Rückweg treten wir Hand in Hand an, schweigend. In der Unterführung der U-Bahn dreht er meinen Kopf zu sich und küsst mich. Zärtlich, leidenschaftlich.

„Verrätst du mir noch deinen Namen, A?", frage ich, als ich wieder Luft holen kann.

„Wenn wir im Büro sind, Anne", antwortet er und lacht.

♣

Wir haben uns in einiger Entfernung vom Verlagskomplex noch einmal umarmt, jetzt laufen wir hintereinander und betreten in einigem Abstand unser Büro.

„Vorsicht ist besser als Nachsicht", sagt A und zwinkert wieder mit den Augen.

Was meint er? Treibt ihn auch die Furcht vor heimlich installierten Kameras und Abhörgeräten um?

„Willst du nicht wissen, wie ich heiße, Anmutige?", fragt er.

Er hat also gar keine Angst, kokettiert nur ein bisschen damit.

„Doch, sag schon!"

„Alkim, gnädige Frau, das ist mein Name."

„Alkim, das gefällt mir, Alkim", scherze ich, „und das bedeutet?"

„Regenbogen, Alkim heißt Regenbogen, Anne", antwortet er.

„Ist das Arabisch?"

„Alkim ist ein türkischer Name. Meine Großeltern kamen aus der Türkei."

Genau wie Sibels Großeltern. ‚Meine Vorfahren kommen aus dem Osmanenreich, dem Land der Sultane und ihren Harems", hat sie sich öfter amüsiert.

Ich verscheuche den Gedanken an sie, im Moment kann ich ihn überhaupt nicht gebrauchen.

♣

Die bleierne Schwere meiner Verliebtheit ist seit Dienstag den Flügeln der Schwärmerei gewichen. Dieses Wochenende – ob Alkim und ich da richtig zusammenkommen? Sehr erfahren bin ich in Liebesdingen nicht. Im Jugendcamp, das erste sexuelle Erlebnis, war alles andere als beglückend. Vielleicht waren wir einfach zu jung, um uns gegenseitig genießen zu können. Die zwei Affären an der Allgemein-Akademie waren schöner, haben aber auch zu nichts geführt. Ich hätte gern mehr daraus werden lassen, aber beide Partner haben dankend angelehnt. Das hat mich damals sehr getroffen und mein Selbstwertgefühl ins Nirgendwo versenkt. Sex ohne Liebe? Für mich ist das nichts. Jetzt bin ich schon vier Jahre Single, fast wieder eine Jungfrau und weit entfernt von dem Status einer Verführerin.

Früher, so vor dreißig Jahren, da soll die Promiskuität ja außerordentlich verbreitet gewesen sein. Das wird heute verurteilt. Die Fernsehsendungen und die Filme propagieren wieder die eheliche Treue und sogar die Keuschheit vor der Ehe. Man wird zwar nicht bestraft, wenn man anders handelt, aber wenn solches Verhalten ruchbar wird, hat man mit der Verachtung von allen zu rechnen. Der derzeitige PRIMEQUI soll auch keusch leben. Er will sich ganz seiner großen Aufgabe für die Gleichheit und Gerechtigkeit der Welt widmen. Na ja, ist löblich, aber vielleicht auch unnötig oder sogar gefährlich. Menschen, die zu tugendhaft sind, werden manchmal krank und machen dann noch viel schlimmere Sachen als der Durchschnittsmensch.

Alkim ist noch nicht im Büro, obwohl es schon fast Mittag ist. Er hat mir gar nicht gesagt, dass er einen Außentermin oder vielleicht auch Urlaub hat. Muss ich mich halt mit Essen trösten. Ich schließe meinen Computer und fahre die Treppen zur Kantine hinab.

♣

Wieder Andrang, Lärm und eine lange Warteschlange. Da geht mindestens ein Viertel der Mittagspause drauf, bis man endlich dran ist. Couscous-Salat, das nehme ich. Passt zu meiner türkischen Gemütslage. Ich schaue in dem geschäftigen Kantinensaal nach rechts, links, hinten und vorne, kann aber beim besten Willen keinen freien Platz entdecken. Ich stelle mich ein wenig abseits, muss ich eben warten, bis ein Platz frei wird.

In der hintersten Reihe, an der linken Seite, sehe ich zwei Leute sich erheben. Ein Mann und eine Frau. Da könnte ich schnell hinlaufen, bevor mir ein anderer den Platz wegschnappt. Ich balanciere mein Tablett, das Glas mit der Limonade schwankt bedenklich, ich muss mich konzentrieren, sonst wird es peinlich.

Ist das Alkim? Der Mann, der da hinten aufgestanden ist, das könnte er sein. Die Statur, mittelgroß, das dunkle

Haar, und die Frau, die etwas dahinter läuft? Dunkle Haare, sehr schlank, die Asiatin vom letzten Mal?

Ich drehe mich um, gehe etwas seitwärts. Begegnen will ich beiden hier unten eigentlich nicht. Aus dem Augenwinkel kann ich noch zu ihnen hinschauen, aber mein Gesicht ist abgewandt, ich bin sicher nicht zu erkennen.

Es ist Alkim. Er hat jetzt die Stuhlreihe durchquert, die Asiatin auch, jetzt ist mehr Platz, jetzt gehen sie nebeneinander. Sie unterhalten sich, mal schüttelt Alkim den Kopf, dann die Asiatin. Sie scheinen sich schon länger zu kennen, sie wirken aufgebracht, aber vertraut. Sie haben mich nicht entdeckt, Gottseidank. Ich werde Alkim fragen, auch wenn das zum gegenwärtigen Zeitpunkt vielleicht übergriffig ist. Aber es kommt mir etwas komisch vor und Geheimnisse will ich in einer Beziehung von Anfang an nicht haben.

Als ich im Büro die Tür öffne, ist von Alkim nichts zu sehen. Vielleicht habe ich ihn in der Kantine doch verwechselt und die Asiatin auch? Vielleicht war er heute gar nicht im Verlag? Alkim taucht den ganzen Nachmittag nicht mehr auf, und morgen bin ich bei Frau Fichtner. Da wird wohl aus unserem Wochenende erst mal nichts. Ich kann ihm schlecht eine Nachricht schicken und ihn durch die Blume zum Sexualverkehr auffordern.

Ein paar Flammen in mir sind bereits verloschen.

♣

Mit der S-Bahn dauert die Strecke zu Frau Fichtner nur wenige Minuten. Ist gut angebunden, das vornehme Wohnviertel.

Fantasietanz, eine geöffnete Tür, ein „Kommen Sie herein, Anne!", eine freundliche Hausbesitzerin, Kaffeeduft und Kaffeegeschirr, alles wie immer und schon vertraut.

„Wie war Ihre Woche?", will Nora Fichtner wissen.

„Nicht so langweilig wie sonst", verrate ich.

„Steckt ein Mann dahinter, Anne? Meistens stecken doch Männer dahinter, wenn's aufregend wird." Den letzten Satz hat sie wohl mehr zu sich selbst und deshalb so leise gesagt. Ich würde Nora gern etwas über Alkim erzählen. Wenn ich eine beste Freundin oder wenigstens irgendeine Freundin hätte, wäre das nicht nötig. Aber so mutterseelenallein, wie ich durchs Leben drifte, wären ein paar Worte eine große Entlastung – auch wenn Schneider mich davor gewarnt hat.

„Ich habe einen neuen Kollegen. Und der gefällt mir. Eigentlich ist es noch mehr als gefallen, ich habe mich verliebt. Und da wir uns schon geküsst haben, hoffe ich, dass meine Gefühle erwidert werden."

Nora lächelt, gießt Kaffee ein, macht keinerlei Bemerkung zum Gesagten.

Wahrscheinlich habe ich schon wieder einen Fehler gemacht, war zu vertrauensselig, nehme mich zu ernst, langweile mit meinen Privatanekdoten.

„Liebe ist das Wichtigste im Leben, Anne", sagt Nora nach einer Weile, „ich wünsche Ihnen dabei etwas mehr Glück als ich es selbst erfahren habe."

Ihre netten und offenen Worte freuen mich. Manchmal ebnet ein kleines eigenes Geständnis den Weg für Nähe.

„Ich habe in meinem bisherigen Leben selten auf der Sonnenseite gestanden", bekenne ich.

„Das tut mir leid, Anne."

Einen langen Moment sagt sie gar nichts. Dann schüttelt sie, fast unmerklich, den Kopf.

„Sonnig, nein, das war mein Leben, weiß Gott, auch nicht. Aber Licht und Schatten bedingen sich gegenseitig, eben viel von beidem. Berühmt, von einem interessanten Mann geliebt, ein gesundes Kind, in wohlhabenden Verhältnissen lebend, und dann? Schauen Sie sich in meinem großen schönen Haus um, Anne! Ich sehne mich jede

Woche nach Ihrem Besuch, weil mich ansonsten die Wände anschweigen und an die Vergangenheit erinnern, in denen hier noch Leben war."

Ob ich meine Hand auf ihre legen kann? Ich tu's einfach. Nora lächelt mich an und streichelt mir über die Wange.

♣

2

Erinnerung

„Mein Herr, ich bin nicht Ihrer Meinung,
aber ich würde mein Leben einsetzen,
dass Sie sie äußern dürfen."

Voltaire zugeschrieben

„Nach deinem Gepäck zu urteilen, willst du mindestens vier Wochen bleiben, oder?"

Alexander lacht, aber sein Lachen wirkt unecht. Er scheint Angst vor der neuen Aufgabe zu haben, obwohl Valerie ihm ab morgen helfen wird.

„Alexander, Schatz", sagt Nora. Sie legt beide Hände auf seine Schultern. „Du weißt, wenn ich das Angebot in New York ablehne, bin ich weg vom Fenster. Ich habe jetzt über zwei Jahre nicht mehr konzertiert, ich bin schon halb vergessen. Ich bleibe nur zwei Wochen, habe aber einige Einladungen, so dass ich wieder Kontakte knüpfen kann. Ich bin bald zurück, Ehrenwort."

„Versprich mir wenigstens, dass du deine Zunge im Zaum hältst, Nora. Man kann es mit Händen greifen, dass sich hier alles immer rasanter verändert. Mit deinem letzten Buch hast du für riesigen Wirbel gesorgt. Aufmerksamkeit ist in diesen Zeiten eher gefährlich als erstrebenswert. Bitte, sei vorsichtig! Denk an das Kind!"

„Mach's mir nicht so schwer, Alex. Ich habe sie doch pausenlos im Kopf. Wenn sie zu viel weint, nimm sie nachts in dein Bett, ja? Und erzähl ihr von ihrer Mama und dass die bald wieder da ist, damit sie mich nicht vergisst. Sie versteht nämlich schon viel mehr, als man denkt."

Alexander nimmt Noras Koffer und stellt sie ins Foyer.

Es läutet. Nora öffnet die Tür, der Taxifahrer nimmt das Gepäck.

„Passt auf euch auf", sagt Nora und küsst Alexander auf die Wange.

„Du auch", entgegnet er.

Nora dreht sich noch einmal um, dann schließt sie die Tür.

♣

„Fasten your seat belts, please. We are landing on JFK-Airport in five minutes. The weather in New York is nice and sunny, seventy-eight degrees, a bit windy. Our local time is 4pm. Have a pleasant stay. I am your captain Thomas Greeve. The crew and I are looking forward to welcome you again on board of Boeing 767. Goodbye."

Vor der Landung hat Nora immer ein wenig Angst, obwohl sie schon so oft geflogen ist. Dass es den Mitpassagieren manchmal genauso mulmig war, hat man früher an dem Beifall erkennen können, wenn der Flieger aufgesetzt hatte. Heute macht das kaum noch jemand, man gibt sich cool, damit die anderen Fluggäste nicht erkennen oder vermuten, dass man ein Provinzler ist, der zum ersten Mal in einem Flugzeug sitzt. Der Pilot setzt die Maschine weich auf, Gottseidank. Einige können es mal wieder nicht erwarten und stehen schon auf, um ihr Gepäck aus den oberen Bordcases zu holen. Das Flugzeug wackelt noch hin und her, ein dicker Mann fällt auf Nora, weil er sich bei dem Geruckel nicht hat festhalten können.

„Sorry, Madam", entschuldigt er sich.

„Nicht schlimm", sagt Nora und lächelt den Mann mit dem unverkennbaren R-Laut an. Unten vor der Gangway wartet schon der Shuttlebus, der die Passagiere zum Ankunfts-Terminal bringen soll.

Noras Gepäck erscheint zügig auf den Transportbändern in der Abfertigung, sie zieht ihre Koffer durch die Halle und geht den Hinweisschildern entlang zu den yellow cabs, den offiziellen Taxis von New York. Als Nora vor einigen Jahren zum ersten Mal hier war, hat sie sich gleich am Ausgang von einem inoffiziellen Taxifahrer beschwatzen lassen und am Ende musste sie dreihundert Dollar bezahlen. Vor ihr stehen eine ganze Reihe Leute, die auch auf ein Taxi warten. Endlich, nach zwanzig Minuten, führt sie der zuständige Angestellte zu dem nächsten freien Taxi.

„Midtown Manhattan, Renaissance Hotel, please", sagt sie beim Einsteigen.

„Good afternoon, Madam", sagt der junge Mann, der das Taxi fährt. Er dreht sich um und lächelt Nora freundlich an. Ein Afroamerikaner, so um die dreißig, gutaussehend, mit blitzend-weißen Zähnen, die er wohl gerne zeigt.

„Hello", entgegnet Nora knapp, aber sie lächelt zurück.

„Do you mind listening to some music during the ride. I guess you are from abroad, aren't you?

„Good guess", entgegnet Nora. „I'm European."

„Bet, you were", lacht der junge Mann und dreht sich noch einmal kurz um.

Er schaltet das Radio an.

Frank Sinatra. New York, New York. Ganz schön alt.

Wahrscheinlich doch eine CD, so auf Knopfdruck sprudeln ja nicht die richtigen Songs aus dem Radio.

Er summt die Melodie mit, nach einer Weile hält ihn nichts mehr und er beginnt zu singen.

I want to wake up in a city
That never sleeps
And find I'm king of the hill
Top of the heap.

These small town blues
They are melting away
I'll make a brand new start of it
In old New York.

If I can make it there
I'll make it anywhere
It's up to you
New York, New York
New York, New York.

I want to wake up in a city
That doesn't sleep
And find that I'm number one
Top of the list
Head of the heap
King of the hill.

These little town blues
They've all melted away
I'm gonna make a brand new start of it
In old New York

And
If I can make it there
I'll make it practically anywhere
It's up to you
New York, New York
New York.

Er hat eine gute Stimme, tief, weich, wie das Original. Und der Liedtext, der scheint wie ein gutes Omen für Noras Comeback.

‚If I can make it there, I'll make it practically anywhere.'

Der Fahrer dreht sich nach Beendigung seines Gesangsvortrages um, nur kurz, aber Nora schrickt doch ein wenig zusammen. Die Rush Hour in New York ist berühmt-berüchtigt, das Taxi fährt Schritt in einer schier endlos erscheinenden Reihe von Automobilen. Nach seinem Live-Gesangs-Auftritt verfällt der junge Mann in Schweigen. Könnte ein bisschen was über die Sehenswürdigkeiten und Stadtteile entlang des Weges erzählen, denkt Nora. Aber er scheint keinen Ehrgeiz zu haben, zusätzlich und kostenlos als Stadtführer zu fungieren.

Nach eineinhalb Stunden ist die Fahrt beendet, der Fahrer stellt Noras Gepäck vor dem Eingang des Renaissance ab. Nora zahlt die 68 Dollar Fare, gibt fünfzehn Dollar Trinkgeld. Der Taxifahrer lächelt.

„This is'nt your first stay, is it?", meint er, nimmt das Geld und drückt Nora ein kleines Kärtchen in die Hand.

„If you, nevertheless, Mylady, want to have a guided tour around our wonderful city, call this number, the tour is amazing, you shouldn't miss it, goodbye."

Nora steht vor der riesigen Eingangstür des Hotels, die drei Fahnen an den Fahnenmasten bewegen sich im Wind, ein Porter fürs Gepäck nähert sich schon.

„I'll make a brandnew start", ist Nora entschlossen und tritt durch die Drehtür in die Empfangshalle.

♣

Tag 1
Das Einchecken verläuft problemlos. Der Konzert-Veranstalter hat gebucht, man ist über ihre Ankunft informiert. Mit der Karte in der Hand fährt Nora zum zehnten Stock hinauf. Sie zieht den Kartenschlüssel durch den Schlitz, ihre Koffer stehen bereits in ihrem

Zimmer. Und das ist wirklich atemberaubend, vor allem der Blick vom Balkon, eher der Terrasse, über die Stadt. Das Empire State-Building, ganz nah. Ein Meer von Wolkenkratzern in der untergehenden Sonne. Nora geht ins Bad, dann legt sie sich auf das breite Bett.

Sie ist wohl eingenickt, denn draußen ist es schon halbdunkel. Sie muss Alexander anrufen, sonst liegt er schon im Bett.

„Ja, hallo", sagt er von jenseits des großen Teiches, der die Kontinente voneinander trennt. Er ist so deutlich zu verstehen, als telefoniere man mit jemandem aus dem Nachbarort.

„Ich bin gut angekommen, das Hotel ist prima. Wie sieht es bei euch aus? Geht es meinem Liebling gut?"

„Alles läuft bestens, du brauchst dir keine Sorgen zu machen. Valerie ist früher gekommen, worüber ich natürlich sehr froh bin. Sie hat Clara ins Bett gebracht, das ging ohne Stress, und jetzt sitzen wir vor dem Fernseher."

Nora schweigt, ihr fehlen etwas die Worte.

„Freust du dich denn nicht, dass alles so problemlos ist?"

„Doch, natürlich", antwortet sie. „Lass uns mal Schluss machen, ich bin müde", fügt sie hinzu und drückt mit dem Button Alexander weg.

So schnell also ist sie verzichtbar geworden? Macht Valerie Neuhaus, Alex' Assistentin, die schöne Valerie, die ihr äußerlich so ähnlich, aber eben deutlich jünger ist, sich jetzt in ihrem Leben breit? Wird sie ihre Hand auf Alexander und Clara legen, bis für Nora nichts mehr von ihrem alten Leben übrig ist? Und warum bleibt sie über Nacht? Eigentlich haben Alex und sie das gar nicht so besprochen.

Nora verscheucht die bösen und sicher dummen Gedanken. So illoyal würde Valerie nie sein. Nora hat ihr, der begabten Klavierschülerin, die Stelle bei Alexander doch verschafft. Und ihrem Mann kann sie vertrauen, er hat sie noch nie betrogen. Clara, die fällt noch gar keine Entscheidungen, die liebt ihr Fläschchen und denjenigen, der es ihr gibt.

Nora richtet alles für die Nacht. Nach kurzer Zeit übermannt sie der Schlaf.

Tag 2

Um zwei Uhr Ortszeit wacht sie auf. Der Timelag hat ihr bei langen Reisen schon immer zu schaffen gemacht. Sie nimmt ihr Notebook und verfasst ihren ersten Tweet an die Follower zuhause.

„New York, the city that never sleeps. Die sechs Stunden Zeitverschiebung sitzen mir in den Knochen. Der Blick über die farbig beleuchteten Wolkenkratzer der Stadt ist atemberaubend!"

Noch vier Stunden bis zum Frühaufsteher-Frühstück. Nora geht hinaus auf die Terrasse. Die kaum abgekühlte seidige Luft, das leuchtende Häusermeer, die Vorfreude auf das Konzert und ihr Comeback. Wenn nur die beunruhigenden Gedanken an Clara und Alex nicht wären!

Der Agent ist für acht Uhr avisiert, in der Lobby. Nora nimmt zehn Minuten vor der Zeit auf einem der beigen Sofas Platz. „Attitude ist everything", steht auf dunklem Untergrund an der Wand gegenüber, in goldener Serifenschrift, mit schönen Schwüngen, einem besonders langen beim A am Anfang und dem g am Ende. Die Beleuchtung ist ideal. Indirekt von den futuristisch wirkenden Metall-Spiralen mit ihren LED-Birnchen von der Decke herunter und den rückwärtsgewandten Stehlampenschirmen an jeder Seite der Sitzgruppe. Schummrig, diskret und gleichzeitig hell.

Um fünf nach acht tritt ein kleiner Herr zu ihr.

„Mrs. Fichtner?", fragt er.

„Hello, yes", antwortet Nora und lächelt.

„Seien Sie willkommen, gnädige Frau!" Er verbeugt sich altmodisch, unter galantem Wedel-Einsatz seines rechten Arms. Eine Begrüßung wie durch einen französischen Edelmann. D'Artagnan vielleicht? Nora lacht.

„Bitte, nehmen Sie Platz, mein Herr", sagt sie und verweist mit dem Arm auf die gegenüberliegende Seite. Der, schätzungsweise vierzigjährige Mann, nimmt Nora gegenüber Platz.

Blonde kurze Haare, ein gutgeschnittenes Gesicht, ein Sitzriese, auf dem Sofa jetzt gute fünfzehn Zentimeter größer wirkend als stehend.

„Mein Name ist Pierre Mueller. Leider", fügt er hinzu. „Mein Vater war Deutscher, meine Mutter kam aus Frankreich, liebte ihr Land und die Tradition und da ist dieses Namens-Ungetüm entstanden." Pierre zuckt mit den Achseln und schmunzelt.

„Und wie lange leben Sie schon hier?"

„Seit zehn Jahren. Mir ist es etwas zu heiß in der Heimat geworden, aber da können Sie ja auch ein Lied davon singen. Ich habe Ihr Buch und die Rezensionen gelesen und den Sturm danach beobachtet."

„Lassen Sie uns das Ganze einfach ausblenden. Hier bin ich nur die Pianistin, die man wieder hören will. Und in der Musik hat sich ja Gottseidank nichts verändert."

„Sie haben völlig Recht, Nora, wie dumm von mir, es zu erwähnen. Das Konzert in der Judy and Arthur-Zankel Hall im Carnegie-Komplex …"

Nora unterbricht, lässt Pierre nicht ausreden.

„Was soll denn das heißen, Herr Mueller? Carnegie-Hall, das war mit mir vereinbart, Konzertsaal mit fast dreitausend Zuhörern Fassungsvermögen und weltberühmter Akustik. Und jetzt wollen Sie mich in die Judy and Arthur Zankel-Hall verfrachten? Die ist im Vergleich dazu doch winzig!"

„Also, Frau Fichtner, was man mit Ihnen im Vorfeld ausgemacht hat, ist mir so nicht überliefert. Ich betreue Ihren Konzertbesuch hier erst seit vorgestern, da bin ich nämlich für eine Kollegin eingesprungen, die plötzlich krank geworden ist und das Projekt nicht mehr weiter betreuen kann. Und nach Durchsicht der Unterlagen, die, das gebe ich zu, in aller Eile erfolgen musste, findet das Schumann-Konzert im Judy and Arthur Zankel-Saal statt, der ja nun immerhin auch sechshundert Zuschauer beherbergen kann."

„Verzeihen Sie, aber Sie scheinen nicht zu wissen, dass Schumanns Klavierkonzert a-moll op.54 für ein großes romantisches Orchester, mit Pauken, Trompeten, Bläsern und einem ganzen Streichorchester geschrieben ist. Und auf die winzige Bühne passen die nicht, verstehen Sie?"

„Ich stimme Ihnen durchaus zu, ein ganzes romantisches Orchester passt auf diese Bühne nicht. Soweit ich verstanden habe, sollen Sie von einem intimen Orchester in nahezu Kammermusikstärke begleitet werden. Und die japanische Pianistin, die nach Ihnen die Schumann-Konzertstücke für Klavier und Orchester übernommen hat, ist ja auch mit der Besetzung einverstanden. Sehen Sie's mal so, derart geniale Komponisten kann man doch gar nicht verhunzen, oder?"

Einen langen Moment ist Nora nach diesen Ankündigungen sprachlos.

„Heißt das, mein Schumann-Abend begrenzt sich auf einen halbstündigen Auftritt mit dem Klavierkonzert a-moll, dann löst mich eine zweite Pianistin ab und ich verschwinde hinter der Bühne? Glauben Sie mir, Herr Mueller, das werde ich mir nicht gefallen lassen. Es gibt auch für Künstler einen Rechtsschutz. Vereinbarungen können nicht einfach einseitig verändert werden."

Pierre Mueller beugt sich vor, sieht Nora durchdringend an.

„Genau das, liebe Nora, kann geschehen und ist geschehen. Ich gebe Ihnen den dringenden Rat, sich über die Möglichkeit zu diesem Auftritt zu freuen. Seien Sie froh, es hätte ganz anders kommen können, glauben Sie mir! Wenn Sie sich übrigens vorbereiten wollen, ich habe Ihnen einen Übungsraum bei Steinway Hall reserviert, ganz nah beim Times Square, den können sie zu allen Tageszeiten nutzen. Nehmen Sie ruhig die Subway, bei Tag ist die jetzt sicher. Ja, und die Generalprobe ist übermorgen, beginnt um 9 Uhr, seien Sie bitte pünktlich!"

Er erhebt sich, verabschiedet sich wieder mit den Kavaliersgesten eines D'Artagnan, lächelt, der kleine Mann. Drohung oder Warnung? Wie gefährlich oder vertrauenswürdig ist er?

♣

Als Nora in ihrem Hotelzimmer angelangt ist, ruft sie sofort Alexander an. Sechs Stunden weiter, bei ihm ist es jetzt Nachmittag.

„Ja, hallo Nora, Alex ist im Verlag", antwortet Valerie am anderen Ende der Leitung.

Also ,Alex'. Nicht mehr ,Herr Schneider'. Ist das schon das Die-Maske-fallen-lassen oder einfach ein harmloser Zufall?

„Macht Clara noch Mittagsschlaf?", fragt Nora.

„Der kleine Schatz ist so ein Murmeltier, ja. Soll ich sie wecken?"

„Nein, nein, Valerie, lassen Sie das. Wenn sie schläft, braucht sie ihren Schlaf, da will ich nicht schuld sein, dass sie hinterher quengelt, weil sie noch müde ist."

„Ach, Nora, machen Sie sich darüber keine Sorgen. Clara ist so ausgeglichen, sie spielt schon so schön allein, manchmal höre ich eine halbe Stunde nichts von ihr. Ein richtig pflegeleichtes Kind, toll!"

Nora erinnert sich an die Geburt, die vielen durchwachten Nächte, die gefolgt sind, an die ersten Trotz- und Schreianfälle ihrer Tochter. Will Valerie deutlich machen, dass sie die bessere Mutter wäre?

Nein, wie misstrauisch und gemein sind diese Verdächtigungen! Valerie bemüht sich und ist mit Energie in Noras Rolle geschlüpft, das verdient nicht Misstrauen und Verdächtigungen, sondern Freundlichkeit und Dank.

„Ich freue mich sehr, dass alles so gut in meiner Abwesenheit gelingt. Danke Ihnen, Valerie! Und wenn es Ihnen doch einmal zu viel wird, halten Sie sich an Rosa. Die kann mit dem Kind auch sehr gut umgehen, sie hat schon oft auf Clara aufgepasst, wenn wir ausgehen mussten. Sagen Sie meinem Mann, dass ich heute Abend, also so in zwei, drei Stunden, noch einmal anrufe, ja?"

„Gern, Nora, goodbye", antwortet Valerie und beendet das Gespräch.

Nora nimmt ihr Notebook und verfasst den zweiten New York-Tweet.

„New York wartet, ich komme. Das habe ich zumindest gedacht. Irgendwelche Leute haben meinen Schumann-Abend zusammengestrichen und mich von der Carnegie in die kleine Zankel-Hall verfrachtet. Ich werde sicher noch herausbekommen, wer dahintersteckt. Jetzt schaue ich erst mal, was in Manhattan so los ist."

Für Steinway Hall ist es zu spät, Nora wird ein bisschen herumfahren und die beunruhigenden Gedanken verdrängen.

♣

Mit der Subway ist man schnell überall. Die unterirdischen Gänge sind nicht mehr mit Graffiti übersät, die Waggons auch nicht, es liegen weniger Drogensüchtige und homeless people in den Unterführungen herum. Man fühlt sich sicherer.

Am Times Square steigt Nora aus, schlendert durch die Straßen. Unzählige Leuchtreklamen laufen die Hochhaustürme hinauf und hinab und buhlen um Aufmerksamkeit. Vom Times Square Tower blicken LED-Mickey Mouse und LED-Minnie herunter. Berühmte Ausstatter haben hier ihre Geschäfte, einige kennt Nora von zuhause. Sie schaut die Schaufensterauslagen an, für einen Besuch der Geschäfte fehlt ihr die Zeit – und die Lust. Mit der U-Bahn fährt sie zurück zum Hotel.

Zuhause ist es jetzt neunzehn Uhr. Da müsste Clara noch wach sein.

„Hallo, Nora, schön, von dir zu hören", sagt Alexander.

„Ich muss dir etwas sagen und deinen Rat hören, Alex."

„Na, was hast du angestellt, mein Schatz?"

„Zum Scherzen ist mir nicht zumute. Der Konzertveranstalter hat mein Programm auf weniger als die Hälfte zusammengestrichen und darüber hinaus auch den Veranstaltungsort verändert, ohne vorherige Absprache. Ich habe schon versucht, in meiner Agentur anzurufen, sie aber nicht erreicht. Was soll ich tun?"

„Halt die Füße still, Nora. Ich hab's dir schon vor deiner Abreise gesagt. Alles ist hier bei uns im Umbruch, und wer weiß, vielleicht da drüben auch, das kann man von außen immer schwer beurteilen. Halte dich so bedeckt wie möglich und nimm es ein bisschen gelassen. Hauptsache, du kannst wieder auftreten."

„Anpassen, schweigen, sich demütigen lassen und sich dabei noch verbeugen? Duckmäusern, so nannte mein Vater das. Du weißt, dass es nicht meine Art ist, bei Ungerechtigkeiten und Übergriffen den Mund zu halten, oder?"

„Dann wirst du es lernen, Nora. Du kannst nicht wie Don Quichotte gegen Windmühlenflügel anreiten. Der

Wind hat sich gedreht, und das werden wir leider akzeptieren müssen."

„Lass uns an dieser Stelle die Diskussion abbrechen, Alexander. Kannst du Clara mal ans Telefon holen?"

„Willst du das wirklich, Nora? Valerie bringt sie gerade ins Bett, und du weißt, wie sie quengelt, wenn sie aus ihrer Routine herausgerissen wird. Und dann haben wir den ganzen Abend den Stress um die Ohren."

Nora drückt ohne ein weiteres Wort den „Off"-Button.

Sie wird hinuntergehen und in der Lobby ein, zwei oder drei Cocktails trinken, nach dem Gespräch braucht sie Alkohol, viel Alkohol.

Dieses Mal setzt sie sich in einen beigen Lobby-Sessel. Auf dunklem Untergrund an der Wand gegenüber liest sie den Spruch.

„Attitude is everything."

♣

Tag 4

Am Tag zuvor hat Nora in Steinway Hall einige Stunden für die Generalprobe geübt.

Heute mit dem Orchester nur einmal zusammen zu proben und zwei Tage später beim Konzert gemeinsam auf der Bühne zu stehen, ist selbst für einen so erfahrenen Pianisten wie Nora eine große Herausforderung. Hoffentlich liegt eine vernünftige Bearbeitung vor, ist das Ensemble versiert und man kann sich schnell aufeinander einstellen.

Um acht Uhr dreißig steht Nora vor der Eingangstür des Carnegie Komplexes. Ende des 19. Jahrhunderts erbaut, vermittelt er zwischen all den Wolkenkratzern moderneren Datums den Eindruck eines steinernen Reliktes aus einer lange vergangenen Zeit. Nora nimmt den Haupteingang und sucht den Weg zum Südteil des Komplexes, dem Ort der Zankel-Hall.

Vor der Tür wartet sie einen Augenblick. Sie hört nichts, entweder sind die Orchestermusiker noch nicht da oder die Schalldämmung ist perfekt.

Drinnen haben sich auf der Bühne die Orchestermusiker schon eingefunden. Es sind wenige, für ein Konzert mit romantischer Musik zu wenige, um der vom Komponisten beabsichtigten Klangwirkung nahekommen zu können.

Halb voll statt halb leer, ermahnt sich Nora und begrüßt den Dirigenten, den man zwar nicht an seiner schlichten Kleidung, nur an dem Stock erkennen kann, den er schon jetzt, fast dreißig Minuten vor Beginn, in der Hand hält.

„Mrs. Fichtner, I'm very glad to meet you. Having the opportunity of working with you makes me happy. It is a great pleasure and a big honour."

Der junge Mann verbeugt sich nach dieser einstudiert wirkenden kleinen Ansprache.

Nora lächelt, sie stellt keine Fragen. Nach wenigen gemeinsamen Tönen wird sie wissen, ob das Orchester ein armseliger Lückenbüßer oder, bei den gegebenen Umständen, ein Glücksfall ist.

Die Orchestermusiker stimmen ihre Instrumente, manche proben einzelne Partien, Nora nimmt am Flügel Platz, allmählich wird es still im Saal, die Blicke der ausnahmslos jungen Musiker richten sich auf den Dirigenten, er schlägt einige Male mit dem Taktstock auf das Pult, hebt die Arme.

Wie hat sie das alles vermisst! Endlich wieder den Rausch gemeinsamen Musizierens erleben, Höhepunkten entgegenstreben und sie einen kostbaren Augenblick genießen, die Tiefen der Musik lento, largo oder pianissimo bloßlegen.

Die Orchestermusiker beginnen, der Zusammenklang ist erstaunlich gut, Glücksfall. Noras Einsatz.

Drei Mal hintereinander, Probe, Unterbrechung, Neuanfang, Probe. Beim dritten Durchlauf endlich keine Unterbrechung mehr, der Dirigent schaut zufrieden und Nora ist es. Sie verabschiedet sich vom Dirigenten mit Handschlag, nickt den Musikern zu.

„Until the day after tomorrow", sagt sie beim Hinausgehen.

Vor der Tür wartet schon die Japanerin.

Es ist Mittag, Nora wird in einem der vielen Restaurants etwas essen gehen.

♣

Tag 5

Sie hat nicht schlecht geschlafen, auch wenn sie einige Male hochgeschreckt ist. Clara, Alexander, die waren in den kurzen Traumphasen präsent. Das Konzert, Patzer, Fehler, die auch.

Sie wird heute Morgen bei Steinway and Sons wieder üben, dann eine kleine Tour durch New York machen, um sich abzulenken und zu entspannen. Entspannung, das weiß sie aus der Vergangenheit, ist genauso wichtig wie Üben.

Die Angestellten der Steinway Hall haben sie gebeten, die Tür des Übungssaals offen zu lassen. Sie kennen die berühmte Konzertpianistin aus der Alten Welt und wollen sich eine solche Gelegenheit nicht entgehen lassen. Nachdem Nora geendet hat, ertönt Beifall. Die Angestellten haben sich vor dem Übungsraum versammelt. Als Nora hinausgeht, bilden sie ein Spalier, der Beifall reißt nicht ab. Der Manager gibt ihr die Hand beim Abschied, „so glad you were here", sagt er und verbeugt sich. Beflügelt verlässt Nora die Hall. Nach einem Snack bei Subway macht sie sich auf zu dem kurzen Stadttrip, den sie ausgewählt hat. Auf dem Zettel des Taxifahrers, der sie ins Hotel gebracht hat, befanden sich Hinweise. New York wird sie gleich nach dem Konzert verlassen, dazu ist Nora entschlossen. Sie hat Heimweh nach Clara und Sorge um ihr Verhältnis zu Alexander. Die Hoffnungen, die sie mit dem Aufenthalt hier verbunden hat, sind ohnehin zerstoben.

♣

The Edge, Freedom Tower und Freiheitsstatue. Das sind die Eindrücke, die sie mitnehmen will nachhause. Wer weiß, ob sie noch einmal Gelegenheit dazu erhält? Nach dem Mittagessen nimmt Nora die Subway zum Viertel Hudson Yards. In 30 Hudson Yards befindet sich im hundertsten Stock die Aussichtsplattform The Edge. Der Name löst in Nora unterschiedliche Assoziationen aus. Rand – der Rand der Welt, den die Menschheit erreicht hat und von dem man auch wieder, wie die Alten es von dem Rand der Erdenscheibe annahmen, herunterstürzen kann? Der Rand, die Grenze dessen, was der menschliche Gestaltungswille erreicht?

Sie kauft ihr Ticket am Schalter im vierten Stock, obwohl man sie gewarnt hat, der Zugang zur Edge sei reglementiert und oft müsse man Stunden auf den Zutritt warten. Aber, sie ist lucky, Glück gehabt. Das Ticket gilt für das nächste Zeitfenster in zehn Minuten. Nach dem obligatorischen Sicherheitscheck, der seit den Terroranschlägen für alle New Yorker Aussichtsplattformen gilt, fährt sie mit dem Lift die sechsundneunzig Stockwerke hinauf, dreihundertsechsunddreißig Meter in sechzig Sekunden, ohne dass man es bemerkt. Sie betritt den hundertsten Stock des Bauwerkes.

Der Innenbereich ist riesig, die Wände sind verglast, eine Bar, ein Restaurant. Und überall der Rundumblick über New York. Unten fließt dunkelblau der Hudson River, in einiger Entfernung erkennt man Central Park, die Statue of Liberty. Weit kann man sehen, hundertdreißig Kilometer sollen es an sonnigen, wolkenlosen Tagen wie diesem sein. Für das Hinausgehen in den Außenbereich holt sich Nora an der Bar ein Glas Champagner. Vor dem Fliegen hat sie immer ein bisschen Angst und ist jedes Mal froh, wenn sie wieder festen Boden unter den Füßen hat. Und die dreieckige Plattform, die zwanzig Meter vom Gebäude hinausreichen soll, ist bestimmt noch furchteinflößender, aber bleibt sicher auch unvergesslich.

Die Aussichtsplattform ist von einer hohen Glasscheibe umgeben, was Nora ein bisschen Sicherheit verleiht. Sie begibt sich an den Spitze des Dreiecks, sie beginnt über New York zu schweben. Unten die Straßen, Menschen und Fahrzeuge, klein wie Spielzeug. So also sieht ein Blick nach unten vom hundertsten Stockwerk aus. Nora geht von der Dreiecksspitze zur Mitte, dort, wo der Boden verglast ist. Nur einen Augenblick schaut sie hinunter. Springen ohne zu springen, fallen ohne zu fallen.

Zehn, fünfzehn Minuten hat sich Nora hier oben aufgehalten, aber die Zeit hat sich gedehnt, erscheint ihr wie eine kleine Ewigkeit. Sie nimmt von der Fotowand ihr Foto mit, im Souvenirshop kauft sie ein Minimodell von 30 Hudson Yards mit Edge, dann fährt sie mit dem Fahrstuhl hinunter.

Sie läuft zum nächstgelegenen Taxistand. Den Freedom Tower – so heißt er immer noch bei den meisten New Yorkern, obwohl er offiziell seinen Namen längst verloren hat – will sie sich bei einem kurzen Stopp nur von außen ansehen. Danach braucht sie die Fahrt zur Anlegestelle der Fähre von Staten Island. Sie nennt ihre Route, den Preis verhandelt sie kurz mit dem Taxifahrer. Ein Mann mittleren Alters, Latino, etwas übergewichtig und mit gelassener freundlicher Ausstrahlung. Er scheint sich über den kleinen Trip zu freuen. Nora muss sich bemühen, seinen schnellen Sätzen zu folgen, aber sie ist glücklich, einen bemühten Reiseführer gleich mitbekommen zu haben.

An Vessel fahren sie vorbei. „The costs were 200 million dollars, sixteen storeys, twothousandfivehundred steps", klärt der Taxifahrer auf. Man sieht Menschen, klein wie Ameisen, die futuristische Skulptur erklimmen. Immer breiter wird sie nach oben. „Along with the use- and senseful travels a lot of shit", sagt der Taxifahrer und lacht. „Do you agree?" Nora zuckt mit den Schultern, lächelt. Eine endgültige Meinung zu diesem Ausflug in die zweckfreie Schönheit der Architektur hat sie noch nicht.

One World Tower, das erste Ziel. Errichtet an dem Platz, wo einst die Zwillingstürme des World Trade Centers standen. Lange Zeit war es das höchste Gebäude auf dem amerikanischen Kontinent, über einen halben Kilometer in den Himmel ragend. Der ursprünglich geplante Name – Freedom Tower – wurde später von den Betreibern verworfen, weil sich die Büroräume in einem One World Trade Center besser vermieten lassen würden.

„A monument for almost three thousand people who died here through the hand of terrorists", beendet der Fahrer seine Information.

Nora steigt aus und schaut hinauf zu dem Wolkenkratzer mit seiner schlanken Spitze. Die umgebenden Gebäude spiegeln sich in der Fassade. Der Blick von hier unten nach oben macht fast genauso schwindlig wie der vom Edge hinunter. Zum 11.September-Memorial, den zwei Wasserbecken auf dem ehemaligen Gelände der Twin Towers, geht sie zu Fuß. Wasser fällt von den Seiten hinunter in die Becken, in der kupfernen Umrandung sind die Namen der fast dreitausend Opfer der Terroranschläge eingraviert. Von den mehr als dreihundert Feuerwehrleuten, die retten wollten, von den Terroropfern, die verbrannt, erstickt oder hinuntergesprungen sind.

Nora verweilt einige Minuten hier, still. Ein Gefühl der Verbundenheit mit den Menschen, die nun nicht mehr da sind, überwältigt sie. Sie läuft zurück zum Halteplatz des Taxis.

Der Fahrer startet das Auto. Fährterminal für die Staten Island Ferry ist das nächste Ziel. Auf dem Weg dorthin schweigt der Fahrer nun, so dass Nora ihren eigenen Gedanken nachhängen kann. Sie zahlt, steigt aus und winkt ihm nach.

♣

Ein Ticket braucht Nora nicht, die Tour ist kostenlos. Sie stellt sich an, besteigt die Fähre. Eine knappe halbe Stunde, wunderbare Blicke auf Manhattan Island und dann auf die Statue, die für so viele Menschen zum Symbol und zur Hoffnung auf Freiheit gewesen ist. Bewegende Momente, die auch nicht durch das Geplapper der vielen Passagiere gestört werden.

Am Ende der Fahrt steigt Nora kurz aus, auf der Fähre sitzenbleiben darf man nicht. Dann stellt sie sich erneut in die Reihe, um zurückzufahren.

Im Hotelzimmer verfasst sie ihren dritten New York Tweet:

„Heute auf den Spuren von Vergangenheit und Zukunft gewandelt. Die Freiheitsstatue vom Boot aus, unvergesslich mit den Erinnerungen an die unzähligen Menschen, die in ihr Hoffnung und Symbol sahen. Edge, der Rand – von was? Und One World Tower auf dem Gelände von Ground Zero, mit der Erinnerung an all die Opfer, die dort ihr Leben verloren haben! Morgen das Konzert, im Minnie-Mini-Format!"

Nora geht früh ins Bett, sie wird nicht zuhause anrufen, für die morgige Aufführung muss sie ausgeschlafen sein.

♣

Tag 6
Nach dem Frühstück fährt Nora noch einmal zu
Steinway and Sons. Die freundliche Aufnahme und die
vielen Victory-Zeichen der Angestellten am Ende tun ihr
gut. Im Hotel lässt sie sich eine leichte Mahlzeit aufs
Zimmer bringen, ruht ein wenig aus und nimmt ein Bad.
Pierre Müller wird sie um 17.30 Uhr in der Lobby abho-
len.
    Er ist pünktlich, verneigt sich wieder galant und we-
delt in gewohnter D'Artagnan Manier mit dem Arm.
    „Nora, Sie sehen bezaubernd aus. Das Publikum wird
Ihnen zu Füßen liegen", schmeichelt er in seinem etwas
überholt und abgestanden wirkenden Charme.
    Er bietet Nora den Arm und begleitet sie zu der vor
der Eingangshalle wartenden Limousine.
    „Ich habe Sie bisher nicht gefragt, Pierre. Wie heißt
das Orchester, mit dem ich heute konzertieren werde?"
    „New York University Orchestra."
    „Wie? Das heißt, ich spiele mit Studenten, mit einem
Laienorchester?"
    „Wenn Sie es so formulieren wollen, ja. Aber mit ei-
nem trotz alledem doch sehr versierten, nicht wahr, Nora?"
    Nora wird nicht weiter nachfragen, obwohl sie inner-
lich kocht, so kurz vor dem Konzert ist Aufregung kontraproduktiv.

♣

    Die Zankel-Hall ist bis auf den letzten Platz besetzt.
Nora geht durch die Seitentür auf die Bühne, deutet mit
dem Kopf eine kleine Verbeugung vor dem Publikum an,
wiederholt das gleiche in Richtung Dirigent und Orchester und nimmt am Flügel Platz.
    Absolute Stille. Der kurze Auftakt des Orchesters,
ein, zwei Sekunden, dann fällt Nora ein. Allegro affettuo-
so, Nora stellt ihren Anschlag auf die kleine Orchesterbe-

setzung ein, um die wenigen Musiker nicht zu übertönen. Auch der zweite und dritte Satz gelingen gut im Zusammenspiel. Als der letzte Ton des Konzerts verklungen ist, wartet Nora noch einen Augenblick. Im Publikum, im Orchester, kein Laut, Stille. Nora steht auf, geht zum Dirigenten, schaut ihn an, sie verneigt sich. Die Zuschauer hält es nicht mehr auf den Sitzen, tosender Beifall, Bravo- und Da capo-Rufe ertönen, der Applaus wird rhythmisch. Nora flüstert dem Dirigenten etwas zu, geht zurück zum Flügel, Erster Satz, Allegro molto vivace, die Zugabe. Als sie geendet hat, noch einmal Stille. Wieder erheben sich die Zuschauer, Nora verneigt sich, reicht dem jungen Dirigenten die Hand. Die ist schweißnass, seine Stirn auch, aber er sieht beseelt und glücklich aus. Ergriffen, auch erleichtert verlässt Nora die Bühne und ordert ein Taxi.

Auf den Straßen ist nicht mehr so viel los, sie ist schnell zurück im Hotel. Sie bestellt in der Lobby ein Glas Champagner. Welch einsamer Kontrast zu den After-Concert-Partys, die sie von früher her gewohnt ist. Sie wird im Hotelzimmer packen. Morgen fliegt sie zurück nach Europa.

„Publikum und Orchester waren wunderbar, Glücksgefühle, auch wenn mir die Carnegie-Hall vertragswidrig verweigert worden ist. Morgen zurück nach Europa, die Verantwortlichen ausfindig machen", verfasst sie ihren vierten Tweet.

Als Nora schon für die Nacht vorbereitet ist, summt ihr Telefon. Vielleicht doch noch Alex, der sich erkundigen, gratulieren will?

„Hi, Nora, congratulations. Sie waren großartig", sagt Pierre am anderen Ende der Leitung.

„Danke, mein Lieber, die widrigen Begleitumstände trüben meine Freude, das können Sie sich vorstellen. Für Mamis und Papis, auch wenn die Sprösslinge schon et-

75

was älter sind, habe ich letzthin nicht mehr exklusiv gespielt."

„Haben Sie trotzdem Lust, morgen bei den Chelsea Studios ein Radiointerview zu geben? „

„Eigentlich wollte ich morgen zurückfliegen, Pierre."

„Verschieben Sie es doch, nur um den einen Tag, der Chelsea Radiosender hat sehr viele Zuhörer. Ich hole Sie morgen um 11 Uhr in der Lobby ab, ok?"

„Well, Mr. Mueller, persuaded, I agree", antwortet Nora und lacht. „Good night, sleep tight, don't let the bedbugs bite", fügt sie hinzu.

Alexander hat sich nicht gemeldet, mit Clara hat sie seit einer Woche nicht gesprochen. Übermorgen wird sie nachhause fliegen.

♣

Tag 7
„We are glad to have you here", begrüßt sie der Radio-Moderator und weist auf den Platz gegenüber.

„Thank you for your friendly welcome, Mr.?"

„Tom Summer, Mrs. Fichtner, but – wir können das Interview in Ihrer Muttersprache führen. Dies ist ein special broadcast für ausgewählte Zuhörer."

„Also nicht landesweit. Eine lokale Sendung, für wen?"

„Vor allem für Leute aus Pennsylvania, Dutch Country, die werden glücklich sein, noch einmal die Sprache ihrer Vorfahren hören zu können."

„Das ist bei uns auch ein Thema. Was am Ende unsere gemeinsame Sprache sein wird, darüber streiten sich noch die Großen, die bei uns den Ton angeben. Hoffentlich wird es nur eine gemeinsame Amtssprache. Mir, der ich auch in meiner Muttersprache schreibe, würde diese unendlich fehlen. Man verliert ein wichtiges Stück Heimat und kulturelle Identität."

„Wir sind bereits auf Sendung, Mrs. Fichtner." Mr. Summer räuspert sich. „Wie werten Sie musikalisch Ihren neuerlichen Besuch in den Vereinigten Staaten?"

„Zunächst einmal möchte ich dem Orchester der New York University danken. Die jungen Musiker haben die herausfordernde Aufgabe bravourös gemeistert. Das darf aber nicht darüber hinwegtäuschen, dass mir übel mitgespielt wurde."

„Was meinen Sie damit? Sie machen mich und unsere Zuhörer neugierig!"

„Vereinbart war, dass die New Yorker Philharmoniker mich begleiten, dass ich in der Carnegie Hall spiele und das alles bei einem Solo-Abend. Das war mein Vertrag. Verglichen damit, das werden Sie zugeben, nimmt sich mein kleiner Auftritt in der Zankel-Hall recht wenig bedeutend aus."

„Das klingt ja nun sehr negativ, liebe Frau Fichtner. Mir wurde gesagt, Sie seien mit frenetischem Beifall gefeiert worden."

„Das Publikum war unbestritten wunderbar, Mr. Summer. Aber – Sie haben einen kleinen Kunstgriff für unser Gespräch benutzt, nicht wahr?"

„Jetzt machen Sie mich doppelt neugierig. Was meinen Sie damit?"

„Einfach ausgedrückt, Sie lenken ab. Und darüber hinaus versuchen Sie, mir ein schlechtes Gewissen einzureden, wie undankbar ich gegenüber meinem ergebenen Publikum sei. Und so drängen Sie mich sogar in die Defensive, obwohl das Gegenteil bei dem Skandal, den ich erlebt habe, eine angemessene Haltung ist."

„Darf ich also folgern, dass Sie Ihren Besuch in den Vereinigten Staaten als Skandal empfinden?"

„Mr. Summer, Sie sind ein Meister im Verdrehen von Worten. Ein Skandal ist, wie die vereinbarten Vertragsbedingungen einseitig und ohne Rücksprache mit mir verändert worden sind. Das war Vertragsbruch und dass ich meine Agentur seit Tagen nicht erreiche, ist verdächtig. Wer hinter allem steckt und warum das von wem auch immer in Szene gesetzt wurde, das werde ich nach meiner Rückkehr versuchen herauszufinden. Und die Verantwortlichen zur Rechenschaft ziehen, das werde ich auch."

„Schade, Mrs. Fichtner, dass unsere Zuhörer nun nur Verdächtigungen und Anschuldigungen zu hören bekamen. Wir alle hatten gehofft, etwas über Ihre Musik, die uns früher so begeistert hat, erfahren zu können und Sie deshalb ins Studio gebeten. Ich danke Ihnen trotzdem für das Gespräch."

Nora hält es nach diesem abrupten Interviewabbruch nicht mehr auf ihrem Platz. Sie springt auf.

„Sie haben mich reingelegt, Summer! Sie sind ein Schwein!", schreit sie.

„Wir sind noch auf Sendung, Mrs. Fichtner. Sorry."

Nora dreht sich um und verlässt ohne ein weiteres Wort das Studio. Vor der Tür wartet Pierre. Er hat einen hochroten Kopf, verschießt wütende Blicke.

„Nora, Nora", sagt er und schüttelt heftig den Kopf. „Um Sie muss ich mir richtig Sorgen machen."

Auf dem gemeinsamen Rückweg mit Pierre zum Hotel schweigt Nora. Die Sendung – ein Fiasko. Summer hat sie ins offene Messer laufen lassen. Geschickt, gemein, ungerecht. Aber Recht haben, heißt durchaus nicht, dass man Recht behält. Nach dem Interview steht sie als mäkelnde, undankbare, besserwisserische, paranoide, nicht mehr ganz junge Diva aus der alten Welt da. Glückwunsch, Nora! Sie muss sofort nachhause verschwinden. Hier wird sie für die nächsten Jahre keinen Fuß mehr auf die Erde bringen, das ist gewiss.

Sie verabschiedet sich vor dem Eingang des Hotels von Pierre. Er nimmt ihre beiden Hände und drückt sie fest und lang. Seine D'Artagnan Verbeugung und der geschnörkelte Wedelschwung seiner rechten Hand unterbleiben heute allerdings. Auch ihm ist wohl alle Laune vergangen.

„Wir sehen uns wieder, bestimmt, Nora", sagt er und fährt davon.

♣

„Bist du wahnsinnig geworden?", schreit Alexander ins Telefon.

Das hat Nora gerade noch gefehlt. Sie liegt längst am Boden, hofft, dass der Mensch, der ihr am nächsten steht, sie unterstützt – und dann das.

„Du weißt, dass ich im Recht bin. Soll ich noch dienern und dackeln, wenn man mir einen Tritt gibt?"

„Genau, das wäre das Gebot der Stunde gewesen, meine Liebe. Ich habe dich vor Reiseantritt gewarnt, aber du hörst ja nie auf jemanden. Schon deine Tweets waren gewöhnungsbedürftig. Was glaubst du, wie erst dein Interview hier eingeschlagen hat?"

„Ich trete für mein Recht ein, das ist weder verwerflich noch eine Majestätsbeleidigung. Ich habe keine Angst, wenn jemand von den Oberen „Huch" schreit."

„Du hast nebulöse Verdächtigungen und Anschuldigungen geäußert, das war wenig klug und sehr, sehr unvorsichtig. Was bei der ganzen Sache herauskommt, wird sich noch zeigen. Ich halte den Atem an, das kannst du mir glauben."

„Ich fliege morgen, bis dahin wärst du dann schon erstickt." Nora lacht. „Also atme mal lieber tief durch, ok? Und sei nicht so ein Angsthase!"

Sie drückt den Button. Vorfreude sieht anders aus.

♣

Tag 8
Nach dem Frühstück fährt Nora mit einem Robo-Taxi zum John F. Kennedy-Airport. Sie hat keine Lust auf einen singenden oder schwatzenden Fahrer und die Fahrt ist nicht teurer als bei den yellow cabs.

Sie hat den Flug nicht vorgebucht, es gibt aber noch freie Plätze im nächsten Jet, sie kauft am Automaten ihr Ticket. Gepäckaufgabe, Sicherheitskontrolle, alles läuft schnell, präzise und problemlos ab. An der Identitätskontrolle die erste Schlange. Es sind noch eineinhalb Stunden bis zum Abflug, da ist keine Eile.

„Your identity card, please, Madam", sagt der Schalterbeamte. Er scannt das Dokument, blickt Nora aufmerksam an.

„Mrs. Fichtner, there's a little problem with your identity card. Could you just step a little to the left so that the other passengers can pass by. I'll be back in a minute."

Er steht auf und verschwindet irgendwo hinter dem Schalter, ein Kollege übernimmt für ihn. Aus der einen Minute werden viele, bis der Beamte endlich zurückkommt.

„Sorry, Madam", sagt er, „your document is not valid for leaving the United States. We must get into contact with your authorities at home. Call your embassy they will know more in some days, I guess."

Er reicht Nora ihre Identity Card zurück, sie muss sich in umgekehrter Richtung durch die Schlange der Passagiere quälen, dann steht sie in der Abflughalle, die das Tor zur Welt bedeutet, für alle, nur nicht für jemanden, der keine gültigen Ausweispapiere besitzt. Sie muss Alexander anrufen. Er muss zu den Behörden gehen, nachfragen, Druck machen.

„Der Teilnehmer ist momentan nicht erreichbar. The person you are calling is momentarily not available." Die automatische Durchsage des Smartphones.

Bei den Festnetzanschlüssen im Haus und in Alexanders Firma läutet das Telefon, aber niemand nimmt ab.

Pierre, sie muss Pierre anrufen.

„Nora, was gibt's?", sagt er sofort. Er hat sich also schon ihre Nummer gemerkt.

„Ich sitze am Flughafen fest. Irgendetwas soll mit meinem Identitätsausweis nicht stimmen. Es kann nach Aussage des Beamten Tage dauern, bis mit der Botschaft alles geklärt ist. Was soll ich jetzt machen? Zuhause erreiche ich niemanden."

„Im Airport gibt es mehrere Hotels, Nora. Da können Sie einige Tage bleiben. Sehen Sie es doch als eine kleine Verlängerung Ihres Aufenthaltes hier an. Das TWA-Hotel ist immer noch sehr empfehlenswert. Ein Erlebnis!"

„Ich will nachhause, ich will zu meinem Kind und ich will zu meinem Mann, verstehen Sie, sofort. Ich werde hier festgehalten und nach all dem Schlamassel, den Ihr Unternehmen mir eingebrockt hat, müssen Sie mir helfen!"

Pierre antwortet erst nach einer Weile.

„Also gut, Nora. Ich bin in einer Stunde am Haupteingang, wo die Taxis halten. Dann sehen wir weiter."

Nora wird in der Zwischenzeit versuchen, ihr Gepäck zurückzubekommen.

♣

„Haben Sie geweint, Nora?", fragt Pierre, nachdem er aus dem Taxi ausgestiegen ist.

Nora zögert einen Moment, dann nickt sie.

„Mein Gepäck bekomme ich ohne gültige Identity Card nicht, mit meiner Pay-Card kann ich weder bezahlen noch Bargeld abheben, sie scheint gesperrt zu sein. Und Bezahlung über mein Smartphone funktioniert auch nicht, geschweige denn, dass ich meine Familie erreichen könnte."

„Also, Nora", Pierre legt ihr die Hand auf die Schulter, „ich habe ein kleines Apartment in Brooklyn. Da werden wir jetzt hinfahren und da können Sie bleiben, bis alles geregelt ist."

Als er Noras verlegenen und alarmierten Blick wahrnimmt, lacht er.

„Keine Angst, meine Liebe. Ich wohne da nicht. Und außerdem bin ich schwul, Sie müssen sich also keinerlei Sorgen machen."

Nora ist erleichtert.

„Danke, Pierre. Sie sind ein Freund", sagt sie.

Pierre lächelt.

Drei Treppen, kein Schmutz, keine herumliegenden Flaschen oder Zeitungen. Pierre schließt auf. Das Apartment ist klein, etwas dunkel und dadurch ein wenig schäbig. Aber es gibt keine schlechten Gerüche, keine lauten Geräusche.

„Ich lasse Ihnen mein zweites Phone hier, das können Sie nach Lust und Laune benutzen. Zugangscode habe ich Ihnen aufgeschrieben."

Er legt Handy und einen Zettel auf die Konsole im kleinen Flur.

Er öffnet eine weitere Tür im Flur.

„Schauen Sie, im Wohnzimmer gibt's einen Fernseher, mit einigen mondianischen Kanälen."

Er wendet sich zum Gehen.

Wo soll Nora jetzt etwas Geld herbekommen?

„Pierre", sagt sie, „ich habe leider noch ein Anliegen."

Oh Gott, wie peinlich ist das alles!

Pierre unterbricht sie, wartet nicht ab, was sie noch sagen will.

„Natürlich, Nora, das hatte ich vergessen zu erwähnen. Bezahlen Sie mit dem Smartphone, tun Sie sich keinen Zwang an. Ich werde Ihre Auslagen als Spesen bei der Firma beantragen."

Er geht auf Nora zu und umarmt Sie.

„Glauben Sie mir, wir kriegen das alles schon hin!"

Die Frage ist nur wie und mit welchem Ende, sagt Nora zu sich selbst, als er gegangen ist.

♣

„Fichtner", meldet sich Alexander.

Er kennt die Nummer von Pierres Phone nicht, vielleicht ist sie auch unterdrückt.

„Alex, ich bin's."

„Hast du ein neues Telefon?"

„Ja und nein. Ich telefoniere vom Phone eines Freundes aus. Es gibt viele Neuigkeiten, und leider nur schlechte."

„Du hast also schon die Nachrichten gehört?"

Was meint er damit? Ist zuhause auch etwas passiert?

„Ich habe heute Morgen weder Fernsehen noch Radio gehört. Und im Netz surfen konnte ich auch nicht. Ich hatte anderes zu tun."

„Ach, dann weißt du es noch gar nicht. In einigen Bundesstaaten, hier bei uns auch, sind Unruhen ausgebrochen. Es hat Verletzte und Tote gegeben. Sie haben das Notstandsrecht ausgerufen. Viele erwarten, dass in Kürze ein neuer PRIMEQUI eingesetzt wird."

„Aber die Wahlen sind doch erst im November, Alexander."

„Wenn der allgemeine Notstand erklärt ist, kann er eingesetzt werden, das geht ohne alles. Überall patrouilliert die Polizei, und auch die Armee. Man kann nur stillhalten und hoffen, dass es einen selbst nicht erwischt."

„Alexander, das ist alles ungeheuerlich, schrecklich, aber – ich sitze hier fest. Sie behaupten, mit meinen Identitätsdokumenten wäre etwas nicht in Ordnung, und offensichtlich haben sie mein Konto, mein Phone und meine Karten gesperrt. Ich bin momentan bei Pierre in der Wohnung untergebracht, aber ich will nachhause. Du musst etwas tun!"

„Wer ist denn Pierre?"

„Das ist der Angestellte des Konzertveranstalters, der mich hier in den Staaten betreut hat. Von dem habe ich auch das Telefon, sonst wüsste ich überhaupt nicht, was ich machen sollte. Er wohnt aber nicht bei mir. "

Am anderen Ende der Leitung wird es still. Hat Alex das Gespräch beendet?

„Warum antwortest du nicht, Himmel noch mal? Was willst du tun?"

Wieder ist es für einen Augenblick still.

„Momentan kann ich gar nichts tun. Hier ist Ausgangssperre, du musst dich gedulden", entgegnet er endlich.

„Dann hol wenigstens Clara ans Telefon, sie muss doch mal wieder die Stimme ihrer Mama hören."

„Clara ist mit Rosa draußen, reiß sie nicht aus ihrem Spiel, es ist alles schon schwierig genug."

„Dann mach ein Video und schick es mir, ich habe so Heimweh."

„Du musst jetzt stark sein, Nora. Dies ist keine Zeit für Sentimentalitäten. Sei vorsichtig in allem, was du sagst, schreibst und tust. Denk an das Kind!"

„Was meinst du damit Alex? Ist Clara krank, ist sie in Gefahr?"

Keine Antwort, das Gespräch ist zu Ende. Alex hat den Off-Button gedrückt.

Nora schaltet den Fernseher an. Aus den verschiedenen Sendern kann sie sich ein ungefähres Bild der Lage zusammenreimen. Unruhen, Polizeieinheiten, die gewaltsam Demonstrationen auflösen, leergefegte Straßen, gespenstische Friedhofsruhe. Das meiste versteht sie nicht, da sie nur englisch, deutsch und ein wenig Esperanto spricht. Aber die Bilder gleichen sich. Immer wieder ein Mann, der in auffälligem Pathos Interviews gibt und wortreich-langatmige Reden hält. Ist er der kommende Mann, der neue PRIMEQUI, der das Sagen haben soll, ohne dass die vielen Millionen dabei mitentscheiden? Sie muss Alex noch einmal anrufen. Er weiß bestimmt schon mehr. Warum geht er nicht ans Telefon? Sie wird so lange durchläuten, bis er endlich abhebt.

„Nora", flüstert Alex irgendwann ins Telefon, „sie sind hier im Haus, ich kann nur ganz kurz sprechen. Sie sind jetzt oben bei Clara im Kinderzimmer, eine Frau ist auch dabei. Ich weiß noch gar nichts, aber ich halte wirklich den Atem an. Wenn du nur nicht so opponiert, sondern den Mund gehalten hättest. Ich hab's dir immer gesagt, in solchen Zeiten muss man vorsichtig sein, vor allem, wenn man ein Kind hat."

„Bitte, ruf mich sofort an, wenn sie wieder weg sind, ok?"

„Ja, und warte bitte, bis ich mich melde. Nimm endlich ernst, was ich dir sage, Nora. Hoffentlich ist es noch nicht zu spät!"

♣

3

Wiegenliedchen

„Die Summe unseres Lebens
sind die Stunden,
wo wir lieben."
Wilhelm Busch

Ich bin immer noch nicht nachhause gegangen, obwohl es schon so spät ist. Nora und ich sitzen seit Stunden mitten im Garten, auf der Wiese, auf zwei Plastik-Klappstühlen an einem kleinen runden Metalltisch, den Nora aus dem Keller geholt hat. Warum wir nicht auf der großen Terrasse mit den gepolsterten Gartensesseln Platz genommen haben, hat mich gewundert, aber ich habe Nora nicht gefragt. Ein Minimodell von The Edge aus New York, ein Digitalfoto von Nora auf der Edge-Aussichtsplattform und eine gebundene Sammlung von Notenblättern liegen auf dem Tisch.

Noras Wangen sind gerötet, in dem abendlichen Licht sieht sie jünger aus als sie ist. Einen Moment habe ich darüber nachgedacht, Nora Fotoaufnahmen vorzuschlagen. Aber natürlich wäre es vollkommen unangemessen, ihre Beichte durch so etwas Profanes zu unterbrechen. Noras Offenheit löst bei mir zwiespältige Gefühle aus. Einerseits fühle ich mich von dem Vertrauen geehrt, andererseits ist es mir unangenehm. So nah wollte ich der großen Pianistin und Autorin eigentlich nicht kommen. Und vor allem will ich sie nicht nah an mich heranlassen. Professionelle Distanz eben. Als ob Nora meine Gedanken erahnt hat, sagt sie im nächsten Moment:

„Ich weiß auch nicht, warum ich Ihnen das alles berichtet habe, Anne. Wahrscheinlich sind die Schleusen geöffnet worden, weil ich schon so lange einsam bin und fast mit niemandem sprechen kann. Da kann es eine große Erleichterung sein, wenn der Druck, der sich hier", sie legt beide Hände auf die Brust, „aufgebaut hat und dich fast sprengen will, durchs Erzählen weniger wird. Deshalb möchte ich Ihnen danken, dass Sie so geduldig zugehört haben."

Ich lächle, erwidere aber nichts.

„Was hinterher in Ihrem Artikel steht – streichen Sie es zusammen, nicht alles ist fürs Publikum bestimmt.

Und Sie werden mir ja sicher vor der Veröffentlichung eine Vorschau übergeben, damit ich, gegebenenfalls, noch Einwände machen kann, oder?"

„Selbstverständlich, so wie es gute journalistische Sitte ist."

„Nächsten Freitag dann, Anne. Bringen Sie sich eine warme Jacke mit, es kann Ende September schon eklig kühl werden. Ich freue mich."

Nora erhebt sich, sie gibt mir die Hand und geleitet mich zum Gartentor.

„Bis nächste Woche", sagt sie und schließt es.

♣

„Schätzchen."

Ganz allein steht dieses Wort seit zwei, drei Minuten im Raum. Es soll Bedeutung entfalten, sich einprägen, demütigen, vor der Zukunft warnen. Was Edwin Schneider aussagen, nicht nur andeuten, sondern ein für alle Mal festhalten will.

Er sitzt mir gegenüber in seinem dunkelbraunen aufwendig gepolsterten Bürodrehstuhl. Er wippt, stößt sich sacht mit den Füßen ab, so dass er sich ein wenig bewegt; hin- und her, nach hinten und nach vorne.

Warum muss ich immer und überall in Bildern denken? Ich soll nicht demnächst ein Buch über Schneider schreiben, ich bin nur zum Rapport hierher zitiert worden. Vermutlich, dass man mir den Kopf zurechtsetzen oder mich sogar hinauswerfen kann.

„Ihnen sagt also Ihre Aufgabe nicht mehr zu. Soll ich Ihre Mail von gestern Morgen so verstehen?"

„Ja, und deshalb möchte ich Veränderungsvorschläge machen."

Schneider lacht, meckert wie ein Ziegenbock, laut und lange. Und wie vorhin bei dem Wort lässt er sein Lachen eine Zeitlang wirken.

„Dann lassen Sie doch mal hören, nicht wahr?"

Er lehnt sich zurück, nimmt sich einen Keks aus der auf dem Schreibtisch stehenden Gebäckschale und beginnt genussvoll zu essen.

„Die ursprüngliche Vereinbarung zwischen dem Verlag und mir war, dass ich Eleonore Fichtner eine Zeitlang begleiten sollte, um eine Artikelserie über sie schreiben zu können. Ich habe dafür nach meiner Einschätzung genug Informationen gesammelt, es bedarf nur noch kleinerer Ergänzungen. Als ich mich gestern mit dem entsprechenden Schreiben an Ihr Büro gewandt habe, hat man mir lediglich geantwortet, ich solle weiter dranbleiben. Das aber kann ich nicht tun. Bei allem Weiteren würde ich sonst in Gefahr geraten, Frau Fichtners Intimsphäre zu verletzen."

„Ach", sagt Schneider und lacht wieder. „Die Intimsphäre von Nora, von Frau Fichtner, zu verletzen, das genau, Liebchen, ist Ihre Aufgabe. Kapiert?"

„Nein, das kann ich nicht. Frau Fichtner ist mir in den wenigen Tagen so etwas wie eine mütterliche Freundin geworden, deren Vertrauen ich auf keinen Fall missbrauchen werde. Das könnte ich mit meinem Gewissen nicht vereinbaren."

„Sie können sich ein Gewissen leisten? Was Sie für Perspektiven einnehmen! Sie will einer Freundin nicht zu nahetreten, weil sich das nicht schickt. Mein Gott, hier stehen ganz andere Dinge auf dem Spiel. Da spielen Ihre kleinen Befindlichkeiten nicht die geringste Rolle."

„Herr Schneider, die Aufgabe, die ich zu erfüllen hatte, habe ich übernommen und sie ist sozusagen beendet. Was hat das mit meinen Perspektiven und Befindlichkeiten zu tun?"

„Sie haben bei einem ganz besonderen Arbeitgeber angeheuert. Und diesen Arbeitgeber, den vertrete ich. Deshalb sage ich Ihnen, Sie werden Ihre Aufgabe so lange fortsetzen, bis ich zufrieden bin. Und glauben Sie ja nicht, Frau Fichtner sei völlig ahnungslos und wüsste nicht, um was es geht. Sie passt auf, lässt nur heraus, was sie will."

Er erhebt sich und weist mich mit dem Arm hinaus. Auf dem Flur noch ist sein abgehacktes Lachen zu hören. Fürs Entkommen ist es wohl zu spät.

♣

Auf dem Weg zurück in mein Büro fühle ich mich noch schlechter als vor dem Gespräch mit Schneider. Ich soll Nora aushorchen, sie ausspionieren und hinterher wird Schneider vermutlich darauf bestehen, dass alle intimen Details der Lesermeute zum Fraß vorgeworfen werden. Und Nora ihrerseits scheint geradezu darauf zu brennen, mich ins Vertrauen zu ziehen. Ob die Einsamkeit ihr einziges Motiv, sich zu offenbaren, ist?

Bei den Gedächtnisprotokollen für Schneider zu schummeln, wird schwierig. Über die Bewegungsprofile, die jedes Smartphone erstellt, kann genau ermittelt werden, wie viele Stunden man sich wo aufgehalten hat. Wenn man wie beim letzten Mal bis in die späten Abendstunden bleibt, ist ein dürftiger Bericht überaus verdächtig. Der Schummelei sind enge Grenzen gesetzt. Darüber hinaus scheint Schneider Frau Fichtner zu kennen, mehrfach ist ihm schon ihr Vorname herausgerutscht. Ob meine Berichte realistisch sind, wird er also gut beurteilen können, Lügen und Ablenkungsmanöver mit Leichtigkeit durchschauen. Scheiß-Dilemma, hat Omimi immer gesagt.

Alkim sitzt schon am Schreibtisch, als ich die Bürotür öffne. Weggegangen, Platz vergangen, bei seinem Anblick fährt mir weder Blitz noch Stromstoß durch die Glieder. Alkim blickt von seiner Arbeit auf, erhebt sich, geht zu meinem Bürostuhl, bietet mir mit großer Geste meinen Platz an und verbeugt sich. Dann beginnt er zu lachen. Seine gute Laune ist ansteckend. Ich nehme Platz, er steht jetzt hinter mir und schiebt mich sacht, ganz langsam, näher an meinen Schreibtisch. „Guten Morgen, schöne Frau", sagt er, dann geht er zurück zu seinem Schreibtisch. Mitten im größten Schlamassel, in dem Regen, in dem mich Schneider hat stehen lassen, geht die Sonne auf, Alkim, Regenbogen, mein Hochgefühl ist zurück.

Bis Mittag habe ich heute genug zu tun. Die vielen Stunden, über die ich Schneider jetzt berichten muss, ohne Noras Vertrauen zu missbrauchen – eine ziemliche Herausforderung. Um zwölf nehme ich meinen Mut zusammen.

„Wollen wir zusammen in der Kantine essen gehen, Alkim? Ich bin ziemlich geschafft, und Hunger habe ich auch."

„Lass uns lieber was bei Subway kaufen und spazieren gehen. Bald wird es ungemütlich und kalt, wer weiß, wie der Oktober wird?

Warum zackert Alkim mit der Kantine schon wieder herum? Hat er Bedenken, der schönen Asiatin zu begegnen, so dass ich merken könnte, dass zwischen ihnen etwas läuft? Himmel noch mal, ich bin einfach zu misstrauisch, manchmal höre ich buchstäblich die Flöhe husten. Das hat Omimi immer zu mir gesagt und mich dann beruhigt.

„Gute Idee, Alkim, wohin?"

„Ich schlage vor, wir tanken am alten Teich noch mal etwas Romantik, oder? Unser Start war ein bisschen holprig, denkst du nicht?"

Wie wunderbar ist das denn! Er spricht von Romantik und dass es einen Anfang gibt. Von einer Beziehung?

„Sehr gern", antworte ich knapp, um ihn nicht mit gefühlsbeladenem Überschwang zu vergrätzen.

Er tritt hinter meinen Stuhl, zieht mich sacht, ganz langsam nach hinten, bietet mir den Arm.

„Komm, Anmutige, lass uns ins Freie entfliehen."

♣

Nachdem wir die Drehtür des Komplexes hinter uns gelassen haben, nimmt Alkim meine Hand. Wir kaufen bei Subway zwei Sandwiches, nehmen die U-Bahn, laufen zu dem großen Tor, an dem man früher eingelassen wurde und betreten den verwilderten, nun fast verwunschen wirkenden Park. Ich habe meine Jacke vergessen, und je länger wir auf den Unkraut-überwucherten Wegen wandern, umso kälter wird mir. Wenn Alkim mich doch nur in seinen Arm nähme, das wäre schön und auch warm.

„Ist dir kalt? Du hättest eine Jacke mitnehmen sollen. Hier", sagt er und hängt mir sein Jackett über. Wie selbstverständlich legt er seinen Arm um mich. Hoffentlich bin ich vor Freude nicht rot angelaufen, das Erröten zu unpassender Gelegenheit ist ein unangenehmes Überbleibsel aus meiner Pubertät. Alkim beschleunigt seinen Schritt, ich versuche mitzuhalten.

„Wenn du dich bewegst, wird dir warm", sagt er.

Wie genieße ich seine Fürsorglichkeit. Seit Omimi verschwunden ist, hat niemand irgendwann jemals auf mich aufgepasst.

Bald sind wir am Teich angekommen, die Blätter an den Bäumen sind immer noch bunt, doch mischt sich heute mehr Braun in das Orange und Gelb. Das Grün ist verschwunden. Wir nehmen nebeneinander Platz, ein bisschen kuschele ich mich an Alkim. Er nimmt mich enger in den Arm. Wir schweigen, während wir unser Sandwich essen, aber auch danach. Dieses Mal bin ich nicht verlegen, ich genieße die Stille und warte auf Alkims Kuss. Doch der bleibt aus.

„Ich glaube, es wird Zeit. Wir müssen uns auf den Rückweg machen", sagt er irgendwann.

Wir stehen auf, Alkim legt wieder den Arm um mich, bis wir an der U-Bahn-Station ankommen. Während wir zurückfahren und zum Komplex zurücklaufen, schweigt er immer noch. Schon als Kind habe ich Achterbahn-Fahren gehasst. Vielleicht sollte ich sofort aussteigen, bevor es mich aus der Kurve trägt.

♣

Meine Enttäuschung und Alkims sicher vorhandene Gewissheit hierüber errichten eine unsichtbare Mauer zwischen uns. Warum lädt er mich zu einem romantischen Spaziergang ein, um mich dann wie einen Kumpel zu behandeln? Hat er sich das Ganze vorher nicht überlegt und dann doch kalte Füße bekommen? Ist er schon mit jemandem anderen liiert, vielleicht der Asiatin?

Endlich ist es sechs Uhr. Ich fahre den Computer herunter, stehe auf.

„Warte, Anne! Einen Augenblick!"

Er scheint ebenfalls den Computer zu schließen, erhebt sich und kommt auf mich zu.

„Lass uns gemeinsam nachhause gehen", schlägt er vor.

„Nachhause?", frage ich. „Zu mir oder zu dir?"

Alkim fängt an zu lachen. Klar, die letzte Frage klingt abgedroschen. Und vielleicht hat er es gar nicht so gemeint? Aber sein Lachen steckt an und spült meinen Ärger und meine Verunsicherung hinweg.

„Wie breit ist dein Bett?", will er wissen.

„Einen Meter."

„Ok, wir gehen zu mir, Anne, meins ist breiter."

Die praktischen Erwägungen und Alkims Sprunghaftigkeit haben mich ziemlich abgekühlt. Aber – wenn nicht jetzt, wann dann?

Wir sind bestimmt am Anfang einer wunderbaren Geschichte. Ich nehme Alkims Hand und lasse sie auf dem ganzen Weg nicht mehr los.

♣

Wir brauchen nicht lang bis zu Alkims Zuhause. Sein Apartment ist fußläufig vom Komplex zu erreichen. Sieben, acht Minuten haben wir gebraucht. Wir nehmen den Aufzug, seine Wohnung liegt im achten Stock.

Himmel noch mal, für einen Mann sieht es hier aber tipptop aus, aufgeräumt, sauber und gemütlich. Und geräumig ist es, geräumiger als bei mir. Rechter Hand vom Eingang befindet sich eine kleine Küche, geradeaus ein Wohnzimmer, daneben der Schlafraum und ein angrenzendes Badezimmer. Ziemlich edle Behausung, könnte mir auch gefallen. Würde doch für zwei reichen.

Stopp, meine Gedanken sind der Realität mal wieder weit vorausgeeilt.

„Trinken wir ein Glas zusammen?", fragt Alkim.

„Eher nicht, Alkohol hat bei mir immer die gegenteilige Wirkung."

Oh Mann, was bin ich für ein Schaf! Ich habe meine Gedanken schon wieder verraten!

Alkim lacht, natürlich hat er mich durchschaut.

„Na, dann lass uns mal gleich zur Tat schreiten, Liebreizende!"

Er tritt hinter mich, vergräbt seine Lippen in meinem Haar. Er küsst meinen Nacken, ich spüre seinen Atem. Er legt seine Hände auf meine Schultern und dreht mich zu sich herum. Seine Lippen suchen meine, endlich! Er küsst mich, erst ein wenig zögerlich, dann immer leidenschaftlicher. Er nimmt mich bei der Hand, zieht mich zum Schlafzimmer und legt sich auf das Bett.

„Willst du?", fragt er.

Und wie, denke ich und sage nichts, sondern lege mich neben ihn.

♣

Alkim war leidenschaftlich und wunderbar, er ist toll, gutaussehend und geheimnisvoll – und jetzt wieder schweigsam. Wird das der Klassiker *Der Morgen danach?* Alkim starrt seit einer Ewigkeit zur Decke. Ich stehe auf, gehe zum Badezimmer, öffne leise die Schränke. Augen-Make-up-Entferner, diverse Pflegecremes, Lippenstifte, Parfüm, das ganze Arsenal. Deshalb das breite Bett!

„Bist du liiert, Alkim? Oder verheiratet?", frage ich, als ich zurückkomme.

„Wie kommst du darauf? Hast du herumgeschnüffelt?"

„Ich habe nach einem Duschgel gesucht. Die vielen Kosmetika und Frauen-Parfums waren nicht zu übersehen."

„Wir sind getrennt, seit einiger Zeit."

Will ich wissen, ob er sie noch liebt? Wenn er ja antwortet, wird aus der verborgenen Wahrheit Realität. Ich frage nicht.

„Wir müssen uns beeilen. Bist du fertig im Bad?", fragt er.

„Ja, ich kleide mich hier an."

Alkim verschwindet ins Bad, ich höre die Dusche.

Das Geräusch ändert meinen Entschluss. Ich will doch wissen, woran ich bin! Ich öffne den Kleiderschrank, scanne die Böden, nichts. Die Kommode, ich durchwühle die Schubladen. In der untersten, bedeckt von Socken, liegt ein Bilderrahmen, umgedreht. Ich nehme ihn heraus. Das Foto einer schönen jungen Frau. Sibel.

Wir verlassen gemeinsam die Wohnung, Schweigen bin ich jetzt schon gewöhnt. Alkim will meine Hand nehmen, ich entziehe sie ihm. Er schaut mich an, ich erwidere seinen Blick, sage aber nichts. Der Tag wird unerträglich lang werden, für uns beide.

♣

Gegen zwölf halte ich das Schweigen nicht mehr aus. „Ich gehe jetzt in die Kantine."

„Ok", entgegnet er, sonst nichts. Es will mich also nicht begleiten, er sucht keine Aussprache, er lässt mich allein hinunterstiefeln und einsam mein Essen in mich hineinschlingen. Der Morgen danach, klassisch, die Negativ-Variante.

„Wenn ich aus der Kantine zurückkomme, will ich eine Antwort haben."

„Worauf?"

„Was du mit Sibel zu tun hast. Und warum du mit mir ins Bett gestiegen bist."

Ich lasse ihm keine Zeit für eine spontane Antwort oder mögliche Vorhaltungen und verlasse fluchtartig das Büro.

Unten in der Kantine das übliche Gewusel. Endlich bin ich die nächste in der langen Schlange. Inzwischen ist mein Hunger durch die lange Warterei vergangen. Ich nehme mir nur einen Beilagen-Salat.

Ich halte nach der Asiatin Ausschau, kann sie aber nirgendwo entdecken. Als ich die Treppen wieder hinaufsteige, packt mich die Angst. Habe ich mit meinem Vorpreschen Alkim für immer vergrault? Aber – ich muss einfach Klarheit haben, sonst hat das Ganze keinen Zweck.

Er sitzt nicht mehr an seinem Schreibtisch, er bleibt den ganzen Nachmittag verschwunden. Klasse! Das wird ein tolles Wochenende.

♣

Den Smartie habe ich nicht bekommen, ich fahre mit öffentlichen Verkehrsmitteln zu Nora. Eine dicke Wolljacke habe ich eingesteckt. Wenn es dieses Mal wieder so spät wird und Nora erneut auf die Idee verfällt, dass wir im Garten sitzen sollen, werde ich die benötigen.

Ich läute, Fantasietanz, die grauhaarige Hausherrin öffnet, das große Foyer. Alles wie immer.

„Gehen wir doch in den Garten, Anne. Ich hoffe, Sie haben eine warme Jacke mitgebracht?"

Ich zeige auf meine Tasche und nicke. Sie geht voran, wir betreten den Garten durch eine ebenerdige Seitentür. Wieder hat sie den kleinen Metalltisch und zwei Plastikstühle auf der Mitte der Wiese postiert.

Das längere Sitzen auf diesen Plastikstühlen grenzt an Körperverletzung – das hätte ich gern eingewendet, denn ich habe bereits Erfahrung damit. Aber natürlich halte ich meinen Mund und lächle. Wozu das gut sein soll – das wenigstens hätte ich gern gefragt. Aber sie ist die Diva, ich bin das Schreibmäuschen, da verbieten sich solche Aktionen.

Einen schönen Garten hat sie. Alte Bäume, hohe Kiefern, einige dunkle Tannen, buntbelaubte Buchen und rotblättrige Ahornbäume umrahmen eine Wiese, in der hie und da bunte Inseln von Astern oder späten Rosen ihre Schönheit entfalten. Hier könnte eine große Familie glücklich sein. Schade, dass sie so allein hier lebt.

Auf dem Metalltisch hat sie dieses Mal nur die gebundene Sammlung von Notenblättern liegen und zwei Wassergläser. Eine Flasche mit Wasser steht neben dem Metalltisch am Boden, auf der Wiese.

Alles ist sehr beengt. Mein Notebook nehme ich auf den Schoß, das Aufzeichnungsgerät geht mit Mühe noch auf den Tisch, den Notizblock lege ich daneben.

„Sie wollen anfangen, Anne, nicht wahr? Einen Mitschnitt unseres Gespräches möchte ich heute nicht, dazu kann ich Sie leider nicht autorisieren. Aber Sie haben ja ihr Notebook und den Block für Notizen. Wir machen heute pünktlich Schluss, ich werde mich bemühen, sonst erfrieren Sie bis zum Abend noch."

Ich nicke, blicke Nora an. Sie beginnt umgehend.

„Sehen Sie die Notenblätter hier?"

97

Sie nimmt die Sammelmappe vom Tisch, blättert ein wenig, reicht sie mir. Jetzt wackelt mein Notebook auf den Knien hin und her und obendrauf liegt die dicke Kladde mit den Noten. Nora beobachtet mich amüsiert, fängt laut an zu lachen.

„So nah liegen Spaß und Schmerz beieinander, Anne. Ist nämlich gar nicht lustig, was ich Ihnen heute erzählen werde. Ist aber eine Überlebensstrategie, mit Entsetzen Scherz zu treiben, glauben Sie mir!"

Als ob ich das nicht wüsste! Wie hätte ich ohne Gelassenheit und gelegentlichen Galgenhumor mein Leben überleben sollen?

„Die Notenblätter – sie nimmt mir die Notensammlung ab – habe ich in Amerika geschrieben. Eine sehr, sehr einfache Version des Schumann'schen Jugendalbums und seiner Albumblätter für vier Hände. Wir haben vor einiger Zeit gemeinsam etwas daraus gespielt, erinnern Sie sich?"

Ich schaue sie aufmerksam an, nicke zustimmend und schweige. Aus den Erfahrungen der letzten Wochen weiß ich, dass sie sich am besten erinnert, wenn man sich zurückhält.

„Ich saß also in Pierres Wohnung und wartete auf den Anruf meines Mannes. Ich war außer mir vor Sorge, wegen Clara. Aber alles Warten war vergeblich. Alexander meldete sich nicht, die Situation zuhause war, nach den Nachrichten, die über die internationalen Sender verbreitet wurden, unübersichtlich. Nach einer gewissen Zeit versuchte ich selbst, ihn zu erreichen, auch das war vergeblich. Und so musste ich mich ohne eine Nachricht von beiden in den Staaten einrichten. Von meinem Identitätsausweis hörte ich monatelang ebenfalls nichts, obwohl ich ständig bei der Botschaft vorstellig wurde. Ich war über Nacht staaten- und heimatlos geworden. Die Regierung und der PRIMEQUI, diese Schweine, die mir das angetan haben, die habe ich gehasst und hasse sie immer noch."

Oh Mann, was schwingt die für Reden! Was bin ich so froh, dass das Aufnahmegerät nicht eingeschaltet ist. Wenn Schneider mich zwingen würde, das herauszurücken, dann wäre sie dran. Und in ihrem Kielwasser zu schwimmen, wäre auch für mich gefährlich. Da gerät man schnell selbst unter Verdacht.

Nora hat nach ihrem kurzen Gefühlausbruch pausiert, vielleicht bereut sie, dass sie sich so weit vorgewagt hat? Sie schaut mich aufmerksam an. Will sie meine Gefühle, meine Reaktion ergründen?

„Pierre hat mir dann ein elektronisches Klavier besorgt. Nach meinem Flügel zuhause war das nicht ganz einfach für mich", fährt sie in ruhigem Ton fort, „mit etwas Unterricht konnte ich mich über Wasser halten. In den vielen einsamen Stunden habe ich dann angefangen, das Jugendalbum von Schumann so zu bearbeiten, dass man es mit Anfängern spielen kann. Ich wollte nach meiner Rückkehr so bald als möglich mit dem Unterricht für Clara beginnen. Dazu ist es aber nicht mehr gekommen."

Nach dem letzten Satz verfällt Nora in minutenlanges Schweigen. Warum hat sie ihre Tochter nicht mehr unterrichten können? Ich versuche irgendwann, das Gespräch wieder in Gang zu bringen.

„Wie lange hat Ihr Aufenthalt in den Staaten gedauert?"

Nora schaut mich von weither an.

„Sie haben Angst, dass ich mich wieder in meinen Erinnerungen verliere und Sie bis in den späten Abend hinein frieren müssen, nicht wahr? Vier Jahre insgesamt waren es. So lange hat es gedauert, bis sie mein Leben und meine Karriere endgültig ruiniert hatten. Das Ergebnis, liebe Anne, sitzt jetzt vor Ihnen. Und die Hoffnung, dass sich daran noch etwas ändern lässt, ist, seien wir ehrlich, gering."

„Könnte ich vielleicht ein Glas Wasser haben?", frage ich, um sie auf andere Gedanken zu bringen.

Sie greift nach der Wasserflasche am Boden und gießt uns ein.

„Wollen wir einen Augenblick im Garten herumgehen und uns die Beine vertreten? Die Stühle sind nicht eben bequem, oder?", schlägt Nora vor.

„Ich erhebe mich sofort, quetsche das Notebook auf den Tisch und warte darauf, dass sie die Richtung angibt.

„Die Gartenarbeit lenkt mich ab", sagt sie. „Ich mache das alles hier allein, einen Gärtner habe ich nicht. Ich kann dann mit mir Selbstgespräche führen und niemand hört, was ich sage. Aber, wenn mich jemand beobachten würde, der würde schon denken, dass ich verrückt geworden bin. Bin ich aber nicht, glauben Sie mir!"

Wir wandern durch den weitläufigen Garten, dann und wann gibt Nora ein paar Hinweise zu den Bäumen, Büschen oder Blumen, an denen wir vorbeilaufen und so drehen wir Runde für Runde. „Den Hügel hier, den habe ich ganz allein angelegt, war ein schönes Stück Arbeit", sagt sie und zeigt auf eine mächtige, grasbewachsene Erhebung. Der Wind hat seit einiger Zeit aufgefrischt, die ersten Regentropfen fallen, es ist alles andere als gemütlich hier draußen.

„Heute wird es wohl nichts mehr mit der großen Beichte, Anne. Würden Sie mir noch einen Gefallen tun?"

„Natürlich, gern. Was denn?"

„Lassen Sie uns noch ein wenig zusammen Klavier spielen. Nur ein Stückchen aus dem Jugendalbum. Ich werde mir vorstellen, dass Sie meine Clara sind. Es wird mich zwar unendlich traurig machen, aber auch unendlich glücklich. In Ordnung?"

Ich nicke, sagen kann ich nichts.

„Wiegenliedchen, das habe ich mir damals immer und immer wieder vorgestellt, wie ich es mit meinem Kind spiele."

Sie hat die Notenblätter auf den Ständer gelegt.
„Zwei-Viertel-Takt, Triolen. Nicht schnell", sagt sie.
„1-2-3, 1-2-3", zählt sie vor und schwingt dazu ihre rechte Hand.

Wir beginnen. Wie beim letzten Mal gelingt das Zusammenspiel, auch die Wiederholungen. Ein harmonischer Klang, eine attraktive Bearbeitung des Schumann'schen Originals. Als wir geendet haben, legt Nora kurz ihre Hand auf meine.

„Danke, Anne", sagt sie. „Finden Sie allein hinaus?"
Sie steht auf und verschwindet schnell in der Tiefe des Hauses.
Ob sie geweint hat, konnte ich nicht erkennen.

♣

Schneider sitzt an Alkims Platz, als ich am Montagmorgen das Büro betrete.

„Guten Morgen, Frau A", begrüßt er mich. „Kommen Sie mit Frau Fichtner weiter?"

„Wenn ich wüsste, was das Ziel ist, könnte ich Ihre Frage beantworten", wage ich einen Vorstoß.

Für einen Moment scheint er verblüfft.

„Sie sind mutig, Kindchen. Und unvorsichtig, wenn ich so sagen darf", entgegnet er. Aber er grinst, anscheinend hat ihm meine Forschheit auch etwas imponiert.

„So, wie ich meine Aufgabe verstanden hatte", fahre ich fort, „hätte ich – mit einigen Fotos, die ich noch schießen müsste sowie etwas zusätzlichem Material, das Sie mir hätten zur Verfügung stellen können – genug, um einige Artikel über Frau Fichtner zu verfassen. Bilder von ihrem Haus, ihrem Garten, ein paar Fotos von ihr heute und früher, ihre musikalischen Schritte und ihre internationalen Erfolge, ihre Bücher, mit denen sie Furore gemacht hat, so etwas könnte ich mir vorstellen. Dafür reicht das gesammelte Material aus."

„So, so, gut argumentieren können Sie also. Und interessante Vorschläge unterbreiten Sie auch gleich. Aber, da reißt die Maus ja keinen Faden ab, ich will mehr als das bisschen über Frau Fichtner, was sie bis jetzt haben, das soll eine ganz große Sache werden. Darüber können Sie doch nur froh sein, da sind Sie die nächsten Wochen beschäftigt und erfüllen eine wichtige Aufgabe."

Häh, warum verhunzt der andauernd irgendwelche Redensarten? Es muss doch *beißt* heißen, oder nicht? Jedenfalls hat Omimi immer gesagt, *da beißt die Maus keinen Faden ab*. Vielleicht ist er schon senil? Oder hat es Methode?

„Gut, dann setzen Sie mich doch mal etwas ausführlicher in Kenntnis, was Sie sich vorstellen, Herr Schneider. Was ich Frau Fichtner entlocken soll und was die Stoßrichtung der Artikelserie sein soll. Sonst stochere ich im Nebel und bringe keine ordentlichen Resultate."

„Wo haben Sie denn diese witzige Ausdrucksweise her, Kindchen? Wer stochert denn heute noch im Nebel?"

Schneider lacht, meckernd wie ein Ziegenbock, nicht ganz so laut wie beim letzten Mal. Er lenkt ab, er will also nicht antworten. Nachfassen, ihn zur Offenlegung seiner Absichten zwingen, das ist sicher nicht ratsam.

„Dann soll ich also für einige Zeit weiter zu Frau Fichtner gehen?"

„Ja, und heute geben Sie sich mal mit den schriftlichen Aufzeichnungen eine Menge Mühe, nicht wahr? Haben Sie Ihr Gespräch mit Frau Fichtner aufgezeichnet?"

„Nein, Sie hat beim letzten Treffen ausdrücklich darauf bestanden, dass kein Mitschnitt erfolgt."

„Und wo haben Sie das Gespräch geführt?"

„Frau Fichtner wollte in den Garten gehen", antworte ich.

„Nun ja, es wird ja immer kälter, da müssen Sie sich ja sicher bei den nächsten Terminen nicht mehr im Freien herumdrücken, sondern können im Warmen im Haus sitzen, nicht wahr, ja?"

„Das hoffe ich sehr, Herr Schneider. Frau Fichtner scheint ein Frischluftfanatiker zu sein, dass sie bei jedem Wetter in den Garten flüchtet."

Schneider verzieht das Gesicht.

„Ich zähle auf Ihre Loyalität Ihrem Arbeitgeber gegenüber, Frau A", sagt er und verlässt das Büro.

♣

Schon um elf bin ich mit dem Gedächtnisprotokoll vom Fichtner-Termin am vergangenen Freitag fertig. So kurz, wie der war, kann ich kaum etwas berichten. Noras Schweine-Attacke, die allerdings wäre für Schneider sicher interessant. Für mich bedeutet sie ein Scheiß-Dilemma. Welche Loyalität zählt mehr, die gegenüber Eleonore Fichtner oder meinem Arbeitgeber? Ich entscheide mich für Nora, fürs Weglassen ihres Ausrutschers. Oder war der beabsichtigt? Eine so beherrschte Frau wie Nora lässt sich doch eigentlich nicht so gehen? Ich kann mir noch keinen Vers darauf machen, aber ich bin sowieso immer zu misstrauisch und wittere hinter allem etwas. Das Mädchen, das die Flöhe husten hört!

Ich werde in die Kantine gehen und mir was Leckeres gönnen. Gut essen hält Leib und Seele zusammen, hat Omimi stets gesagt. Ich will gerade die Tür öffnen, da steht Alkim im Türrahmen.

„Wollen wir spazieren gehen?", fragt er. „Wir müssen reden."

Es fährt mir bei seinem Anblick zwar nicht mehr der Blitz durch die Glieder, aber gleichgültig ist er mir noch nicht. Wenn ich ihn jetzt zurückstoße, ist es vorbei, da bin ich sicher.

„Ja, aber nicht wieder zum Teich. Ein Gang durch die Stadt entspricht mehr meiner Seelenlage, ok?"

„Vielleicht wird es dir bei dem Marsch durch die dunklen Häuserschluchten bang, darf ich dich dann in den Arm nehmen?", fragt er und grinst.

Ein bisschen ist das Eis schon gebrochen. Es ist Mittagszeit an einem Werktag, trotzdem ist auf den Straßen nicht viel los, weil der meiste Verkehr unterirdisch läuft. Der goldene Oktober hat in diesem Jahr auf sich warten lassen. Es ist empfindlich kühl, windig und hier, zwischen den Hochhäusern, trüb und dunkel.

„Ein sehr attraktives Ziel hast du ausgewählt, liebe Anne. Hier kann man sich so richtig heimelig fühlen."

Wieder begleitet ein breites Grinsen Alkims Äußerung.

„Du wolltest reden. Dann lass uns anfangen, Alkim. Was hast du mit Sibel zu tun?"

„Wir müssen erst einmal festhalten, Frau Staatsanwalt, dass die Anklägerin unerlaubterweise die Habseligkeiten des Beschuldigten durchsucht hat, obwohl keine Durchsuchungserlaubnis vorlag. Nichtsdestotrotz wollen wir Ihnen auf Ihre Frage Rede und Antwort stehen. Sibel ist meine Frau, sie hat mich verlassen und ist seit Wochen verschwunden. Seit langem war unsere Ehe durch ihre misstrauische Grundeinstellung beeinträchtigt. Der Angeklagte sehnte sich nach einer unproblematischen und leidenschaftlichen Beziehung und fand in der Anklägerin ein williges Opfer. Lautäußerungen und Verhalten der Anklägerin ließen auf absolutes Einverständnis bis hin zu euphorischem Genuss schließen. Stimmt doch, Liebreizende, oder?", beendet Alkim seinen Vortrag und nimmt meine Hand.

„Du weißt schon, dass Ehebruch nicht gern gesehen wird. Wenn sie dich erwischen, kriegen wir beide Ärger. Das ist anders als früher, da war alles lockerer."

„Zwischen offiziellen Verlautbarungen und der Wirklichkeit, Anne, besteht doch meistens ein großer Unterschied. Da würde ich mir keine Sorgen machen."

„Wie willst du das wissen? Hast du einen Draht zur Regierung, oder was?"

„Nun sei mal nicht so ängstlich, Anne. Da passiert überhaupt nichts, glaub mir."

Ich will nicht weiter nachfragen. Man soll Männern nicht durch ständige Nachfragerei und Diskussionen auf die Nerven fallen, hat Omimi mich gelehrt. In seinem kurzen Plädoyer hat Alkim meine zweite Frage sowieso schon beantwortet. Er wollte eine neue leidenschaftliche Beziehung oder Affäre, ich war da und wollte auch und da ist es geschehen, deshalb ist er mit mir ins Bett gestiegen. Eigentlich alles unproblematisch, ich habe nur mal wieder ein Drama daraus gemacht. Ganz simpel, nichts dahinter. Ich werde es einfach genießen. Was bei dem *es* herauskommt, wird sich noch zeigen. Ich ziehe Alkim an mich, er küsst mich, nimmt mich in den Arm. Das ist gut so, es ist wirklich kalt hier draußen.

♣

Wir gehen jetzt jeden Mittag spazieren, immer an den Teich, und immer mit einem kleinen Snack. Alkim legt den Arm um mich oder hält meine Hand. Wenn wir auf der Bank sitzen, genieße ich das Kuscheln. Und jeden Abend gehen wir zusammen und miteinander ins Bett. Immer in Alkims Wohnung, die bietet sich aufgrund ihrer Größe und der Nähe zum Komplex einfach an. So könnte das Leben bleiben oder zumindest ein Weilchen weitergehen. Dass ich am Freitag Nora wieder besuchen muss, ist mir zum ersten Mal lästig. Viel lieber würde ich Alkims Nähe und Fürsorge genießen. Aber dafür kriegt man ja kein Geld.

„Bis heute Abend, Alkim. Es kann etwas später werden, bei Nora Fichtner weiß man nie, was ihr so einfällt", rufe ich durch die geschlossene Badtür.

Alkim kommt kurz heraus, sein Haar ist nass, Wassertropfen überall auf der Haut. Come on, baby, light my fire, dieses Gefühl nimmt mich bei seinem Anblick schon frühmorgens gefangen und vernebelt meine Sinne.

Ich fahre mit dem Robo-Taxi zu Nora. Man muss sich drei Tage vorher anmelden, die sind nur noch selten auf der Straße und deshalb schwer zu ergattern. Die Herstellung der Akkus ist wohl seit vielen Jahren ein Problem und auch der Strom-Nachschub. Ich habe aber zu wenig Ahnung davon. Ist jedenfalls lustig, von einer Maschine durch die Gegend chauffiert zu werden.

Ich läute an der Tür, Fantasietanz. Ich warte, lange, dann läute ich noch einmal. Ob Nora unseren Termin vergessen hat? Ausdrücklich besprochen hatten wir ihn letzten Freitag nicht. Möglicherweise ist ihr etwas zugestoßen? So allein, wie sie wohnt, merkt das doch niemand und sie liegt in ihrem Haus, kann sich nicht bewegen? Ich werde zum Gartentor gehen, vielleicht ist es offen. Es regnet nicht, möglicherweise hat sich Nora entschlossen, im Garten zu arbeiten. Im Herbst ist eine Menge zu tun.

Ich drücke die Klinke herunter, das Gartentor öffnet sich. Einen Hund hat sich Nora hoffentlich in dieser Woche nicht zugelegt? Ich gehe langsam den Gartenweg entlang, kein Bellen, kein Kläffen, kein Höllenhund und keine Nora. Ich stehe auf der Wiese, laufe den Bäumen entlang, eine Runde, bleibe vor dem Hügel stehen. Von Nora keine Spur, kein Laut von irgendwoher. Ich umrunde den Hügel. Was ist das? Eine Tür? Eine Tür in einem Hügel? Das muss ich mir näher ansehen.

In der Tür ist ein Loch, quadratisch. Ich lausche. Stimmen. Noras Stimme.

„Man kann sie nicht fassen. Und was man nicht fassen kann, ist auch nicht zu bekämpfen. Das ist unser Problem, die Anonymität der Macht. Sie verstecken sich hinter gutklingenden Phrasen, denen keiner widersprechen kann und in unheiligen Allianzen, die niemand durchschaut. Das ist ihre Stärke. Und so hat man uns alles genommen. Wir müssen kämpfen, wir werden sie besiegen, Freunde!"

Nora ist eine Verschwörerin, eine Revolutionärin? Oh Gott, in was bin ich hineingeraten? Hat Schneider mich angeheuert, damit ich die Verschwörer entlarve? Ist das ein Komplott und bin ich die Spionin?

Ich höre Geräusche – Stühlerücken? Ich muss sofort abhauen. Stimmen. Die Tür wird geöffnet, Nora tritt aus dem Hügel heraus. Sie erstarrt. Zur Salzsäule erstarren, fällt mir der Ausdruck aus dem alten Buch ein, aus dem Omimi mir manchmal vorgelesen hat.

„Bleibt bitte noch einen Augenblick drinnen", sagt Nora zu den Leuten, die hinter ihr stehen. „Hier ist jemand, dem ich erst etwas sagen muss."

Die hinter Nora Stehenden verschwinden wieder im Hügel.

„Kommen Sie nächsten Freitag zur gleichen Zeit, Anne. Zu keinem ein Wort, bitte! Sie werden es später verstehen. Wir werden im Garten sitzen, ziehen Sie sich warm an. Wir müssen reden."

Das hat Alkim auch gesagt.

Ich drehe mich um und verlasse ohne Erwiderung den Garten.

♣

Eigentlich müsste ich ins Büro gehen, ich könnte ja noch mehrere Stunden arbeiten. Schneider hat mir allerdings bisher nicht den Eindruck vermittelt, dass er von mir Fleiß, Pünktlichkeit, Präsenz, das ganze Set von den ehemaligen Arbeitstugenden, von denen sie uns an der Allgemein-Akademie berichtet haben, erwartet. Das Ziel, das Schneider vor mir verborgen hält, und dessen Erreichung ist das, was Schneider interessiert. Wie ich an die Informationen, die er haben will, herankomme, ist ihm völlig egal. Und wie intensiv ich dafür arbeite oder nicht, auch. Das Ergebnis muss stimmen. Jede Schweinerei, jeder Vertrauensbruch ist gerechtfertigt, für das große, das unbekannte Ziel, an dessen Formulierung ich keinen Anteil hatte. Aber Nora scheint auch wirklich gefährlich zu sein. Eine Verräterin, eine Verschwörerin. Dass die sich dann wehren, ist verständlich. Wer lässt sich von subversiven Elementen die Macht wegnehmen? Ich werde den Fußweg durch die Stadt nachhause nehmen. Da kann ich meine Gedanken ordnen und Zeit kostet es auch. Bei meinem dürftigen Bericht am Montag kann ich dann ein bisschen tricksen. Irgendetwas wird mir schon einfallen.

Omimi sagte immer, wenn du den gleichen Weg in der anderen Richtung zurückgehst, kommt er dir ganz neu vor. Als man gegen Ende des Mittelalters die Schriften der Antike entdeckt hat, ging es den Leuten so. Die Gedanken waren so modern, dass viele erst auf dem Scheiterhaufen sterben mussten, bevor den alten neuen Gedanken eine Wiedergeburt beschieden war.

Völlig neu wirkt die Stadt in umgekehrter Richtung auf mich jetzt allerdings nicht. Kaum Verkehr, am Anfang meines Weges liegen die großen Einfamilienhäuser, die man früher Villen nannte, dann die kilometerlangen Reihen der endlosen Wohnblocks und jetzt das Zentrum der Stadt. Immer noch wenig Verkehr. Obwohl es heller Tag ist, sind die Hochhausschluchten wieder dunkel. Aber die vielen neuen Banner an den Fronten, die nimmt man schon wahr. Wollen sie einen anderen PRIMEQUI einsetzen? Davon habe ich mal wieder nichts mitgekriegt. Ich interessiere mich eben nicht für Politik. Man kann sowieso nichts machen und hat keinen Einfluss. Solange Wohnung, Essen und ein paar Vergnügungen stimmen, muss man zufrieden sein. Omimi war da allerdings anderer Ansicht. Sie hat immer so lose Reden geführt, jedermann erzählt, was sie von der Regierung hält.

Und wenn wir über Gleichheit und Gerechtigkeit gesprochen haben, hat sie immer „Da fehlt aber noch was. Brot und Spiele sind nicht genug", gesagt. Ob sie irgendjemand bei denen oben verraten hat? Ob sie sie abgeholt und irgendwohin umgesiedelt haben? Ich habe nie mehr etwas von ihr gehört. Aber so soll es ja auch sein. Wenn man umgesiedelt wird, lässt man seine Vergangenheit hinter sich und bricht zu Neuem auf. So sagen sie es jedenfalls.

Der Mann auf den Bannern sieht aus wie eine Mischung aus allen Gegenden, die jetzt vereinigt sind. Ein bisschen was aus jeder Himmelsrichtung und von jedem Bundesstaat. Den würde ich gern mal auf einer Kundgebung sehen, so von Angesicht zu Angesicht, aber das ist ja nicht mehr üblich. Läuft alles virtuell. Ist moderner, stimmt schon. Aber irgendwie ist es schade. Virtueller Sex ist wirklichem Sex auch unterlegen, jedenfalls nach meiner Erfahrung. Als ich im Jugendcamp war, hat mir Frederic, meine erste Affäre, erzählt, dass das Motto der Gleichheitsbewegung früher anders gewesen ist, bevor der PRIMEQUI von damals das Ende der Revolution verkündet hat. Da hieß das Motto nämlich V: GG. Das V stand für Veränderung. Ist aber logisch, dass, wenn die Revolution beendet ist, es keine Veränderung mehr geben kann oder soll. Dann ist das Ziel erreicht und alle sind zufrieden, denkt man jedenfalls.

Alkims Wohnung ist zu nah am Komplex, es wäre mir peinlich, wenn mich irgendjemand so früh am Tage sieht und ich nicht zur Arbeit gehe. Der Hoxxi von der Allgemein-Akademie hat immer was von Arbeitsethos gefaselt und wir haben alle immer ein bisschen darüber gelacht, wenn er uns nicht hören konnte. Aber irgendwie hat sein Gerede davon Spuren bei mir hinterlassen. Ich schäme mich, obwohl mich keiner erwischen wird. O-mimi hat eine solche unsichtbare Gehirnsteuerung Gewissen genannt. ‚Ein gutes Gewissen ist ein gutes Ruhekissen', hat sie mir eingeimpft. Da werde ich wohl heute bei mir zuhause schlaflos bleiben.

♣

Samstagmorgen. Auf meine Nachricht gestern Abend hat Alkim sich nicht gemeldet. Gleichgültigkeit und Unzuverlässigkeit, beides hasse ich. Stopp. Ich mache schon wieder ein Drama aus allem. Wir haben eine Affäre, worauf sie hinausläuft, ist offen, ich will den Spaß genießen und mir keine weiteren Gedanken machen. So habe ich es mir vorgenommen. Warum hocke ich dann seit Stunden hier und warte auf ein Lebenszeichen von ihm? Sitze ich schon wieder oder immer noch in einer Achterbahn?

Das ganze Wochenende höre ich „The person you are calling is not available at the moment. Call again later", unzählige Male.

Zu Alkims Wohnung gehen, herausbekommen, was los ist? Erstens wäre es peinlich, wenn er zuhause ist und ich ihm hinterherlaufe, zweitens habe ich ja keinen Wohnungsschlüssel, so dass ich schauen könnte, ob er vielleicht besinnungslos am Boden liegt. Ich muss mich in Geduld fassen. Lesen, spazieren gehen? Fernsehen bleibt als einzige Alternative übrig. Ich bleibe im Schlafanzug und vergammele zwei Tage.

Bin gespannt, was Alkim als Entschuldigung für sein unmögliches Verhalten vorbringen wird – das ist mein einziger Gedanke, als ich die Bürotür am Montagmorgen öffne. Aber Alkims Platz ist leer.

Den Bericht für Schneider anzufertigen, ist schwer. Ich länge und länge, so viel ich kann, trotzdem ist das Ergebnis so dürftig, dass Schneider das Ganze durchschauen wird. Ich sende ihm die In-Mail und warte darauf, dass er reagiert.

Dienstag, Mittwoch, ich langweile mich, Alkim ist nach wie vor verschwunden, ich warte auf Schneiders Reaktion. Nichts. Dieser leere Raum, in dem ich schwebe, ist unerträglich. Ich werde selbst bei Schneider vorstellig werden.

♣

Ich klopfe an Schneiders Tür. Nichts. Ist er nicht da, obwohl ich mein Anliegen heute Morgen vorgetragen, mich bei ihm angemeldet habe und er seine Zustimmung zum Termin gegeben hat? Ich klopfe noch einmal, ein wenig lauter. Jetzt ruft er „Herein". Er sitzt wieder in seinem dunkelbraunen aufwendig gepolsterten Bürodrehstuhl. Er wippt, stößt sich sacht mit den Füßen ab, so dass er sich ein wenig bewegt; hin- und her, nach hinten und nach vorne.

„Sie verlangen also eine Information über Ihren gegenwärtigen Kollegen und die Gründe für sein Fernbleiben von der Arbeit in dieser Woche, ja? Soll ich Ihre Mail von heute Morgen so verstehen?"

„Ja."

Schneider lacht, leise und kurz. Er lehnt sich zurück, nimmt sich einen Keks aus der auf dem Schreibtisch stehenden Gebäckschale, reicht sie mir herüber, bietet mir mit einer Handbewegung das Gebäck an.

„Vielen Dank, sehr freundlich", erwidere ich und nehme mir ein Stück aus der Schale. Einen Moment dauert es, bis Schneider unseren Dialog wieder aufnimmt. Die ganze Zeit starrt er mich an, als ob er meine Gedanken lesen wollte.

„Morgen ist Ihr Termin bei Nora Fichtner, Frau A?"

Er starrt wieder.

„Sehr richtig. Aber heute Morgen hatte ich um eine Auskunft gebeten."

„Das ist mir durchaus präsent. Sie wollen also schon wieder etwas wissen oder vorschlagen? Obwohl Ihnen

111

das eigentlich nicht zusteht. Denn, wie Ihnen bekannt sein dürfte, ist die Einstellung und Beschäftigung eines Mitarbeiters Aufgabe und Verantwortungsbereich der Unternehmensführung. Wer also wo wie lange eingesetzt wird, ist Sache der Geschäftsleitung, nicht irgendwelcher Kollegen. Haben Sie das verstanden?"

„Ja. Es ist jedoch im Interesse der Geschäftsleitung, dass Kollegen gerne an ihrem Arbeitsplatz verweilen. Und zu ihrer Arbeitsmotivation trägt das Betriebsklima und damit der Kollege und die Sympathie für ihn nicht unwesentlich bei, nicht wahr?"

„Ach", sagt Schneider und lacht wieder. „Ist es bei diesem speziellen Kollegen vielleicht etwas mehr als Sympathie? Und sind Sie deshalb so scharf darauf, zu erfahren, wo er bleibt? Ich kann Sie ein wenig beruhigen. Herr A hatte am Wochenende einen Unfall, genauer gesagt, ist er in seiner Wohnung überfallen worden und hat ein bisschen was abgekriegt. Aber an ihm ist alles noch dran, seien Sie beruhigt. Es liegt im Hospital."

Schneider grinst. Kneift er das linke Auge zu?

„Vielleicht hat er in dem ganzen Schlamassel sein Phone zuhause gelassen, so dass Sie ihn nicht kontaktieren konnten", fügt er hinzu.

„Woher wissen Sie, dass ich versucht habe, ihn zu erreichen?"

„Kindchen, so wie Sie hier vor mir sitzen wie ein Häufchen Elend, ist das doch nicht schwer zu erraten, oder? Wie ich hörte, wird er heute Mittag entlassen, da können Sie ihn nach der Arbeit besuchen und Händchen halten. Und damit Sie beruhigt sind. Seinen gemeinsamen Einsatz mit Ihnen werde ich verlängern, damit Sie noch eine Weile etwas von ihm haben. Freuen Sie sich?"

„Ich kann im Moment gar nichts dazu sagen", rutscht es mir unbedacht heraus.

Schneider runzelt die Stirn, dann entspannen sich seine Züge wieder.

„Danke, lieber Herr Schneider, das würde mir reichen", lacht er und weist mich mit dem Arm hinaus.

Seine freundlich-väterliche Maske kann er sich schenken.

♣

Ich habe mich per SMS angekündigt und Alkim hat geantwortet. Er ist also wieder zuhause und kann sein Phone benutzen. Ich läute an der Tür.

„Ja, bitte?", fragt er über die Sprechanlage.

„Ich bin's, Anne, Alkim."

„Komm herauf, ich lasse die Wohnungstür offen."

Ich betrete die Wohnung, ich höre nichts, anscheinend ist er wieder im Bett. So schlimm steht es um ihn? Ich gehe ins Schlafzimmer, und da liegt er, mein Prinz. Er lächelt mich an, freut sich anscheinend.

„Wie geht es dir denn?", frage ich.

„Wenn ich dich sehe, schon wieder besser", lacht er.

Er zieht mich zu sich aufs Bett.

„Komm, Anmutige, ich habe schon viel zu lange auf dich verzichtet."

Ich löse mich aus seiner Umarmung.

„Nun berichte doch erst mal. Was ist denn passiert?"

„Ach, so ein paar Kerle haben mich anscheinend verfolgt. Und dann haben sie mich zusammengeschlagen."

„Und wie sind die in die Wohnung gekommen? Hier gibt es doch keine Einbruchsspuren, jedenfalls sehe ich keine."

„Ich habe wahrscheinlich die Tür offengelassen, aus Versehen. Da waren sie plötzlich da."

Häh? Das klingt aber nun wirklich unglaubhaft.

„Sind denn schon alle Blessuren wieder geheilt? Im Gesicht sieht man ja gar nichts."

„Dann komm doch zu mir ins Bett und schau's dir an! Ich habe blaue Flecken überall am Körper, die kannst du dir hinterher genau angucken."

Er zieht mich zu sich und bedeckt meinen Mund mit
Küssen.

Will er mich zum Schweigen bringen – oder um den
Verstand?

♣

Irgendwie scheint Alkim danach wieder verstört zu
sein. Zwar starrt er nicht dauernd zur Decke, aber er ist
schweigsam und abweisend.

„Geht es dir schlecht? Leidest du noch wegen des
Überfalls? Oder – denkst du etwa an Sibel?"

„Nein, bestimmt nicht, mach dir keine Sorgen, Anne.
Ich bin halt ein Chamäleon, schillernd wie ein Regenbogen. Alkim, weißt du doch. Nomen est Omen."

Mann, Launenhaftigkeit ist was für Frauen! Ich hasse
das, Unzuverlässigkeit auch. Die folgt nämlich daraus.

„Gut", entgegne ich, „dann lass ich dich jetzt mal in
Ruhe, damit du dich ein wenig erholen kannst. Scheinst
es ja nötig zu haben."

Ich raffe meine Anziehsachen zusammen. Ich werde
mich im Bad ankleiden und dann so schnell wie möglich
von hier verschwinden.

„Komm, Anne, sei nicht so beleidigt. Ich will nur
nicht so viel über dieses unangenehme Erlebnis sprechen,
weil es belastend ist, verstehst du? Erzähl du mal lieber
was."

Soll ich doch bleiben? Richtiges Glück ist das hier
nicht mehr, das sieht anders aus. Na ja, so viel Auswahl
bei Männern habe ich momentan nicht. Ich nehme auf
der anderen Seite des Bettes Platz.

„Also gut, was willst du hören?"

„Na ja, wie war's zum Beispiel am letzten Freitag bei
Frau Fichtner? Da hattest du doch deinen Termin. Hat sie
sich wieder etwas Merkwürdiges einfallen lassen?"

Häh?, was soll das denn jetzt? Das kann ihn doch
nicht im Ernst interessieren.

„Och, wie immer eigentlich. Nichts Besonderes."

„Die war ja früher richtig berühmt. Da hast du einen schönen Fisch an der Angel. Wie ist sie denn so privat?"

„Woher kennst du sie denn, Alkim?"

„Ich kenne sie nicht persönlich, aber im Internet findet man doch eine Menge über sie."

„Nein – man findet fast nichts über sie, weil sie nämlich schon sehr lange out ist."

Alkim schweigt, anscheinend schon wieder verschnupft wie eine Primadonna, wenn nicht alle nach ihrer Pfeife tanzen

Ich gehe wortlos mit meinen Anziehsachen ins Badezimmer.

„Geh nicht, Anne. Wir müssen reden", ruft er mir hinterher.

Ich stecke noch einmal den Kopf zur Schlafzimmertür hinein.

„Bevor wir reden, musst du dir, glaube ich, erst einmal über eine ganze Menge klar werden. Wenn du das geschafft hast, sag mir Bescheid!"

Ich lasse die Tür krachend ins Schloss fallen. Mein Abgang hat Stil.

♣

Freitag. Nora Fichtner. U-Bahn. Läuten. Fantasietanz. Die grauhaarige Hausherrin.

Mann, wie sieht die denn heute aus? Geschminkt, mit langem Rock, fließendem Pullover mit edler Strickjacke drüber und hochhackigen Stiefeletten. Kann sie sich noch leisten, Top-Figur für ihr Alter. Für mich hat sie das bestimmt nicht angezogen. Erwartet sie Besuch?

„Kommen Sie herein und mit nach draußen, Anne", sagt sie und führt mich auf die Terrasse, ins äußerste Eck. Bei ihrem Anblick erinnere ich mich, was sie bezüglich adäquater Kleidung für unseren nächsten Termin gesagt hat. Ich habe nur einen Sommermantel an. Sie mustert mich, schüttelt ein wenig den Kopf, geht noch einmal ins Haus und kommt mit zwei Wintermänteln zurück. Einen überreicht sie mir.

„Den werden Sie vermutlich brauchen. Je nachdem, Anne."

„Wir wollten reden, Frau Fichtner. Das haben Sie letzten Freitag bei unserem etwas merkwürdigen Termin angekündigt. Ich glaube, Sie müssten anfangen, oder?"

„Haben Sie etwas gehört, als Sie draußen gestanden haben. Bitte, sagen Sie die Wahrheit!"

Einen sehr langen Moment zögere ich mit der Antwort. Ihre Worte wirbeln mir wieder im Kopf herum. ‚Man kann sie nicht fassen. Und was man nicht fassen kann, ist auch nicht zu bekämpfen. Das ist unser Problem, die Anonymität der Macht. Sie verstecken sich hinter gutklingenden Phrasen, denen keiner widersprechen kann und in unheiligen Allianzen, die niemand durchschaut. Das ist ihre Stärke. Und so hat man uns alles genommen. Wir müssen kämpfen, wir werden sie besiegen, Freunde!'

„Ich habe genug gehört, um zu begreifen, dass Sie irgendeinen Kampf führen. Und dass Sie Mitstreiter oder Komplizen dabei haben. Dass es gegen irgendwelche Mächtigen geht. Und dass Sie eine Verschwörung planen oder ein Komplott schmieden, das habe ich auch begriffen. Leider."

„Leider?" Nora lacht. „Die meisten Journalisten wären bei so einem Enthüllungsknaller vor Freude geplatzt. Sie scheinen also ein Gewissen zu haben, etwas Seltenes bei vielen jungen Leuten heutzutage. Ist ja auch besser fürs Durchkommen in diesem System."

„Ich finde das gar nicht lustig, Frau Fichtner. Es bedeutet für mich, um mit den Worten meiner letzten Oma zu sprechen, ein Scheiß-Dilemma."

Nora lacht wieder.

„Wundern Sie sich bitte nicht über mich", sagt sie. „Mir ist eigentlich auch nicht zum Lachen zumute, aber in den letzten Jahrzehnten habe ich fürs Überleben gelernt, mit Entsetzen Scherz zu treiben." „Sie haben mich in eine verzwickte Lage gebracht. Kann ich meinem Arbeitgeber diese Informationen vorenthalten, das frage ich mich schon seit letztem Freitag." „Darum möchte ich Sie bitten, zumindest für einige Zeit, Anne. Über mich wissen Sie jetzt Bescheid, und mit Sicherheit ist diese Information genau das, was Schneider von Ihnen erhofft. Obwohl er nur bestätigt haben will, dass es immer noch so ist." „Wie kommen Sie darauf? Ich soll eine Artikelserie über eine berühmte Pianistin und Autorin schreiben, die etwas in Vergessenheit geraten ist und deshalb wieder mehr Publikumswirksamkeit durch diese Veröffentlichungen erhalten soll. Das ist die Aufgabe, die man mir gegeben hat, Frau Fichtner. Nichts sonst."

Nora legt die Hand auf meine Schulter.

„Sie sind gutgläubig, Anne, im besten Sinne. Aber, was man Ihnen gesagt hat, ist vor den Kulissen. Dahinter tun sich andere Dinge. Gutgläubigkeit kann auch in gefährliche Naivität ausarten, deshalb muss man auch als Mensch, der bei anderen nur ehrenhafte Motive voraussetzt, vorsichtig sein. Nicht immer kann man von sich auf andere schließen."

„Kennen Sie Schneider persönlich? Für mich hat das, was Sie sagen, irgendwie den Anschein."

„Wie kommen Sie darauf?"

„Ich hatte den Verdacht anfänglich, weil Herr Schneider mehrfach von Ihnen als Nora gesprochen hat. Das fand ich ungewöhnlich vertraulich, von einer wildfremden Person eine Art Kosenamen zu verwenden. Was Sie jetzt gesagt haben, dass sich bei meinem Auftrag im Hintergrund ein ganz anderes Ziel verbirgt, diese Vermutung hatte ich auch schon. Sie haben das auf die Menschen, die hinter diesem Auftrag stehen, bezogen. Herr Schneider zieht die Fäden in dieser Sache, also, habe ich gefolgert, Sie könnten, Sie müssten ihn kennen."

„Sie haben Recht, Anne, wir kennen uns. Edwin Schneider ist mein Mann, aber wir leben seit fast drei Jahrzehnten getrennt. Und wir hatten ein Kind zusammen. Clara. Mein Mann hatte bei unserer Eheschließung meinen Namen angenommen und seinen zweiten Namen als Rufnamen festgelegt. Alexander Fichtner. Es schien ihm damals in seiner Verlagstätigkeit von Nutzen, der Mann einer berühmten Autorin und Pianistin zu sein. Als man mich dann fallen ließ, hat er die Seiten gewechselt und seinen ursprünglichen Namen angenommen. Mit seinem ersten Vornamen als Rufnamen. Edwin Schneider. Wir waren mal ein gutes Team. Er hat Sie auf mich angesetzt, um herauszubekommen, ob ich im Untergrund immer noch aktiv bin. Und er näht immer doppelt, das heißt, auf Sie selbst hat er mit Sicherheit auch jemanden angesetzt. Einen Informanten auf den Informanten, so nennen sie dieses Doppelprinzip. Seien Sie vorsichtig!"

„Wenn ich jetzt nicht wieder gehe, Frau Fichtner, dann weiß ich zu viel. Ich traue mir zu, eine einzige Information zu verschweigen. Konspirative Treffen, möglicherweise konkrete Anschlagspläne zu kennen und für mich zu behalten, das schaffe ich nicht. Man würde mir das Lügen an der Nasenspitze ansehen."

„Was Sie heute bei Ihrem Termin erfahren würden, geht nicht über den Informationsgehalt vom vorigen Freitag hinaus, Anne. Dass ich – aus gutem Grund natürlich – einen Erdkeller gebaut habe, das wissen Sie schon. Dass ich weiter im Untergrund tätig bin, auch. Heute würden Sie nur bei Kerzenschein vier meiner Mitstreiter kennenlernen. Sie würden Ihre Gesichter kaum sehen können, so dunkel ist es im Hügel drin nämlich. Und Namen erfahren Sie nicht. Aber wir haben ein Problem.

Wir sind alle alt und deshalb brauchen wir die Jugend, damit mit unserem Verschwinden nicht auch unsere Ideen in Vergessenheit geraten. Und das ist der Grund, warum ich Sie bitten möchte, zu bleiben. Wenn wir Sie überzeugen, könnten Sie unserer Sache vielleicht dienlich sein."

Mittlerweile hat es angefangen zu regnen. Das erleichtert meine Entscheidung. Wir gehen gemeinsam zum Hügel.

♣

Die Tür des Erdkellers ist offen. Sonst würden die Leute, die sich da drinnen bei Kerzenschein aufhalten, wohl auch schnell ersticken. Die Kerzen fressen den Sauerstoff, vielleicht gibt es noch ein Belüftungsrohr nach oben, und die Tür. Wenn es heißer Sommer wäre, würde man die Kühle hier drinnen wohl als angenehm empfinden. Aber bei dem Regen und Wind draußen ist es ungemütlich. Ohne Wintermantel wär's nicht auszuhalten. Manchmal flackern die Kerzen, wenn ein Windstoß hereinfährt.

Die Leute, die hier versammelt sind, müssten eigentlich hinter dem warmen Ofen sitzen, so alt scheinen sie mir zu sein, und dabei mogelt der Kerzenschein bei jedem sicher gute zehn Jahre weg. Zusammen bringen die fünf Versammelten schätzungsweise dreihundert bis dreihundertfünfzig Jahre auf die Waage. Eine ganze Menge, wenn man bedenkt, dass ich unter dreißig bin. Interessante Typen sind es allesamt. Zwei Männer, drei Frauen. Ein Chinese oder Mongole, ein Langhaariger mit kleinglasiger Eulenbrille, eine mollige Dame mit halblanger Dauerwelle, eine überschlanke Dame mit Ballerina-Frisur und die elegante Nora.

„Setzen Sie sich, A. Hier neben mir", sagt Nora.

Wir nehmen Platz. Die Herren und die Damen lächeln, Nora stellt ein Glas mit Rotwein vor mich hin.

„Sie trinken doch Alkohol, oder?", fragt sie.

Ich nicke.

„Ich habe Ihnen ja schon erklärt, dass wir uns heute ohne Namen begegnen wollen. Der Einfachheit halber nennen Sie die Anwesenden einfach bei einem Buchstaben. B, C, D, E, zeigt sie rundum auf die Sitzenden. Nora für mich, das ist ok."

Der Chinese ergreift das Wort.

„Nora hat uns erzählt, dass Sie eine Spionin von Schneider sind. Stimmt das?"

Alle lachen. Ich nicht – und ich weiß auch nichts darauf zu erwidern.

„Sie müssen B verzeihen. Er ist ein richtiger Feuerkopf, liebt es zu provozieren, aber nur um der guten Sache willen", meint C, wuschelt in B's Haaren und drückt danach ihre eigene Welle in Form.

Nora gebietet durch Klopfen an das Rotweinglas Ruhe.

„Liebe Freunde, ich freue mich, dass ihr diese, heute zu Ende gehende Woche für unseren jährlichen Kongress genutzt habt. Heute schließen wir unsere Beratungen ab. Ein besonderes Ereignis! Hoffentlich können alle hier und heute Versammelten auch im nächsten Jahr noch in diesem – oder vielleicht in einem weit größeren – Kreise beieinander sein."

Unter Kongress stelle ich mir eigentlich mehr Leute als fünf vor. Fünfhundert mindestens oder fünftausend. Die fünf hier erscheinen mir eher wie ein letztes versprengtes Häuflein von traurigen Gerechten.

E erhebt sich.

„Fasst euch an den Händen, wir singen unser Lied."

Nora nimmt meine Hand.

„E war früher eine berühmte Opernsängerin", flüstert sie. „Freuen Sie sich auf die Darbietung, und wenn Sie das Lied noch kennen, singen Sie doch mit!"

„Die Gedanken sind frei,
wer kann sie erraten?
Sie fliegen vorbei
Wie nächtliche Schatten.
Kein Mensch kann sie wissen,
Kein Jäger erschießen.
Es bleibet dabei,
Die Gedanken sind frei."

Mir ist dieses rückwärtsgewandte Pathos unangenehm. Auch dass Nora meine Hand weiter festhält, behagt mir nicht. Endlich lösen sich aller Hände wieder.

D ergreift das Wort.

„Nora hat uns den Auftrag gegeben, Ihnen etwas von unseren Ideen zu erzählen. Anscheinend hat sie einen Narren an Ihnen gefressen. Aber bei Noras Schicksal ist uns allen das mehr als verständlich. Wenn man sie beide so nebeneinandersitzen sieht, könnte man meinen, Sie sind."

D unterbricht sich, als C die Hand auf seine legt. Nora wirkt etwas verstört, streckt sich, stützt ihren Kopf einen Moment auf ihre gefalteten Hände –dann scheint sie wie immer. Beherrscht, diszipliniert und gelassen.

„Sie sind jung, A. Viele Ereignisse und Veränderungen haben vor Ihrer Zeit stattgefunden", fährt D fort. „Die Vergangenheit mit ihren Ideen liegt mehr und mehr im Dunkel, denn der Zugang ist durch die Löschung ihrer Zeugnisse außerordentlich erschwert, fast nicht mehr möglich. Und da die lebenden Zeugen, wie sie beispielsweise heute hier vor Ihren Augen versammelt sind, kraft Alters vor dem Aussterben stehen, möchten wir diese wunderbaren Ideen vor dem Verschwinden bewahren. Wir brauchen die Jugend, die die Ideen wiederbelebt, weiterträgt und vor dem Vergehen bewahrt. Sonst dauert es am Ende wieder zweitausend Jahre bis zur Wiedergeburt – wie bei der Renaissance."

Bei dieser traurigen Aussicht lachen einige, obwohl es eigentlich nichts zu lachen gibt. Nora nickt.

C ist an der Reihe. Altmodisch, wie sie alle hier sind, erhebt auch sie sich für ihren Vortrag.

„Damit Sie einen Eindruck bekommen, wie die Löschung der Ideen funktioniert hat, will ich Ihnen etwas über mein Leben berichten. Ich war Kinderbuchautorin und habe in meinen Büchern unsere Kultur mit ihren wunderbaren Errungenschaften vorgestellt und für die Jüngeren lebendig gehalten – bis man bei der ersten Bücherverbrennung vor zwanzig Jahren – die noch unzählige weitere Autoren mit ähnlichen Aussagen betroffen hat – den Versuch gemacht hat, diese Ideen ein für alle Mal für Kinder auszuradieren. Wissen Sie, damals wurden noch vorwiegend Printbücher gelesen. Meine elektronischen Werke wurden gelöscht, ich war tot, totgeschwiegen. Und das ist bis heute so geblieben. Nora ist es nicht besser ergangen. Auch ihre Bücher kamen damals bei der ersten öffentlichen Bücherverbrennung auf den Scheiterhaufen, die elektronischen Ausgaben wurden gelöscht, Nora selbst wurde geächtet. Und dass das jetzt rückgängig gemacht werden soll, daran können wir alle nicht so recht glauben."

Einen Moment bleibt es still, bis Nora das Glas erhebt.

„Auf die Freiheit!", sagt sie. Alle erheben das Glas und wiederholen

„Auf die Freiheit!"

Ich falle in den Chor nicht ein. Erstens hasse ich dieses bedeutsame Getue und zweitens weiß ich nicht, was genau sie unter Freiheit verstehen. Ich wusste es schon damals bei Omimi nicht, wenn sie davon gesprochen hat.

Als hätte sie meine Gedanken erraten, erhebt sich E und beginnt von der Freiheit zu sprechen.

„Was Freiheit ist, besser, was sie einst war, vermissen wir, die wir sie gekannt haben, schmerzlich, unendlich schmerzlich. Dass man mit anderen Menschen frei kommunizieren konnte, ohne abgehört, beobachtet zu werden. Dass man Rechte hatte, die einklagbar waren. Versammlungsfreiheit, dass man seine Wohnung suchen konnte, wo man wollte, dass der Staat dich nicht enteignen, aus der Wohnung oder deinem Haus holen und woanders hin umsiedeln konnte, dass man nicht einfach seinen Beruf verlieren konnte, dass du deine Meinung frei äußern durftest, ohne dafür bestraft zu werden, auch wenn sie der Regierungsmeinung widersprach. Und das Volk in einem Staat hat gewählt und seine Regierenden bestimmt, immer nur für eine Periode, dann mussten sich die Regierenden und die Parteien wieder dem eigenen Volk stellen und konnten abgewählt werden."

„Der PRIMEQUI konnte gewählt werden, von uns allen, von den Gleichen?", unterbreche ich E.

Leises Gelächter ist zu hören, alle scheinen sich über mich und meine Frage lustig zu machen.

„Unter den Gleichen, A, sind wohl heute die mehr Gleichen und die weniger Gleichen zu verstehen. Die sich besser, wissender dünkten als die Masse, hat es wohl zu allen Zeiten gegeben. Aber früher hatten sie nicht mehr Macht als die sogenannte Masse. Und diese Gleichheit, vor dem Gesetz, den Rechten, bei Wahlen – das alles und noch viel mehr haben wir verloren. Und all dies muss die Jugend wiedergewinnen. Ohne Kampf wird das nicht gelingen."

E nimmt Platz, nippt an ihrem Weinglas. Alle schweigen.

Erwarten die Versammelten, dass ich etwas sagen soll? Dass ich eine Meinung dazu habe? Dass ich mich in ihre Kampfreihen einordnen werde?

Ich bin ratlos und bleibe ebenfalls stumm.

Irgendetwas muss passieren. Kommt Zeit, kommt Rat, sagte Beate immer. Ich muss nachdenken. Und das Gesagte erst einmal verdauen. Die Kerzen flackern, bis auf eine gehen alle aus, es ist augenblicklich ratzeduster. Vielleicht ist das die Rettung? Ein weiterer heftigerer Windstoß, die letzte Kerze erlischt, die Tür knallt zu. Um Himmels willen, das ist eine unerwünschte Wendung der Geschehnisse! Sechs Leute hier in diesem winzigen Erdloch, da sind wir in kürzester Zeit mausetot. Und die hehren Ideen mit uns.

Nora steht auf, tastet sich zur Tür. Und öffnet sie. Sie lacht.

„Keine Angst. Ich hatte etwas dazwischen gelegt, so dass die Tür nicht zufallen kann. Ich klemme sie jetzt zusätzlich noch fest, ok?"

Ich stehe auf. Dieser Ort macht mich beklommen, ich ringe schon länger nach Luft.

„Verzeihen Sie, Nora, aber ich muss gehen. Wir sehen uns nächste Woche zur gleichen Zeit, in Ordnung?"

Man winkt mir zu, einige rufen Auf Wiedersehen, Nora begleitet mich zum Gartentor.

„Bis nächsten Freitag", sagt sie.

Den Wintermantel zurückzugeben, habe ich vergessen.

♣

Wie aufregend und gleichzeitig wie öde! Dieses Wochenende scheint kein Ende zu nehmen. Sonntagabend, Alkim hat nichts von sich hören lassen, er ist sich also noch nicht klar geworden, was er eigentlich will. Wer weiß, vielleicht ist er ab Montag für immer aus meinem Leben verschwunden. Auf Schneiders, vormals also Alexander Fichtners Wort, dass er unsere Zusammenarbeit verlängern würde, kann man sich wohl kaum verlassen. Der scheint doch der totale Opportunist zu sein. Hängt sein Mäntelchen stets nach dem Wind, würde Omimi sagen. Wie genau der seine Frau abserviert hat, das würde mich interessieren. Komisch, dass die noch in dem Haus wohnt und sie sie noch nicht an die Luft gesetzt haben. Und dann die Sache mit ihrem Kind. Wie das abgelaufen ist und was dahintersteckt, das würde ich gerne wissen. Oh Mann, aber diese ganze Verschwörungssache. Darüber bin ich mir auch noch gar nicht klar geworden. Verlorene Freiheitsrechte, Bücherverbrennung, Kampf. Um Himmels willen, in was für einen Schlamassel bin ich da geraten. Ich kann die Ideen von Gesellschaft und Regierung und früher und heute doch gar nicht richtig einordnen. Ich kenne es nur so, wie es heute ist.

Und jetzt geht es mir wie Eva aus dem Paradies, in diesem alten Buch. Als die vom Apfel der Erkenntnis gegessen hatte, war das unschuldige Paradies für sie verloren. Na ja, Paradies war mein Leben allerdings auch vorher nicht, eher eine Kette von Mist. Aber meine Ruhe, die hatte ich schon etwas mehr. Ob Alkim Adam ist, den ich noch mit meinen Äpfeln verführen werde? Sieht eher nicht mehr danach aus, so verfahren, wie es sich entwickelt hat.

Klingelton.

„Ja, bitte?"

Am anderen Ende keine Antwort. Aber jemand atmet, das kann ich deutlich hören.

„Alkim?", frage ich.

„Komm zu mir in die Wohnung, ich bin mir über alles klar geworden. Wir werden reden. Bis gleich, komm bitte sofort. Ich warte."

Alkim hat das Gespräch beendet.

♣

Allzu viel Lust habe ich nicht. Mir schwirrt das Erlebte und Erfahrene im Kopf herum. ‚Wenn dir der Kopf schwirrt, ist er immerhin noch dran', sagte Beate zu solchen Zuständen.

Ich nehme die U-Bahn, nur wenige Schritte sind es zum Hochhaus, in dem Alkim wohnt. Ich fahre mit dem Aufzug in den achten Stock und stehe vor seiner Tür. Er öffnet, mit einem Bademantel bekleidet.

Oh Mann, wenn der denkt, ich vergesse alles, wenn er den ablegt und damit ist die Sache gegessen, hat er sich getäuscht.

„Komm herein und nimm im Wohnzimmer Platz. Ich will mir nur schnell noch etwas anziehen."

Na, Gottseidank! Da hat er wohl meine Gedanken erraten.

„Möchtest du etwas trinken?", fragt er, als er zurückkommt.

Ich denke an meine missglückte Antwort vor einigen Wochen.

„Ja, gern", erwidere ich.

Er holt zwei Gläser, gießt uns Orangensaft ein.

„Sibel ist weg", sagt Alkim.

„Das weiß ich schon."

„Aber nicht, warum. Sie haben sie mitgenommen. Eines Abends haben drei Männer an der Wohnungstür geläutet, sie haben Sibel nach ihrer Identitätskarte gefragt und behauptet, gegen sie lägen Beschuldigungen vor, sie müsse mitkommen. Als ich sie gebeten habe, mir ihren Polizeiausweis zu zeigen, haben sie nur gelacht, „Können Sie zählen?" gefragt und mit ihren Revolvern herumgefuchtelt. Was hätte ich tun sollen?"

„Und seitdem ist Sibel verschwunden?"

„Ja."

„Das ist schlimm, was du berichtest. Aber trotzdem verstehe ich nicht so ganz, was das jetzt mit mir zu tun hat, Alkim. Willst du mir sagen, dass du Sibel noch liebst, ein schlechtes Gewissen hast, unsere Affäre bereust und deshalb beenden möchtest?"

„Nein, das nicht."

„Was dann?"

„Ich werde damit erpresst."

„Lösegeld? Wie viel?"

„Um Geld geht es nicht, sondern um dich, Anne."

Diese Antwort macht mich erst einmal sprachlos.

„Was soll das bitte heißen? Was meinst du damit?"

„Ich soll dich ausspionieren, ob du zuverlässig bist, ob du Sachen geheim hältst, ob du subversiv agierst. Das soll ich herauskriegen."

„Wer will das wissen?"

„Wer genau dahintersteckt, weiß ich nicht. Schneider ist vordergründig der Auftraggeber."

So schnell hat Nora also Recht behalten. Schneider näht doppelt, Alkim ist der Informant, der auf mich als den Informanten angesetzt ist. Als agent provocateur.

„Und jetzt, nachdem du mir das gestanden hast, soll ich Verständnis dafür haben, dass du dich an mich herangeschlichen und mich verführt hast. Du hast mich benutzt, mein Vertrauen und meine Zuneigung missbraucht, du bist ein Schwein, Alkim!"

„Anne, wie hätte ich ablehnen sollen? Sie haben mir mit Sibels Tod gedroht. Und wenn ich ehrlich bin, hat mir der Teil des Auftrages, der deine Verführung und Beglückung vorsah, ziemlichen Spaß gemacht."

Alkim lächelt, auch er treibt mit Entsetzen seinen Scherz.

„Und Gewissensbisse haben dich mir gegenüber wohl überhaupt nicht gequält?"

„Eigentlich nicht, Anne. Weil du dich nämlich genauso an mich herangeschlichen hast und das mit dem gegenseitigen Verführen, da warst du genauso aktiv wie ich. Was ist denn bisher passiert? Wir hatten doch riesigen Spaß miteinander, oder nicht?"

„Und der Ehebruch? Hast du Sibel gegenüber keine Schuldgefühle?"

„Gar keine, Anne. Sibel und ich hatten nur eine Scheinehe, wir sind Cousin und Cousine und unsere traditionsbewussten Großeltern wünschten es sich so. Sibel ist nämlich lesbisch und das wollte ihre Familie weder wissen noch hätten sie es jemals akzeptiert. Und ich habe ihr durch die Heirat Deckung gegeben und konnte meinen heterosexuellen Ambitionen umso intensiver nachgehen. Wie bei dir zum Beispiel."

Soll ich ihn nicht ohrfeigen, nicht gegen seine Brust trommeln, nicht laut heulen, sondern es hinnehmen, schweigen, auf das Drama verzichten? Ich bin zu perplex, um irgendetwas zu erwidern.

„Ich brauche deine Hilfe, Anne."

„Sag mal, bist du jetzt ganz verrückt geworden?", schreie ich nun doch.

„Du mochtest Sibel auch. Sie hat mir oft von dir erzählt. Und sie ist in großer Gefahr, wenn Schneider merkt, dass ich mich dir gegenüber geoutet habe und du mir deshalb nichts erzählst. Dann hat sie keinen Zweck mehr als Druckmittel für ihn. Und ob er sie dann freilässt oder umbringt, das wissen wir nicht."

„Was stellst du dir vor?"

„Du musst mir ein bisschen Futter, Informationen über Nora Fichtner geben. Um die geht es doch letztlich bei der ganzen Sache. Wenn ich ihm gar nichts liefere, wird er jemanden anderen auf dich ansetzen, weil ich versagt habe. Und dann ist es für Sibel, vielleicht auch für mich, aus. So einfach ist das."

„Es wird doch jetzt ein neuer PRIMEQUI kommen. Vielleicht lösen sich dann alle Probleme in Wohlgefallen auf, könnte doch sein, oder?"

„Anne, du bist einfach naiv. Den PRIMEQUI 1,2,3,4 – die gab und gibt es nicht. Sie sind nicht aus Fleisch und

Blut, die bestehen nur aus Pixeln. Und die hinter den Kulissen, die bleiben gleich, glaub mir."

„Weiß ich nicht, will ich jetzt auch gar nicht wissen. Mir wird das alles zu heiß, Alkim. Ich werde Schneider morgen bitten, dass er mir eine andere Aufgabe gibt."

„Anne, du hast bei einem besonderen Arbeitgeber angeheuert. Bei dem machst du die Aufgabe, die du bekommst. Eine, die für das System relevant ist, anderenfalls würdest du nämlich irgendwo an der Stadtgrenze in einem Wohnblock versauern. Und kündigen kannst du auch nicht, es sei denn, mit den Füßen voraus."

Ich stehe ohne weiteres Wort auf, greife an der Flurgarderobe meinen Mantel. Alkim ist mir nachgekommen.

„Wir sehen uns morgen früh. Bis dann", sagt er zum Abschied.

♣

Ich bin eine Stunde früher ins Büro gegangen. Ich setze mich auf einen der Stühle vor Schneiders Büro. Ich werde ihn abfangen und mit ihm sprechen, bevor Alkim wieder mit irgendwelchen Vorschlägen um die Ecke kommen kann.

Um zehn Minuten vor neun trifft Schneider ein.

„Wollen Sie mich belagern, Frau A.?", sagt er. „Ich erinnere mich nicht, dass wir heute Morgen einen Termin hätten. Ein Vier-Tages-Rhythmus für Ihre Besuche scheint mir etwas übertrieben, nicht wahr? Ich hatte bereits am Donnerstag das Vergnügen mit Ihnen, Sie erinnern sich? Wollen Sie wieder etwas wissen oder vorschlagen?"

„Es geht um Nora, Herr Schneider."

Schneider stutzt einen Augenblick, schaut mich an, er hat verstanden.

„Sie wissen es also. Nora hat geplaudert."

„Sie hat mir lediglich die Information gegeben, dass Sie früher verheiratet waren und ein gemeinsames Kind haben. Viel mehr weiß ich nicht. Ich möchte Sie allerdings wegen der etwas ungewöhnlichen Konstellation bitten, mich von weiteren Aufgaben im Zusammenhang mit Frau Fichtner zu entbinden. Für das ursprüngliche Vorhaben – das hatte ich Ihnen ja schon vor zwei Wochen mitgeteilt – habe ich genügend Material."

„Frau A, hier vor meiner Bürotür und ohne, dass ich meinen Frühstückskaffee eingenommen habe, sage ich gar nichts." Er lacht, scheinbar findet er seinen Satz lustig. „Solche Zusammenhänge erörtert man nicht zwischen Tür und Anger. Machen Sie heute um dreizehn Uhr Schluss und warten Sie vor meinem Büro. Ich werde Sie an einen unbekannten Ort entführen und dort können wir in aller Ruhe alles besprechen."

Er lächelt, legt mir die Hand auf die Schulter.

„Bis dann", sagt er und kneift das linke Auge zusammen.

Oh Mann, nicht das auch noch. Schneider ist bekannt für seine Vorliebe für jüngere Frauen. Noch mehr Verwicklungen kann ich nicht gebrauchen. Ich muss Alkim fragen, wie ich mich verhalten soll.

Er sitzt an seinem Schreibtisch, als ich eintrete. Er steht auf, legt die Hände auf meine Schultern, beugt sich zu mir und will mich küssen.

„Du hast Humor", sage ich.

„Klar, ich weiß. Humor ist, wenn man trotzdem lacht, oder?"

Sein verantwortungsloser Schlitzohrcharme hat die Hälfte des Eises zwischen uns schon geschmolzen. Er hat eigentlich recht, warum sollen wir ein Drama draus machen? Ich lasse einfach alles auf mich zukommen, kommt Zeit, kommt Rat.

„Ich will Schneider bitten, dass er mich von der Fichtner-Sache abzieht. Ich treffe mich heute um eins mit ihm."

„Du triffst dich mit ihm? Wo denn?"

„Das weiß ich noch nicht, er will mich an einen unbekannten Ort entführen, hat er gemeint."

„Oh jeh."

„Was willst du damit sagen?"

„Dass der auch nur ein Mann ist, Liebreizende. Und wer so allein mit dir ist – ich kann ein Lied davon singen – muss sich sehr anstrengen, deiner Anmut nicht zu verfallen."

So ein Schmeichler. Alkim will nur gut Wetter machen, ganz schön raffiniert.

„Was soll ich machen, wenn er zudringlich wird, Alkim?"

„Vor Zeiten hättest du gute Karten gehabt. Da hättest du ihm eine knallen und ihn dann anzeigen können. Aber die Herrschaft der Frauen ist vorbei. Ich bedaure das schwache Geschlecht natürlich, bei mir kommt aber auch jede freiwillig mit. Für den alten Schneider und seinesgleichen hat sich das Blatt in dieser Hinsicht allerdings zum Guten gewendet, den würde doch kaum noch eine anfassen, auch wenn er noch so mächtig ist."

„Ein sinnvoller Rat ist das nicht, Alkim. Ich bin genauso weit wie vor meiner Frage."

„Ich kann dir nichts raten, Anne. Du musst einfach in der Situation entscheiden. Meistens haben Frauen doch einen guten Instinkt."

„Nicht nur, Alkim, Instinkt und Verstand."

Ich setze mich an meinen Platz, das Gespräch mit Alkim ist nutzlos. Ich drucke meinen Bericht über den Fichtner-Termin, in dem so vieles fehlt, aus; ich bin darauf gefasst, dass Schneider ihn sehen will.

„Ich gehe runter in die Kantine", sagt Alkim um zwölf.

„Lass es dir schmecken, vielleicht ist die schöne Asiatin ja auch da."

Alkim schaut mich an, dann schüttelt er den Kopf, antwortet aber nichts und geht schnell hinaus. Ich packe meine Tasche, starre gegen die Decke und gehe zehn Minuten vor der Zeit zu Schneiders Büro.

♣

Durch die Glasfront vor seinem Office schaue ich hinaus. Bei so einem Wetter jagt man keinen Hund vor die Tür. Es regnet und dunkle Wolkenberge am Himmel versprechen, dass die nasse Flut von oben noch andauern wird. Hoffentlich ist es nicht zu weit bis zu dem unbekannten Ort, an den er mich entführen will. Wieder eine Zwickmühle, aus der es kein Entfliehen gibt! Ich will mit Schneider sprechen, will ihn zu einer für mich bedeutsamen Entscheidung bewegen, andererseits bin ich durch meine ihm unterstellte Position von ihm abhängig. Und diese Abhängigkeit kann er ausnutzen, in jede Richtung, die ihm gefällt.

Um punkt dreizehn Uhr tritt er aus seiner Tür. Er scheint gut gelaunt, er lächelt, schaut mich freundlich an, dann schüttelt er den Kopf.

„Frau A, haben Sie einmal zum Fenster hinausgeschaut?"

„Schöner Blick über die Stadt. Und unfreundliches Wetter."

„In der Kleidung werden Sie ordentlich frieren. Und mit den Schuhen stehen Sie bald im Wasser. Auch wenn ich schon in weiser Voraussicht einen Regenschirm für Sie mitgebracht habe."

„Ist es denn weit bis zu dem unbekannten Ort, zu dem Sie mich entführen wollen?"

„Ein langer Fußweg."

Ach, du liebe Güte, das kann ja heiter werden.

Schneider verschwindet noch einmal in seinem Büro.

„Hier, nehmen Sie diese Regenhaut, die ist Ihnen zwar sicherlich etwas weit, aber schützen wird sie dennoch. Kommen Sie!"

Wenn ein Vorgesetzter so fürsorglich und freundlich ist, muss man sich vorsehen.

„Wie lang wird unser Fußweg denn in etwa dauern, Herr Schneider?"

„Lassen Sie sich überraschen. Es hängt von Ihrem Tempo und von unserem Gespräch ab, nicht wahr?"

Wir fahren mit dem Fahrstuhl, er biegt vom Komplex links ab, legt ein ordentliches Tempo vor. Wenigstens habe ich flache Schuhe an. Wir gehen stumm nebeneinander, jeder unter seinem Regenschirm.

„Ich zeige Ihnen heute einen Circus", sagt Schneider. „Früher gab es da Pferderennen, nicht ganz so spannend wie im Circus maximus in Rom, aber immerhin. Ich stelle mir bei meinen regelmäßigen Spaziergängen dort die edlen Tiere vor, dann bin ich manchmal in die Vergangenheit zurückversetzt."

Hört sich ganz nach Nostalgie an. Interessant. Ich dachte, der ist Feuer und Flamme für unsere jetzige Zeit und ihr System.

Eine halbe Stunde sind wir mindestens gelaufen, als wir endlich an einem großen Tor eintreffen, wohl früher der Eingang zur Pferderennbahn. An der linken Seite steht noch ein kleines hölzernes Häuschen, sicherlich die Kasse, an der man seinen Eintritt entrichtete. Das Gelände ist groß, oval, die Rennbahn ist, obwohl schon an vielen Stellen Unkraut-überwuchert, deutlich zu erkennen. Schneider steuert auf die überdachte Tribüne zu, dort, wo früher der Zieleinlauf war. Wir nehmen in der obersten Reihe Platz, die Sitze sind trocken. Das ist dann also wohl der unbekannte Ort, an den er mich entführen wollte.

Eine Sorge ist damit schon einmal weg; zudringlich werden wird er hier wohl kaum. Dass ich mich heftig verkühlen werde, ist zwar wahrscheinlich, aber weniger gravierend. Warum er mit mir nicht in einem Restaurant oder Café oder auch in seiner Wohnung sitzen will?

„Haben Sie sich etwas zum Essen mitgebracht?",
fragt er und packt zwei Stücke Pizza aus, mein Leibgericht.

„Nein", antworte ich.

„Ok, probieren Sie mal. Ist nach original italienischem Rezept gemacht."

Die Pizza ist köstlich.

„Haben Sie die selbst gemacht? Schmeckt nämlich
wunderbar", lobe ich wahrheitsgemäß.

„Ich habe eine Haushälterin mit italienischen Vorfahren. Die kann es."

Hier unter dem Tribünendach ist es zwar kalt, aber
durch die weite Regenhaut hat sich um meinen Körper
ein kleines Mikroklima gebildet, das wärmt. Nur kalte
Füße habe ich. Schneider sitzt und schweigt.

„Wenn Männer schweigen, führen sie was im Schilde", hat Omimi mich früher immer gewarnt. Bin gespannt.

Schneider dreht sich zu mir.

„Sie wollen aus der Fichtner-Sache aussteigen? Weil Sie mehr wissen, als Sie verraten wollen und Sie sich deshalb in einem Loyalitätskonflikt befinden? Ist es das?"

„Diesen Loyalitätskonflikt müsste es nicht geben, wenn Sie mir von Anfang an die Wahrheit gesagt hätten, Herr Schneider."

Einen Moment scheint Schneider perplex, dann zieht er die Brauen zusammen und schüttelt wieder den Kopf.

„Anne, so heißen Sie doch, nicht wahr, Sie sind mutig, zu mutig. Wenn ich Sie, aus welchen Gründen auch immer, nicht so gut leiden könnte, müssten Sie nach solchen Vorstößen nicht nur um Ihren Arbeitsplatz bangen. Haben Sie mir gerade Unehrlichkeit, Lügerei vorgeworfen? Ich habe mir das Dossier über Sie besorgt, musste allerdings feststellen, dass es keine lückenlosen Informationen über Sie enthielt. Deshalb müssen Sie mir ein wenig auf die Sprünge helfen, was Ihre Person betrifft und warum Sie so unerschrocken sind."

„Bin ich kleine Journalistin so interessant, dass es ein Dossier über mich gibt?"

„Schon wieder so eine freche Bemerkung."

Schneider schüttelt den Kopf.

„Über jeden Gleichen, Anne, gibt es unzählige Informationen, die gesammelt wurden und werden. Nur, wenn man irgendwie auffällt, plötzlich, aus welchen Gründen auch immer, interessant ist oder erscheint, werden diese Informationen von berechtigten Amtsträgern abgerufen und in einem Dossier gebündelt. Die Daten-Reserve, auf die jederzeit zurückgegriffen werden kann, ist für die Sicherheit der Gesellschaft der Gleichen lebensnotwendig."

Also hatte Sibel mit ihrer Paranoia Recht. Als ich nichts sage, fragt er nach.

„Sie sehen das Ganze doch auch so, nicht wahr?"

„Nein, aber ich habe Angst vor Ihnen. Angst, dass Sie den anderen Mächtigen, so wie Sie einer sind, denen, die einen Namen haben, meine Auffassungen verraten und dass ich dann verschwinde, so wie die vielen anderen, die ich gekannt habe und von denen ich nie mehr etwas gehört habe."

„Was glauben, Sie, Anne, warum wir hier unter der verfallenen Tribüne einer verfallenen Pferderennbahn sitzen?"

Einen Moment zögere ich mit der Antwort. Ob er Angst hat, selbst abgehört zu werden? Bespitzeln sich die Mächtigen auch gegenseitig? Es wäre wohl besser, gar nichts mehr zu sagen. Vielleicht stellt Schneider mir gerade eine Falle, er schneidet alles mit und morgen bin ich von der Bildfläche verschwunden, so wie Sibel, die vielleicht gar nicht mehr lebt. Aber mich willkürlich verschwinden lassen, ohne irgendwelche Belege für meine Verfehlungen, dazu ist er ohnehin in der Lage. Also kann ich frei heraus sagen, was ich schon lange denke, es spielt keine Rolle mehr, aufgefallen bin ich sowieso. Die Gedanken sind frei, aber sie beschweren, wenn man sie geheim halten muss.

„Ich wünschte, wir wären frei, so wie es früher einmal gewesen ist. Wir würden wählen können, wer für eine begrenzte Zeit unsere Interessen wahrnimmt. Bürger und der Souverän zu sein – statt eines Untertans."

„Haben Sie Ihre Ideen aus Büchern oder von Nora?"

„Aus Büchern, die der Verbrennung entgangen sind. Ob Nora mir etwas erzählt hat, das sage ich Ihnen nicht. Es gibt auch heute noch so etwas wie Loyalität und Solidarität. Auch wenn die Mächtigen in unserem System sie vernichten wollen."

„Sie sind tatsächlich ein subversives Element, Anne", sagt Schneider und lacht.

Freut er sich, dass er mich aus der Reserve gelockt und mich jetzt umsiedeln, verschwinden oder hinrichten lassen kann? Können die Mächtigen sowieso. Wer in deren Focus gelangt ist, ist nur noch ein Spielball. Oma Beate hatte eine Katze, die hat immer Mäuse angeschleppt, um mit ihnen zu spielen. Fressen wollte sie sie gar nicht, Omimi fütterte sie viel zu gut. Nur spielen und am Ende den Hals durchbeißen, das war ihr Vergnügen.

Schneider nimmt meine Hand und gibt mir einen gehauchten altmodischen Handkuss.

„Ich habe es von Anfang an geahnt, dass Sie die Richtige sind, Anne", sagt er.

Nein, bitte nicht, die Variante fehlt mir gerade noch. Angst und Sex, da stehe ich gar nicht drauf! Ich werde steif vor Entsetzen. Schneider scheint das wahrzunehmen.

„Nur keine Bedenken, Anne. Sie brauchen nicht zur Salzsäule zu erstarren. Ich hege nur väterliche Gefühle für Sie."

‚Wer's glaubt, wird selig.' Der Spruch steht auch in dem alten Buch, das es früher in fast jedem Haus gegeben haben soll. Bibel, hat Beate das Buch genannt. Mir ist außerdem fürchterlich kalt, ich erstarre nicht nur zur Salzsäule, sondern mutiere auch langsam zu einem Eiszapfen. Schneider scheint überhaupt nicht zu frieren, er redet sich wohl warm.

„Das System kann sich solche Leute wie Sie ganz allmählich wieder leisten. Wir haben alle notwendigen Veränderungen vorgenommen, vollendet, alle Krisen sind vorbei, da kann man über Lockerungen nachdenken. Und für diese neue Zeit kann, muss man auf Menschen mit Mut, Loyalität, Solidarität und Gewissen zurückgreifen. Und diese vier Eigenschaften, die haben Sie mir bewiesen, Anne."

Er schaut mich durchdringend an. Ich erwidere seinen Blick.

„Sie denken ganz anders?", fragt er.

Soll ich es zugeben? Er scheint mir an der Nasenspitze anzusehen, wenn ich lüge.

„Wer die eben erwähnten Eigenschaften besitzt, würde das gegenwärtige System wohl eher überwinden als stabilisieren wollen, denken Sie nicht auch?"

Schneider antwortet nicht, minutenlang. Ich wage nicht, nach meinem Vorstoß weiterzusprechen. Was kommt als nächstes? Ist Schneider eine Löwen-gesichtige Sphinx, die gleich ihr Vernichtungs-Verdikt aussprechen wird?

„Von Nora abziehen kann ich Sie nicht. Aber – wollen Sie meine Assistentin werden, Anne? Ich würde mich freuen. Sie brauchen nicht gleich zu antworten. Schlafen Sie eine Nacht drüber und geben Sie mir morgen Bescheid. Und jetzt, Verehrte" er beugt sich wieder über meine Hand, „lassen Sie uns zurückgehen, zur U-Bahn. Wir nehmen unterschiedliche Richtungen, Sie brauchen sofort ein heißes Bad."

Unterschiedliche Richtungen – oder sind wir irgendwie schon auf der gleichen Bahn?

♣

Erkältet bin ich nicht, aber ich habe die ganze Nacht kaum ein Auge zugetan. Die Schlaflosigkeit war überflüssig, denn bei unserer Konstellation brauche ich nicht nachzudenken. Keine Möglichkeit, nein zu sagen. Im einen Moment mag Schneider väterlich-freundlich sein, im nächsten Moment zeigt er vielleicht seine zweite Seite, eine fürchterliche Fratze. Mächtig wird man sicherlich nicht nur mit Freundlichkeit.

Das Wetter heute Morgen ist das Gegenteil von gestern. Endlich zeigt der Oktober sein freundliches Gesicht. Die herbstlich tiefstehende Sonne legt einen warm-verklärenden Schein auf die Hochhausdächer der Stadt. Man hat ihnen goldene Kappen verpasst, spitze, flache, gewölbte. Die neuen Tempel. Ein kurzer Moment von blau, orange bis feuerrot, prächtig, aber bald so gleißend, dass man geblendet zur Sonnenbrille greifen möchte.

Um zehn Minuten vor neun trifft Schneider ein.

„Schön, dass Sie schon auf mich warten. Wie ist Ihre Antwort?"

„Hier, draußen vor der Tür?"

Er lacht. „Mein Gott, sie kennt sogar noch Borchert", sagt er. „Ja, hier draußen vor der Tür", fährt er, etwas ernster dreinschauend, fort.

„Ich sage natürlich ja. Eine Alternative habe ich ohnehin nicht, oder?"

Schneider schüttelt den Kopf, dann reicht er mir die Hand.

„Ich freue mich, Frau A. Bis heute Mittag um dreizehn Uhr hier bei mir. Rosa hat uns Agnoletti gemacht", sagt er. „Ich freue mich wirklich sehr", fügt er hinzu und verschwindet hinter seiner Tür.

„Wie ist es gestern gelaufen?", fragt Alkim, als ich in unser Büro komme.

„Fragst du als Arbeitskollege, Spion, Freund oder Liebhaber?"

„Anne, du weißt ganz genau, in welcher Zwickmühle ich mich befinde. Gib mir ein bisschen Futter über Nora Fichtner, dann kann ich Schneider bei Laune halten."

„Hast du keine Angst, dass alles, was wir hier reden, aufgezeichnet wird? Sibel hatte immer Angst – und jetzt ist sie weg."

„Sibel war paranoid. Was glaubst du, wie das unser an sich schon schwieriges Verhältnis belastet hat."

„Ich glaube, dass sie Recht hatte. Schneider hat mir das quasi bestätigt."

„Wie bitte? Schneider? Bist du so vertraut mit ihm?"

„Alkim, wir werden uns beruflich in Zukunft nicht mehr sehen. Und bei der Lage der Dinge, das beweist doch schon unser kurzes Gespräch heute Morgen, finden wir keinen Weg mehr, auf der einen Seite Spitzel und Bespitzelte und auf der anderen Seite Liebhaber und Geliebte zu sein. Mehr war's doch nie, lass es uns in Anstand beenden. Es ist Schluss, Alkim."

„Das werden wir ja sehen, Anne. So schnell lasse ich mich nicht von dir abservieren."

Alkim nimmt seine Jacke vom Haken und stürmt hinaus.

Ist er ein beleidigter Macho oder gefährlicher, als ich angenommen habe?

♣

„Wir haben uns für unseren Spaziergang einen schönen Tag ausgesucht, Frau A", sagt Schneider zu mir, als er um dreizehn Uhr aus seinem Büro tritt. „Regenschirm können wir heute getrost daheim", er stoppt mitten im Satz, „hier lassen", korrigiert er sich. „Unser Spaziergang dauert auch nicht so lang, wir gehen am Flussufer entlang, da gibt's einen ehemaligen Spielplatz mit einer bequemen Bank, da können wir dann essen", fährt er fort.

Schneider hat eine Stofftasche dabei, unser Essen befindet sich wohl darin. Will er mich mit diesem vertraut-gutbürgerlichen Gehabe in Sicherheit wiegen? Ich muss vorsichtig bleiben, sonst hat er ganz schnell Informationen über Nora aus mir herausgefragt, die ihr das Genick brechen können. Andererseits darf ich mich nicht verraten, muss auf seinen vertrauten Ton eingehen, damit er sich nicht zurückgestoßen und beleidigt fühlt. Oh Mann!

Eine ganze Zeit gehen wir schweigsam nebeneinanderher. Heute hat Schneider es nicht so eilig. Wir schlendern am Fluss entlang, es ist für Oktober sehr mild, ich friere nicht, habe weder kalte noch nasse Füße, fast könnte man sich richtig wohlfühlen.

„Hier ist es", sagt Schneider und biegt nach rechts, vom Fußweg ab, eine kleine Böschung hinauf. Ich folge ihm. Hinter der Böschung sieht man einen an vielen Stellen schadhaften Maschendrahtzaun mit einem kleinen Tor. Schneider geht mir voraus darauf zu, die Tür öffnet sich quietschend, ich betrete das Gelände hinter ihm. Eine lange, große Rutsche, auf der Zweige und Blätter liegen, daneben eine Kleinkinderrutsche aus Plastik, deren Farben verblichen sind, eine Schaukel für die Großen und eine Korbschaukel für Kleine, an der linken Seite ein Kletterseilgarten, in dem schon viele Seile heruntergerissen sind oder einfach herunterhängen. Eine riesige Sandkiste befindet sich in der Mitte des Geländes. Der Sand hat sich in die Breite ergossen, weil die hölzerne Begrenzung nur noch an einer Seite intakt ist. Schneider steuert auf die Bank zu, die sich neben der Sandkiste befindet.

„Kommen Sie, Anne, hier können wir sitzen."

Er packt eine Schale aus, öffnet sie. Zwei Löffel und zwei Gabeln liegen in einem dafür vorgesehenen Fach, in der Vertiefung befindet sich unser Essen. Es dampft.

„Ich habe die Agnoletti vorhin noch einmal erhitzt. Eine solche Köstlichkeit muss man warm genießen, alles andere wäre ein Frevel."

Er holt aus einem weiteren kleinen Döschen geschnittene Kräuter und verteilt sie auf der Pasta. Obwohl wir draußen sitzen, ist der Duft des Gerichts und der geschnittenen Minze wunderbar. Schneider reicht mir einen Pappteller und Besteck, gibt mir mit einem Löffel auf, dann nimmt er sich selbst.

„Wissen Sie, dieser Ort ist für mich ganz besonders. Hier ist mein Leben vor vielen Jahren eigentlich schon zu Ende gegangen."

Wir essen. Es scheint, als erwarte Schneider keine Antwort.

4

Kinderszenen

„Die Summe unseres Lebens
sind die Stunden,
wo wir lieben."
Wilhelm Busch

„Cherchez la femme", lacht François und prostet Alexander zu. „Hat Ihnen die schöne Valerie den Kopf verdreht? Zugegeben, sie sieht aus wie eine jüngere Ausgabe von Nora. Aber das dürfte doch eigentlich bei einem treuen Ehemann keine Rolle spielen, oder?"

„Sie liegen falsch, François. Ich liebe Nora, daran hat sich nichts geändert."

„Und warum tun Sie dann nicht mehr für sie? Nora ist berühmt, wenn Sie in der Öffentlichkeit trommeln würden, könnten die neuen Herren sich dem kaum verschließen. Nora hat viele Fans, die nach wie vor von ihr begeistert sind und vielleicht sogar für sie auf die Straße gehen würden. Warum machen Sie nicht mehr Druck und lassen sie in Amerika versauern?"

„Ich habe Rücksichten zu nehmen, François."

Rosa, eine junge Frau um die dreißig, mit langem dunklem Haar und üppigen Formen, tritt zu den beiden Herren in der Sitzgruppe.

„Soll ich den Tee im Esszimmer oder hier servieren, Edwin?"

Alexander Fichtner schaut zuerst Rosa, dann François etwas verlegen an.

„Im Esszimmer bitte", sagt er.

Die junge Frau dreht sich abrupt um und geht zur Tür.

„Danke, Rosa", ruft Alexander hinter ihr her.

„Edwin, Alexandre?", fragt François und schüttelt ungläubig den Kopf.

„Ich habe meinen ursprünglichen Namen wieder angenommen. Edwin ist mein erster Vorname. Und Schneider, so heiße ich jetzt wieder. Hier bei uns noch länger Fichtner zu heißen, das wäre kontraproduktiv."

„So schnell haben Sie die wunderbare Nora also fallengelassen. Edwin. Oh Gott, wie schrecklich ist das alles! Meine Konzertagentur hat Nora auch so schändlich behandelt. Man muss sich schämen."

„Ich sagte es schon, François. Ich muss Rücksichten nehmen, wir haben ein Kind."

„Wo ist sie denn? Sie haben doch ein Mädchen, Clara, wenn ich mich recht erinnere."

„Sie haben Clara mitgenommen. Ich weiß nicht, wo sie ist. Wir wären politisch unzuverlässig, haben sie argumentiert. Sie haben mir Noras Interview mit Chelsea Radio vorgespielt und ihre Tweets, die haben sie mir vorgelesen. Und dann ihr letztes Buch. Das haben sie nicht vergessen. Aber Maßnahmen rechtfertigen müssen die neuen Herren ja ohnehin kaum noch. In der Gesellschaft von morgen brauche es Eltern, die die richtige Überzeugung hätten und diese an die Kinder weitergäben. Und solche Eltern würde man jetzt für Clara finden. Das war's."

Edwin vergräbt sein Gesicht in den Händen. François ist aufgestanden und läuft im Salon herum. Nach einer Weile setzt er sich wieder neben Edwin und legt die Hand auf seine Schulter.

„Ich habe Ihnen Unrecht getan, Edwin. Verzeihen Sie!"

„Na ja, völlig Unrecht hatten Sie nicht. Mit Rosa, nicht mit Valerie, da hat sich in den vergangenen Wochen etwas entwickelt. Ich bin auch nur ein Mann, François. Und wer weiß, wann Nora wiederkommt, n'est pas?"

François trinkt sein Rotweinglas leer und steht auf.

„Sollten Sie mit Nora Kontakt aufnehmen können, bitte sagen Sie ihr meine herzlichsten Grüße und dass ich ihren Platz hier für sie freihalten werde. Au revoir, Edwin. Ich finde den Weg allein hinaus."

„Wollen Sie nicht noch Tee mit mir trinken?"

„Tut mir leid, ich bin in Eile, Edwin."

„Tu veux dire cochon, gemeines Schwein", murmelt François, als er vom Foyer hinausgeht.

♣

„Ein schönes Haus haben Sie, Schneider! Vielleicht für eine Person ein wenig groß, nicht wahr?" Schneider überlegt einen Moment. Der im Sessel Gegenübersitzende, ein Mann von etwa vierzig Jahren mit kleinglasiger Eulenbrille und zum Pferdeschwanz gebundenen langen Haaren ist ohne Vorankündigung und ohne sich vorzustellen oder auszuweisen an der Eingangstür aufgetaucht und hat um Einlass gebeten, ihn vielmehr erzwungen. Dass er Edwins Familiennamen weiß, ist kein Ausweis für Seriosität. Neben der Eingangstür hängt seit einer Woche das neue Schild. „Schneider" steht drauf. „Öffnen Sie die Tür, ich habe etwas mit Ihnen zu besprechen!", hat der Fremde gesagt, sich an Edwin vorbei ins Foyer gedrückt und eine nach der anderen Tür geöffnet, bis er den Salon entdeckt hatte. Und dort sitzt er jetzt Edwin gegenüber im Sessel."

„Wer sind Sie?"

„Namen tun nichts mehr zur Sache, nennen Sie mich", er denkt einen Moment nach, „X."

„Und was wollen Sie hier, X?"

„Ihnen einen Deal vorschlagen, den Sie nicht ablehnen können."

„Ein Deal sieht Vertragsfreiheit vor, nicht wahr? Jeder muss zustimmen oder ablehnen können."

„Das war einmal so, verehrter Herr Schneider, aber Zeiten ändern sich. Und für die großen Ziele und die Bewältigung der ernsten Krisen lohnt es sich sicher, auf kleinliche Rechtspositionen und individuelle Befindlichkeiten zu verzichten."

Schneider schweigt. Er muss warten, was sein Gegenüber sagt, was er will, wer er ist – um reagieren zu können. Vielleicht ist er nur ein Krimineller, der ihn im nächsten Moment ausrauben will. Alles ist möglich.

„In welchem Verhältnis stehen Sie zu der jungen Frau, die ich vorhin im Hause gesehen habe? Ich hoffe für Sie, Ihre Beziehung ist rein beruflich. Sie wissen ja, wie das neue System zum Ehebruch steht. Ihre Frau ist zwar Persona non grata, aber das ändert an Ihrem persönlichen Status natürlich nichts, haben Sie verstanden?"

Er lenkt also ab, baut weiteres Bedrohungspotential auf, bevor er zur Sache kommt. Schneider nickt, bleibt weiter stumm.

„Sie sind ein erfolgreicher Verleger, ein in weiten Kreisen bekannter Mann, wir möchten Sie mitnehmen, in die neue Welt. Wir bieten Ihnen eine verantwortungsvolle Position, wir werden auf Ihr Kind gut achtgeben und Ihre Frau in Amerika in Ruhe lassen. Und Sie dürfen fürs erste hier in Ihrem Haus bleiben, obwohl ein Wohnhaus dieser Größe viele Personen beherbergen sollte, nicht nur einen einzelgehenden Mann mit seiner Haushälterin oder Geliebten. Den Prinzipien von Gleichheit und Gerechtigkeit entspricht das nicht, es ist eine unzulässige Privilegierung."

Der Fremde lehnt sich zurück, fixiert Schneider mit seinen Blicken, bleibt seinerseits nun stumm.

„Was würden meine neuen Aufgaben in dieser Position sein?"

„Werden, verehrter Herr Schneider, werden. Konjunktive wie würden, hätten oder könnten, die wird es in unserem neuen System nicht mehr geben. Entweder – oder, das ist nur noch die Frage, verstehen Sie?"

„Was werden also meine neuen Aufgaben sein, Herr X?"

„Die alten werden bleiben, mit einer winzigen Veränderung. Sie werden weiter Bücher, Zeitungen und Magazine verlegen, aber nur noch solche, die der neuen Überzeugung entsprechen. Alles andere wandert auf den Müll. Wir brauchen Menschen, die sich für die großen Ziele engagieren, nicht herumkritteln und hinterfragen.

Und entsprechend muss die Masse beeinflusst werden. Die Welt befindet sich selbst schon in kritischem Zustand, da fehlt die Zeit für dauerndes Palaver."

„Und wie weiß ich, was diese neue Überzeugung, die Richtschnur meines Verhaltens sein soll, kennzeichnet? Was diese neue Überzeugung und ihre Ziele überhaupt sind?"

„Der PRIMEQUI wird in Kürze allen Gleichen das Motto unserer Gleichheitsbewegung verkünden. Vor allem anderen – Veränderung. Das wird über alle Fernsehsender, Radiostationen und im Internet weltweit geschehen. Für alle Amtsträger, zu denen ich Sie hiermit ernenne, werden ausführlichere Anweisungen und wissenschaftliche Hintergründe der neuen Richtlinien und Entscheidungen herausgegeben. Man wird sie Ihnen in Kürze aushändigen. Sie müssen unter Verschluss gehalten werden, unterliegen der Geheimhaltung."

„Wie bekommen meine Angestellten, mein Team im Verlag, Kenntnis von der neuen Richtung?"

„Sie müssen in kleinen Schritten das neue Gedankengut in die Köpfe infiltrieren. Nicht sprunghaft, das führt zu Ablehnung und Widerstand. Die Führung weiß, dass unser großes Vorhaben Zeit braucht. Sie ist geduldig. Bei kleinschrittigem Vorgehen erfolgt Gewöhnung, es wird nicht mehr verglichen, und dann bricht sich das Neue Bahn."

„Und wenn mein Team sich nicht beeinflussen lässt? Was dann?"

„Kennen Sie den alten Spruch „Wer anders denkt, ist ein Feind? So wird in Zukunft wieder gehandelt. Entweder – man ist für uns oder man ist gegen uns. Dazwischen gibt es nichts. Subversive Elemente werden entfernt, klar?"

Schneider erhebt sich, steht stramm, salutiert. „Jawohl, mein Führer", sagt er mit unbewegtem Gesicht.

„Seien Sie nicht so frech, Schneider, Humor kann Ihnen in diesen Zeiten das Genick brechen. Vielleicht auch das Überleben ermöglichen, ganz, wie man's sieht." Der Fremde erhebt sich, reicht Schneider die Hand. „Seien Sie froh, dass man Sie in die neue Zeit mitnehmen will. Bei dem offenen Widerstand, den Ihre Frau an den Tag gelegt hat, hätte es mit Ihnen allen auch ganz anders kommen können, glauben Sie mir."

Er erhebt die Hand, winkt ab.

„Ich finde allein hinaus", sagt er und verlässt den Salon.

♣

„Wie stellst du dir das mit uns vor, Edwin?"

Rosa sitzt mit Edwin auf der Couch im Salon. Ihr Kopf liegt an seiner Schulter. Sie hat die Schuhe ausgezogen und ihre Beine hochgelegt.

„Was meinst du? So, wie es ist, ist es doch gut, oder nicht? Wir sitzen in einem schönen Haus, du kochst für uns, ich komme abends nachhause und schaue Fernsehen mit dir, und nachts ist alles noch besser. Was soll schon sein?"

„Du bist verheiratet, Edwin. Ich muss unsere Beziehung vor meiner ganzen Familie geheim halten. Heute ist das nicht mehr so einfach mit dem Fremdgehen. Sie könnten uns sogar bestrafen, wenn es auffliegt. Diese Geheimnistuerei macht mich krank."

„Jetzt hab dich doch nicht so, Rosa. Ich bin ein mächtiger Mann, für mich werden die Regeln freizügiger ausgelegt. Die wissen doch ganz genau, dass wir ein Paar sind. Da wird aber bei mir nicht nachgefragt oder dran gerüttelt. Mach dir keine Sorgen."

Rosa ist vom Sofa aufgesprungen und geht im Salon hin und her.

„Für dich ist das natürlich alles schön bequem. Du vergnügst dich mit mir, Verpflichtungen übernimmst du keine, ein Kind kannst du auch nicht mit mir bekommen, weil unsere Beziehung dann öffentlich wird, und wenn die Zeit da ist, kommt Nora wieder, nimmt ihren Platz ein und die dumme kleine Rosa wird abserviert."

Edwin versucht ein Schmunzeln zu unterdrücken. So dumm ist die kleine Rosa gar nicht. Genauso, wie sie es beschreibt, könnte es ablaufen. Und natürlich wird er Rosa dann fortschicken. Sie wird niemals Noras Stelle einnehmen können. Obwohl er sehr wütend auf Nora ist. Sie hat durch ihre Unvernunft und Widerborstigkeit den Grund geliefert, dass man ihnen Clara weggenommen hat. Aber trotzdem – Rosa ist nur ein Zeitvertreib, ein Trostpflaster für einen einsamen Mann, der sich um sein Kind sorgt.

„Rosa, ich bitte dich, wir sind erst seit einigen Wochen zusammen. Ich bin vor Sorge um Clara fast verrückt und um Nora sorge ich mich auch. Da kannst du doch nicht erwarten, dass ich mir schon wieder Gedanken um etwas Neues mache. Lass uns die Zeit genießen, das wird sich alles finden."

„Das könnte dir so passen, mein Lieber. Ich bin kein Kätzchen, das hier in deinem Häuschen wartet, bis der Kater abends kommt. Wenn du willst, dass ich weiter hierbleibe, will ich meinen Sohn zu uns holen. Dann könnte ich meiner Mutter alles beichten und sie hätte Verständnis für mich."

„Wieso hast du einen Sohn? Davon hast du bei deiner Einstellung gar nichts erwähnt."

„Hättet ihr mich genommen? Eine junge Mutter, die alle Nase lang wegen ihres Kindes zuhause bleiben muss? Meine Mutter hat von Anfang an auf Alex aufgepasst, er ist ein halbes Jahr älter als eure Clara."

„Gibt's denn keinen Vater, bei dem das Kind leben kann?"

„Nein, deshalb soll es ja jetzt hier bei uns wohnen."

„Rosa, das würde mir das Herz brechen. Ein so kleines Kind im Hause zu haben und von meiner Clara weiß ich nicht, ob es ihr gut geht oder ob sie überhaupt noch lebt."

„Du wünscht dir nichts sehnlicher als Clara wieder hier zu haben? Und mir willst du es verweigern, dass ich meinen Sohn zu mir hole, obwohl es möglich ist? Überleg es dir, wenn du's mir nicht erlaubst, verlasse ich dich."

Rosa geht zur Tür, wirft sie mit einem lauten Knall zu und verschwindet. Wohin, weiß Edwin nicht, er hört keine Schritte, ihre Schuhe stehen noch vor dem Sofa.

♣

„Beruhigt euch endlich!", donnert Edwin Schneider.

Er ist aufgestanden und geht jetzt im Redaktionszimmer hin und her. Die Journalistenrunde sitzt am großen ovalen Tisch. Wütend, angstvoll, sogar Tränenumflort sind viele Blicke.

„Ich bin Chefredakteur und Herausgeber in einer Person, das habt ihr anscheinend vergessen. Und wenn ich sage, dass unser neues Leitbild den Namen neu auch verdienen muss, dann habt ihr das zu akzeptieren."

Alle schweigen, niemand meldet sich, wie sonst üblich, zu Wort.

Etwas leiser fügt Schneider hinzu: „Wir sind gezwungen, den neuen Entwicklungen Rechnung zu tragen, sonst stehen wir, schneller, als wir denken können, vor dem Aus. Was glaubt ihr denn, mit welchen Finanzspritzen diese Redaktion und die Bücher und Blätter, die wir herausgeben, sich über Wasser halten? Ihr seid Traumtänzer, allesamt! Jeder einzelne von euch und ich können morgen vor dem Nichts stehen. Wir können uns unsere ehrpusseligen Positionen und individuellen Befindlichkeiten momentan nicht leisten und müssen eben jetzt mal über unseren Schatten springen."

Frau M, vormals Isolde Müller, die seit fünfzehn Jahren die regionalen Seiten betreut, steht auf. Sie schnäuzt sich, bevor sie anfängt zu reden.

„Herr Schneider", sagt sie, „seit fünfzehn Jahren berichte ich von dem, was ist, ich fabuliere nicht von dem, was sein soll. Es ist nicht unsere Aufgabe, unsere Mitbürger zu manipulieren, auch wenn Sie uns weismachen wollen, dass die neuen Ziele gar so wunderbar sind, dass man als Journalist mit aller Macht unter Verleugnung seiner Informationspflicht sich vor deren Karren spannen lassen muss. Sie haben – ab heute bitte ich Sie nämlich, unser vertrauliches Du zu unterlassen – Ihr Gewissen an der Garderobe der neuen Bestimmer abgegeben. Die Presse bestimmt aber selbst, sie ist unabhängig und nur den Fakten verpflichtet."

Für einen Moment hat es Schneider ob des Mutes der Kollegin die Sprache verschlagen. Er geht noch einmal auf und ab, dann hat er sich gefangen.

„Frau M", er mustert Isolde Müller von oben bis unten, dann von unten bis oben, schüttelt mit zusammengekniffenen Lippen den Kopf, „was Sie äußern, klingt für mich wie ein Relikt aus einer sehr fernen Zeit. So, wie Sie übrigens schon vor zehn Jahren ausgesehen haben."

Der Mobbingversuch bleibt nicht ohne Wirkung. Einige lächeln, ob verlegen, fremdschämend, zustimmend, amüsiert oder schadenfroh, ist nicht zu erkennen. Einige sinken tiefer in ihre Redaktionssessel. Niemand sagt ein Wort.

„Darf ich euer Schweigen also so deuten, dass ihr mit dem neuen Leitbild einverstanden seid?"

Schneider wartet einen Moment, ob sich jemand dazu äußern möchte, aber niemand hat mehr den Mut, seine Stimme zu erheben.

„Damit wir es noch einmal festhalten: Ein neues Leitbild ist keine Makulatur, die einfach so in die Luft abgesetzt wird und keinerlei Relevanz für die Praxis hat. Ihr werdet in eurer Arbeit die neue Überzeugung als erkenntnisleitendes Interesse zu beachten haben. Glaubt ja nicht, dass es jemals eine objektive Wahrheit gegeben hat, die ihr berichtet habt. Es gab immer dahinterliegende Interessen und Perspektiven. Und jetzt haben sich die Perspektiven eben verändert. Punkt. Die Sitzung ist beendet."

Alle Redakteure erheben sich und gehen zur Tür.

„Frau M, noch einen Augenblick, bitte."

Isolde Müller kommt zu Schneider zurück.

„Ich werde zukünftig auf Ihre Mitarbeit verzichten müssen. Ihre und meine Auffassungen von unserer Aufgabe und unserem Beruf als Journalisten liegen zu weit auseinander und erlauben kein Vertrauensverhältnis mehr, das aber für ein Team konstituierend ist. Ach ja, übrigens", Schneider lacht, „mit deinen Kinderbüchern kriegst du ab jetzt auch keinen Fuß mehr auf die Erde, davon kannst du ausgehen, nicht wahr, Isolde?"

„Du bist zum Schwein mutiert, Edwin", sagt sie und geht hinaus.

♣

Seit Rosas Sohn Alex mit im Haus lebt, blüht Rosa auf. Buchstäblich. Was noch vor Monaten nur prall und rund war, hat Fülle angesetzt. Auch Edwin hat durch Rosas gute Küche etwas zugelegt. Wenn Nora ihn sehen könnte, würde sie nur den Kopf schütteln. Disziplinlosigkeit, egal welcher Couleur, hat sie immer gehasst. Auf die Figur und Ernährung achten, den Dingen auf den Grund gehen, gedankliche Auseinandersetzung mit allem und jedem, ethisch handeln, sich Idealen verpflichtet fühlen, das ununterbrochene mäh-mäh über diese und jene Problematik, die stundenlangen entnervenden Diskussionen über Gott und die Welt – all diesen anstrengenden Kram hat er jetzt hinter sich gelassen. Stattdessen ein gemütliches Intermezzo mit angenehmen Erfahrungen. Füllige Frauen sind leidenschaftlicher als die super-schlanken. Und Rosa lässt ihn in Ruhe, übernimmt fast vollständig Alex' Betreuung, ganz die altmodische instinktsichere Mamma, für die Erziehung etwas Selbstverständliches und nicht ein jeden Tag neues wissenschaftliches Abenteuer ist. Was hat Nora nicht alles gelesen, herausgefunden, bevor sie irgendeine kleine Entscheidung fällte! Und ständig sollte er Betreuungsaufgaben bei Clara übernehmen.

Die Gottseidank eher seltenen Gespräche mit Rosa kreisen zwar meist um Themen, die Edwin nicht interessieren, aber man kann ja auch weghören und nur ab und zu mal nicken, dann schont man seine Reserven.

„Du bist ein richtiger Macho", das sagt Rosa manchmal. Aber dann lacht sie und macht kein weiteres Drama daraus.

Dass dieser ganze Feministinnen-Hype unter der neuen Richtung zurückgedrängt wird, findet Edwin eigentlich gut. Ein richtiger Mann wird doch durch Emanzen jeden Tag ein Stückchen weiter kastriert. Wie oft hat er sich der bewunderten, klugen, bestverdienenden Nora unterlegen gefühlt. Bei Rosa ist das anders, sie schaut zu ihm auf und macht nicht einmal den Versuch, ihm seine Stellung als Herr im Hause streitig zu machen.

Wenn nur nicht die Anfälle wären, wie schön könnte das Leben sein! Am häufigsten passiert es, wenn der kleine Alex mal wieder einen Versuch startet, auf Edwins Schoß zu krabbeln oder ihn zum Spielen auffordert.

„Ich versteck mich", ruft er, „such mich, Ed!"

Das *Dad*, das er einige Male als Anrede benutzt hat und das bestimmt von Rosa stammt, hat ihm Edwin abgewöhnt. Alex' Vater will er nicht sein, er hat ein eigenes Kind, Clara. Das wäre doch Verrat, ein Kind durch ein anderes zu ersetzen.

Alex auf Abstand zu halten, ist nicht so einfach, obwohl die Kontaktversuche des Jungen schon etwas seltener geworden sind. Wenn Alex trotzdem wieder seine Hand nimmt, wenn er ihm hinterhergeht und ständig an seiner Jacke oder Hose zupft, dann passiert es. Das Schreckgefühl ist plötzlich da, stürzt auf Edwin wie ein Eimer eiskalten Wassers, setzt sich im Hals und in der Brust fest, strahlt aus ins Gesicht. Beklemmung, Gefesselt-Sein, Nicht-Entrinnen-Können, Trauer. Und ausweglose, unerfüllbare Sehnsucht.

Sehnsucht nach Nora, die hat Edwin auch. Wenn Rosa zum Beispiel mit ihm im Bett liegt und seinen Kopf in ihren langen Haaren vergräbt. Dann denkt er daran, an Noras kurzes, drahtiges Haar, das ihm immer wie ein Symbol ihres widerborstigen interessanten Geistes erschienen ist. Am Anfang war das Gefühl nicht so häufig, aber in der letzten Zeit meldet es sich öfter. Obwohl es mit Rosa doch so gut läuft. Die sehnsüchtig-schwermütigen Anfälle provoziert Edwin sogar selbst. Wenn Rosa und Alex aus dem Haus sind, wenn sie ihre Besuche bei Rosas Familie machen, setzt Edwin sich aufs Sofa in den Salon. Dann schaut er erst einmal lange auf den Flügel und träumt sich Nora herbei. So intensiv, dass er ihr Klavierspiel hören kann. Und dann holt er eine CD mit romantischer Musik, die sie im Radio fast gar nicht mehr spielen, Schumann, Mendelssohn-Bartholdy, Grieg, oder Tschaikowski und sitzt ganz still. Das Gefühl kriecht mehr als dass es stürzt. An der immer gleichen Stelle setzt es sich fest, im Hals, auf der Brust. Verlust, lebenslang? Versagen, Verrat, Schuld?

Die Trauer um Clara ist schlimmer als die um Nora. Edwin fühlt sich gefesselt, festgenagelt auf einen Punkt, hilflos. In die Trauer um Nora schleicht sich das Wissen um das schon gemeinsam gelebte Leben, das Schöne, die Erinnerung und zeichnet die Schwermut weich. Süße Bitternis.

Die CD hört Edwin meist nicht zu Ende. Die Sehnsucht und Trauer für die ganze Abspielzeit zu ertragen, würde ihn überfordern. Fast immer geht er danach in den Garten zu den Bäumen. Er schaut sich um, ob er noch allein ist – dann schmiegt er sein Gesicht an einen der alten Riesen, umarmt die Stämme mit seinen Armen und Händen.

Für kurze Zeit ist Nora wieder bei ihm.

♣

X hat sich angemeldet. Per Telefon. Er hat also immer noch keinen richtigen Namen. Aber wenn er auch anonym bleibt und deshalb nicht verantwortlich gemacht werden könnte, zu sagen hat er offensichtlich eine ganze Menge.

„Zu Ihrer nächsten Redaktionskonferenz werde ich erscheinen und einen Vortrag halten. Man ist mit den Leistungen von Ihnen und Ihren Mitarbeitern an höherer Stelle nicht zufrieden. Das muss sich sehr bald ändern, nicht wahr?", hat er gesagt.

„Kommen Sie dann nächsten Donnerstag um 11 Uhr. Wir erwarten Sie", hat Schneider erwidert.

Das Telefon wird stumm. X hat ohne weiteres Wort aufgelegt.

Er steht um 10.55 Uhr vor dem Redaktionszimmer. In Schneiders Büro hat er vorher nicht vorbeigeschaut. Edwin weist ihm einen Platz am oberen Ende des Tisch-Ovals an. Ein herausgehobener Platz, der seiner Stellung entspricht.

Schneider erhebt sich und eröffnet die Sitzung mit „Liebe Kollegen, wir haben heute einen Gast von allerhöchster Stelle, der darum gebeten hat, hier bei uns ein Referat halten zu können. Herr", Edwin Schneider zögert einen Moment, „X wird euch jetzt das Thema und den Inhalt selbst vorstellen. Herr X, bitte."

„Herr Schneider, verzeihen Sie, wenn ich an der Reihenfolge und dem Inhalt der Agenda etwas ändern möchte. Ich werde zunächst still und leise an Ihrer wöchentlichen Konferenz teilnehmen, erst am Ende werde ich einige Worte zu Ihnen allen sprechen. Referat ist dafür sicher ein zu großes Wort, nicht wahr?" Schneider hat längst angefangen zu schwitzen. Will X ihn entmachten? Wollen die Geldgeber oder die neue Führung ihm jetzt die Schlinge um den Hals legen und die Richtlinienkompetenz für den Verlag und die Medien übernehmen?

Er ruft den ersten Tagesordnungspunkt auf. Die Mitarbeiter halten sich zurück, sind in ihren Redaktionssesseln versunken, haben nur ein Ziel: nicht auffallen. Auch die Berichte über die einzelnen Ressorts und die geplanten Projekte für die kommende Woche verlaufen zäh. Als die Runde sich bis zum letzten Tagesordnungspunkt durchgequält und ihn endlich beendet hat, sagt Schneider:

„Vielen Dank, liebe Kollegen, für eure Berichte und eure Mitarbeit. Herr X", er versucht ein Lächeln, „ich erteile Ihnen das Wort."

„Vielen Dank, lieber Herr Schneider", erwidert X und erhebt sich. Er rückt seinen Sessel nach hinten und beginnt eine Runde um den ovalen Tisch. Er schreitet, setzt gemächlich einen Schritt vor den anderen, eine Weile schweigt er. Dann stellt er sich ans obere Ende des Ovals, dort, wo er vorher gesessen hat.

„Kurz werde ich mich fassen, liebe Kollegen. Unsere Zeit bedeutet Neuanfang. Ein Anfang zu etwas Großem für die Welt. Globale Krisen gebären   endlich globale Antworten, globale Führung. Die Minderheiten des Globus, die Unterdrückten aller Regionen, müssen ihr Recht erhalten. Grenzenlose Gerechtigkeit und Gleichheit überall, das Ziel aller früheren Religionen, sind ein längst überfälliges Prinzip, das seiner Verwirklichung harrt. Dass wir bei der Verwirklichung unserer Ideen auf Liebgewonnenes verzichten müssen, ist eine Binsenweisheit.

Wenn etwas Neues errichtet werden soll, muss Altes zerstört werden. Das wussten die Menschen der Renaissance, die Bilderstürmer, die französischen Revolutionäre. Aller Anfang jedoch ist schwer. Das wissen Sie, das weiß ich und das weiß gewisslich auch unsere Führung. Bei der schweren Aufgabe vor Ort, nämlich dieses Verlagshaus, seine Bücher und seine Medien in den Geist der neuen Zeit zu entführen, braucht es unendliche Anstrengungen. Davon konnte ich mir heute ein Bild machen. Deshalb habe ich mich entschlossen, Ihnen zu helfen. Ab nächster Woche bin ich Ihr Kollege, ein Gleicher unter Gleichen, so, wie Sie es in unserem System erwarten dürfen. Herr Schneider", X versucht zu lächeln, fixiert einen nach dem anderen Teilnehmer der Runde, „braucht meine und Ihrer aller Hilfe, sonst bricht er uns noch zusammen. Und gibt bald den Löffel ab."

X lacht über seinen Scherz. Er rückt seinen Sessel unter den Tisch.

„Herr Schneider, wenn Sie mir dann bitte folgen wollen?"

Verdammtes Krokodil! Wann wird es ihn gänzlich verschlucken?

♣

„Ich möchte Herrn Schneider sprechen. Ist er zuhause?"

„Wen darf ich bitte melden?", fragt Rosa.

„Sagen Sie, François ist hier. Das reicht, der Hausherr kennt mich."

Nach kurzer Zeit kommt Schneider.

„Lieber François, ich freue mich. Nach unserem letzten, ein wenig unglücklichen Zusammentreffen, dachte ich schon, wir sehen uns nie wieder. Kommen Sie herein."

Schneider nimmt dem Angekommenen seinen Mantel ab und leitet ihn vom Foyer in den Salon.

„Bitte, nehmen Sie Platz? Tee?"

„Nein, danke – Edwin. Ich bin in Eile. Ich mache bei Ihnen nur einen kleinen Zwischenstopp, bevor ich heute Abend nach Amerika fliege. Ich habe mich entschlossen, Mondia für immer den Rücken zu kehren und mir eine neue Heimat zu suchen."

Schneider schaut François an, grinst, dann kneift er die Lippen zusammen.

„Eine Heimat, so, so? Ob Sie in Amerika etwas anderes als in Mondia finden werden? Der GG-Bewegung können Sie vermutlich auch dort nicht entkommen. Mir ist zu Ohren gekommen, dass Amerika sich als Bundesstaat anschließen will. Vielleicht", er wiegt den Kopf ein wenig hin und her, „vielleicht wird es uns freundlich übergeben statt feindlich eingenommen, wer weiß? Der kollektiven Umarmung kann man sich kaum entziehen. Die Kontinente sind dann im Verbund fast komplett."

„Edwin, egal, was wird, hier fühle ich mich einfach nicht mehr zuhause. Man kann nicht mehr für die ganze Lebenszeit denken, nur noch für Jahre oder gar Monate. Ich habe einen Bruder drüben, der wird mir bei den ersten Schritten helfen. Er lebt schon lange in Amerika."

„Und beruflich, was denken Sie?"

„Vielleicht kann ich wieder in der Konzertbranche arbeiten. Ich möchte gern die Klassische europäische Musik wiederbeleben. Wenn man nichts dafür tut, sind irgendwann die wunderbaren Kulturschätze der vielen Länder vergessen, verloren. Und Nora, die möchte ich gern für diese Vergangenheits-Reise in die Zukunft mitnehmen. Deshalb bin ich heute hier; wie geht es Nora und wo kann ich sie finden?"

Schneider antwortet nicht. François faltet die Hände, legt die Lippen an den Daumen.

„Sie wollen doch wohl nicht sagen, dass Sie nichts von Nora wissen?"

Schneider nickt.

„Sie haben seit fast vier Jahren keinen Kontakt mit ihr? Haben Sie nicht Himmel und Hölle in Bewegung gesetzt, um sie zu finden, sie nachhause zurückzuholen?"

Schneider schüttelt den Kopf.

François springt auf, zischt „Tu veux dire cochon" und eilt hinaus.

Gemeines Schwein. Schneider hat verstanden.

♣

Zwei Wochen später – Edwin, Rosa und Alex sitzen gerade beim Abendessen im Esszimmer – läutet es an der Tür.

„Um diese Zeit, komisch", sagt Edwin.

„Willst du nicht öffnen?", fragt Rosa.

Eigentlich nicht. Edwin bezahlt Rosa dafür, dass sie solche Aufgaben übernimmt. Aber abends streiten ist nicht gut für den Blutdruck. Er steht auf und geht zur Tür.

An der Eingangstür steht ein kleiner Herr.

„Mr. Fichtner?", fragt er.

„Schneider", antwortet Edwin, zeigt auf das Namensschild links der Eingangstür und lächelt.

„Ich freue mich, sie kennen zu lernen, mein Herr!" Der Fremde verbeugt sich altmodisch.

„Und mit wem habe ich das Vergnügen, Herr?"

„Mueller, Herr – Schneider." Mueller lacht.

„Bringen Sie Nachricht von Nora? Pierre – nicht wahr?"

„Pierre Mueller, s'il vous plait", entgegnet der Fremde, verbeugt sich noch einmal und wedelt mit dem rechten Arm wie ein französischer Edelmann.

„Bitte, kommen Sie herein, Herr Mueller", sagt Schneider, geht voran ins Foyer, nimmt dem Besucher

Mantel und Hut ab und bittet ihn in den Salon. „Bitte, nehmen Sie Platz, mein Herr", sagt er.

Der ungefähr vierzigjährige Mann nimmt Schneider gegenüber Platz. Blonde kurze Haare, ein gutgeschnittenes Gesicht, ein Sitzriese, auf dem Sofa jetzt gute fünfzehn Zentimeter größer wirkend als stehend.

„Ja, ich habe Nachricht von Ihrer Frau. Gute und schlechte."

Er macht eine Kunstpause, wohl, um seinen Worten mehr Bedeutung zu verleihen. Schneider wartet.

„Was wollen sie zuerst hören, Herr Schneider?", fragt Mueller.

„Erst die schlechten, zum Schluss die guten Nachrichten. In der Reihenfolge kann ich besser damit fertig werden", entgegnet Schneider.

„Nora ist krank. Nicht physisch. Psychisch. Den Rest haben ihr wohl ihre Festnahme und die Haft gegeben."

Schneider hält es nicht mehr auf dem Sofa.

„Nun reden Sie schon, Mann!"

Rosa kommt ins Zimmer.

„Willst du noch was essen oder kann ich abräumen, Edwin?", fragt sie.

„Lass uns bitte allein, Rosa! Essen interessiert mich im Moment wirklich nicht, ok?"

Rosa senkt den Blick, sie hat die Zurechtweisung verstanden. Ballt sie heimlich die Fäuste?

„Nora hat sich in Washington, vor Ihrer Botschaft, an einen Laternenpfahl gekettet, sich ein großes Pflaster über den Mund geklebt und einige Presseleute organisiert, die dann ihren Fall ins Fernsehen gebracht haben. Was natürlich zu diplomatischer Verstimmung mit Mondia geführt hat. Jetzt soll sie ausgewiesen werden, und da sie mittlerweile sehr krank ist, sind die Behörden dort und hier damit einverstanden. Jetzt, als schwer depressive Frau, hält man sie nicht mehr für gefährlich. Sie wird zurückkehren."

„Wann?"

„In einer Woche, Herr Schneider. Morgen werden einige Handwerker hierherkommen und Vorbereitungen treffen. Und ich vermute, eine Menge Vorbereitungen gibt es auch für Sie? Zum Beispiel, was diese junge Frau betrifft, die vorhin hier im Salon aufgetaucht ist. Nun, Sie freuen sich ja sicherlich. Ich finde allein hinaus. Au revoir."

♣

5

a-moll, allegro vivace

Le concert,
c'est moi.
Franz Liszt

„Wissen Sie, es war alles so kurz, so schnell vorbei. Meine Zeit mit Nora, unsere Zeit mit Clara. Verschwindend eigentlich, gemessen an der Lebenszeit, aber doch für mich so bedeutsam wie nichts anderes auf der Welt."

Ich suche nach einer Bemerkung, finde aber keine, die ich machen könnte. Es ist am besten, man sagt gar nichts bei solchen Gelegenheiten. Den Rat habe ich von Omimi. Sie hat früher beim Tod von Verwandten, Freunden, oder Nachbarn immer eine Beileidskarte für die Angehörigen schreiben müssen und ist stets schier verzweifelt, weil ihr kein einziger angemessener Satz einfallen wollte.

Dass ich nichts erwidere, scheint Schneider nicht zu irritieren. Vielleicht ist er so in seinen eigenen Gedanken versunken, dass er nichts um sich herum wahrnimmt.

„Hier auf diesem Spielplatz", fährt er fort, „das war mein letztes Zusammensein mit meiner Tochter Clara. Ich hatte sie im Kinderwagen hierhergefahren. Sie hatte lange geweint und in ihrem Buggy wurde sie immer ruhig. Auf der Babyschaukel da drüben, da hat sie gern gesessen. Vielleicht ist der Reifen immer noch der von damals. Dort habe ich sie hineingesetzt, ihre Hand gehalten, sie dann und wann ein wenig angestoßen. Das liebte sie mehr als alles andere. Valerie, meine damalige Assistentin, die während Noras Abwesenheit in Amerika auf die Kleine achtgeben sollte, hat sie an jenem Abend ins Bett gebracht. Und am nächsten Morgen, noch bevor ich sie noch einmal in den Arm hätte nehmen können, haben sie sie aus ihrem Bettchen geholt und mitgenommen. Ob sie noch lebt, das weiß ich nicht."

Einen Stockfisch will Schneider sicherlich nicht als Assistentin haben. Ich ringe mich zu einer Frage durch.

„Wäre es für Sie als Amtsträger nicht möglich gewesen, Zugang zur Zentralakte Ihrer Tochter zu bekommen und ihren Aufenthaltsort ausfindig zu machen?"

Schneider antwortet nicht. War meine Frage unverschämt, distanzlos, penetrant, unserem Verhältnis unangemessen? Ist die Erwähnung der Zentralakte ein rotes Tuch für einen Systemträger? Macht die Erwähnung mich zu einem subversiven Element? Oh Mann, was für ein Höllenjob!

Nach einer gefühlten Ewigkeit sagt Schneider:

„Vor einigen Jahren habe ich es versucht. Man hat mich erwischt und mir für den Fall der Wiederholung dramatische Konsequenzen angedroht."

Nach seinem Geständnis fixiert Schneider mich mit seinem Blick. Mann, ist das unangenehm! Als ob er durch meine Augen hindurchschauen und sich in meinem Gehirn breitmachen könnte. Dabei hätte er allen Grund, die Augen niederzuschlagen, so ein Feigling! Kuscht, wenn's brenzlig wird. Ein perfides System der Angst ist das, in dem sogar die Etwas-Mächtigen im Angesicht der Noch-Mächtigeren hilflos werden. Angst-Steuerung von ganz oben bis ganz nach unten.

Urplötzlich lässt mich Schneiders Blick los, er lächelt.

„Nun hat es uns ganz tief in die Vergangenheit verschlagen, obwohl wir beide doch über unsere gemeinsame Zukunft sprechen sollten. Ordnen Sie Ihre Sachen bis Freitag, da haben Sie ja noch zwei Tage Zeit, und nach dem Freitags-Termin bei Frau Fichtner fangen Sie dann am Montag als meine Assistentin an. Ich habe mehrere Räume, einen davon werde ich für Sie vorbereiten lassen. Fahren Sie doch jetzt gleich nachhause. Ins Büro gehen lohnt sich bei der späten Zeit nicht mehr."

„Danke für das Angebot, Herr Schneider. Ich nehme es gerne wahr."

„Ich hoffe, Sie sind nicht traurig, dass Sie mit Herrn A nun doch nicht länger zusammenarbeiten werden?"

Wieder schaut er mich so durchdringend an. Soll ich ihm offenbaren, dass ich mich von Alkim getrennt habe? Wenn es stimmt, was Alkim gesagt hat, würde ich Sibel damit in Gefahr bringen. Lieber nicht, entscheide ich.

„Man kann sich ja auch nach Feierabend treffen, Herr Schneider."

Schneider lässt mit seinem Blick von mir ab, lacht und kneift sein linkes Auge zusammen. Er dreht sich um, winkt mir noch einmal zu und läuft davon.

Aus dem Menschen soll einer klug werden.

♣

Mittwoch, Donnerstag. Ich tue so, als ob ich meine Akten ordnen, sortieren würde. Das wenige, das noch in Papierform vorliegt, ist fast nichts. Meine Dateien sichte und ordne ich auch, ebenfalls eine wenig zeitaufwendige Angelegenheit. Ich bearbeite nur ein Projekt, da halten sich die Unterlagen in engen Grenzen.

Alkim sitzt an seinem Schreibtisch, gibt sich den Anschein der ununterbrochenen Beschäftigung, spricht nichts mit mir, vermeidet meinen Blick. Zwei Tage dehnen sich da ins Unendliche.

Am Donnerstagabend, kurz, bevor ich gehen will, spricht er mich an.

„Du hältst es also nicht für nötig, bevor du endgültig verschwindest, noch einmal mit mir zu sprechen?"

„Du warst bei unserem letzten Gespräch sehr wütend und hast mir sogar gedroht. Auf solche Unterredungen kann ich verzichten, Alkim."

„Na ja, Liebe und Leidenschaft lässt sich eben nicht erzwingen, Anne. Haben wir Pech gehabt."

„Ich glaube, du vergisst etwas. Du bist als Spitzel auf mich angesetzt. Wie soll da Liebe und Leidenschaft Bestand haben, kannst du mir das verraten?"

Alkim schweigt einen Moment, dann fängt er an zu lachen.

„Männer, liebe Anne, können das, glaub mir. Für mich hätte das mit uns gern noch Jahre weitergehen können. Aber ihr Frauen vermasselt ja alles durch eure Gefühle. Du bist eben auch eine Drama-Queen. Ich hätte dich für cooler gehalten."

„Ok, Alkim, dann noch ein schönes Leben, falls wir uns nicht zufällig hier im Komplex mal wieder begegnen. Au revoir."

Ich schnappe den einen Aktenordner und meinen Mantel. Alkim steht plötzlich neben mir. Er hält mich an der Schulter fest.

„Hast du Schneider verraten, dass wir nicht mehr zusammen sind?"

„Nein."

„Gut, ja. Aber der weiß es vermutlich sowieso."

„Wieso das denn schon wieder? Hast du's ihm gesteckt? Du hast es mir doch wegen Sibel fast verboten."

„Von mir hat er nichts erfahren. Das wär ja auch schön blöd. Sibel wäre uninteressant als Druckmittel und ich überflüssig als Nachrichtenträger. Hat er sich an dich rangeschleimt?"

„Er hat mich nicht belästigt, nein."

„Also, wie? Die Mitleids- oder die Verbundenheits-Tour?"

„Kannst du nur schlecht über andere Menschen denken, Alkim? Schneider hat ein schweres Schicksal, da sollte man nicht so abfällig von ihm denken."

„Anne, Anne, das ist doch seine neue Masche! Er ahnt, dass du wegen deiner Loyalität und Tugendhaftigkeit Nora schützen wirst und mir nur wenig erzählen wirst. Da holt er dich in seine Nähe, da hat er dann leichten Zugriff auf alle Informationen. Sieh dich vor, um deiner und um deiner Freundin Nora willen. Schneider hat Röntgenaugen, dem entgeht nichts."

Ich löse mich aus Alkims Umklammerung.

Wie schnell kann Zuneigung verfliegen.

♣

Wegen der Kälte im Erdkeller habe ich Angst vor dem Treffen mit Nora. Furcht empfinde ich auch vor dem Eingeschlossensein dort drin. Was ist, wenn die Tür wirklich mal zufliegt und sich nicht wieder öffnen lässt? Dann werden Nora und ich als Skelette, im Tode vereint, nach einigen Jahren gefunden werden. Keine schöne Aussicht!

Sie begrüßt mich, wie immer freundlich. Ich übergebe ihr eine Tasche.

„Entschuldigen Sie bitte", sage ich, „ich hatte ganz vergessen, Ihren Wintermantel hier zu lassen. Er ist hier drin."

„Da hätten Sie ja immerhin einen zwingenden Grund gehabt wiederzukommen, auch wenn Sie nicht gewollt hätten."

Sie nimmt die Tasche in Empfang und mir meinen eigenen Mantel ab, hängt ihn in die Garderobe, zeigt zum Salon.

Gottseidank, heute werde ich nicht erfrieren!

Auf dem Couchtisch steht schon ein Tablett mit Kaffee und Plätzchen.

„Bedienen Sie sich, Anne. Die backe ich immer selbst."

Nora zeigt auf die Gebäckschale und gießt mir Kaffee ein.

„Wir können unseren Termin heute hier abhalten?", vergewissere ich mich.

„Ganz und gar, in der vollen Länge", lacht sie.

Warum ist sie so gut gelaunt, so ohne Vorsicht?

„Könnte ich dann heute unser Gespräch mitschneiden?"

„Kein Problem, Anne. Legen wir doch gleich los!", erwidert sie.

Dieses Mal gibt es kein Fotoalbum oder irgendwelche Souvenirs. Nora lehnt sich auf dem Sofa zurück. Die Aufzeichnung beginnt.

„Vier Jahre war ich von meinem Kind und meinem Mann getrennt, ohne Nachricht, wie es ihnen geht und ohne Hoffnung auf Veränderung. Pierre hatte mir ein Keyboard zur Verfügung gestellt, damit ich mich mit Unterricht über Wasser halten konnte und nicht nur auf seine Unterstützung angewiesen war. Wie habe ich in all der Zeit meinen geliebten Flügel vermisst! Aber die Sehnsucht nach Dingen hat eine andere Qualität als die Sehnsucht nach geliebten Personen. Mir war beides beschieden. Der Unterricht mit meinen Schülern war der einzige Lichtblick. Ich hatte sonst, außer mit Pierre, keinerlei Kontakte. Die hatte ich damals knüpfen wollen, aber dazu war es ja nicht gekommen. Ich habe Pierre natürlich gebeten, mir in den Staaten Auftritte zu verschaffen. Aber ich war auch dort irgendwie verfemt. Ob von zuhause Druck auf Amerika ausgeübt worden ist, mich klein zu halten und auf keinen grünen Zweig mehr kommen zu lassen, weiß ich nicht. Pierre konnte oder wollte mir keine Auskunft geben. So isoliert, wie ich war, so viel Angst, wie ich vor allem um Clara hatte, wurde mein seelischer Zustand zusehends schlechter, bis ich nach fast vier Jahren richtig depressiv geworden bin. Einmal noch habe ich einen Befreiungsschlag gewagt. Aber der ist gründlich misslungen."

Nora steht auf und verschwindet für einige Minuten in den Tiefen des Hauses. Als sie wiederkommt, muss ich lachen. Von dieser Seite kenne ich sie noch gar nicht. Sie hat sich ein großes weißes Pflaster über den Mund geklebt. Sie sieht skurril, aberwitzig aus. Sie stellt sich mir gegenüber, harrt einen Moment aus, dann entfernt sie ihren Maulkorb.

„Was haben Sie gedacht, als Sie mich so gesehen haben, Anne?"

„Dass Sie einen Spaß machen wollen? Dass Sie witzig sind? Dass Sie merkwürdig sind?"

„Nicht schlecht gefolgert. Und wenn Sie mich so, gefesselt an einen Fahnenmast vor der mondianischen Botschaft, gesehen hätten? Was hätten Sie dann gedacht?"

„Dass das Pflaster und die Fesseln Symbole sind? Oder, dass die Person um Hilfe schreit, weil sie sich nicht wehren kann?"

„Sie sind klüger, liebe Anne, als diejenigen, die mich damals in Amerika beäugt haben. Die Fernsehreporter und Kommentatoren, die Zeitungsleute, das Publikum, die Zeitungsleser. Oder wohlmeinender, einfühlsamer, das könnte auch der Grund für die unterschiedliche Beurteilung sein."

Nora ist eine Weile still, ich halte mich an meinen Grundsatz, sie nicht durch Fragen in ihren Gedanken zu stören.

„Pierre hatte mir endlich einige Kontakte zu Fernseh- und Zeitungsleuten verschafft. Wir versprachen uns neue Aufmerksamkeit für meine Person und für mein Schicksal. Pierre wohl nur für ersteres. Aber die ganze Sache ging völlig nach hinten los."

Wieder ist Nora eine Weile still, sicher spulen sich die Bilder des Erlebten in ihrem Kopf ab.

„Wenn sie nur die Fotos gesendet, veröffentlicht hätten, wenn die einseitigen Kommentare gefehlt hätten, wenn sie die ganze Geschichte erzählt hätten, dann wäre mir sicher außer der Aufmerksamkeit auch Anteilnahme, Mitgefühl zuteilgeworden. Aber alle Fernsehsender und die Zeitungen lieferten die vernichtende Bildinterpretation gleich mit.

Sie geht zum Sekretär, öffnet ihn und kommt mit einem Papier zurück.

„Diesen Zeitungsartikel habe ich aufgehoben. Überfliegen Sie ihn mal, dann wissen Sie, wie man mich mit Dreck beworfen hat."

Der Artikel ist gemein. So, als ob eine überspannte Pianistin durch eine exaltierte und verrückte Aktion auf sich habe aufmerksam machen wollen, weil sie den Absturz in der Publikumsgunst nicht verkraftet.

„Ja, das war ja nur einer von vielen. Dass man mir mein Kind weggenommen hat, dass man mir die Einreise in meine Heimat verweigert und mir alle Konten gesperrt hat – davon wurde nichts im Fernsehen berichtet und in den Zeitungen geschrieben. Festgenommen haben sie mich wegen Erregung öffentlichen Ärgernisses, erst inhaftiert, dann in die Psychiatrie zur stationären Untersuchung eingewiesen. Dort hat man mich aus Sicherheitsgründen, wie sie es nannten, festgehalten. Ich sei so depressiv und gleichzeitig paranoid, man könne nicht ausschließen, dass ich mir oder anderen etwas antun würde. Und damit haben sich die Türen für lange Zeit hinter mir geschlossen."

„Und wie sind Sie wieder nachhause gekommen?", frage ich jetzt doch.

„Wer dafür gesorgt hat oder warum man damit einverstanden war, weiß ich bis heute nicht. Irgendwann, nach einigen Monaten Aufenthalt in der Nervenklinik, hat mir der Chefarzt eines Abends mitgeteilt, ich würde morgen   entlassen. Warum mein Gesundheitszustand das plötzlich zuließ und vorher nicht, hat er mir nicht erklärt. Das war nun einmal so. Am nächsten Morgen hat Pierre mich abgeholt, zum Flughafen gebracht, mir eine neue Identity Card übergeben und ab ging's endlich nachhause."

Nora steht auf, gießt mir noch einmal Kaffee ein.

„Trinken Sie noch ein Schlückchen. Dann könnten wir uns draußen einen Moment die Füße vertreten. In Ordnung?"

„Aber wir gehen nicht in den Erdkeller, oder?"

„Nein", lacht Nora, „ich habe es Ihnen doch versprochen. Aber Sie müssen mir auch etwas versprechen. Erzählen Sie ein kleines bisschen von sich selbst. Ich möchte wenigstens einen Hauch von Ahnung haben, wer mir so tief in meine Seele leuchtet, nicht wahr?"

Ich nicke, trinke schnell meinen Kaffee aus und erhebe mich. Wir nehmen unsere Mäntel und verlassen das Haus durch die Seiteneingangstür zum Garten.

♣

6

Kinderszenen

„Die Summe unseres Lebens
sind die Stunden,
wo wir lieben."
Wilhelm Busch

Wo sie geboren worden ist, wer ihre leiblichen Eltern waren, wo sie in den ersten Jahren gelebt hat – das weiß Anne bis heute nicht. Als sie bei ihren zweiten Eltern war, ahnte sie zunächst nicht, dass ihre Herkunft Geheimnisse birgt.

Dass Vater und Mutter sehr unnahbar waren, das kannte Anne nicht anders und deshalb nahm sie es als gegeben und nicht auffällig hin, wenn sie auch die Kinder beneidete, die am Nachmittag von ihrer Mama oder ihrem Papa in der Krippe abgeholt wurden und so viele Küsschen oder Umarmungen erhielten. Natürlich hätte sie lieber auch mit den beiden Eltern wenigstens ab und zu gekuschelt, wäre in den Arm genommen worden oder sie hätten ihr mehr von der Welt erklärt. Ingrid, das Kindermädchen, konnte das nämlich nicht. Sie beherrschte Annes Sprache nicht.

Wenn Ingrid etwas in ihrer Muttersprache sagte, hatte Anne immer das Gefühl, dass ihre Zunge im Mund aufgerollt oder gar verknäult sein müsste, so fremdartig waren die Laute, die sie ausstieß. Ingrid passte auf, dass Anne nichts geschah, auf dem Heimweg von der Krippe, auf dem Spielplatz, wenn sie im Garten war oder wenn sie spazieren gingen. Aber weil sie die Welt nicht gemeinsam erschließen konnten, blieben sie sich fremd. Anne hatte nie das Gefühl von Geborgenheit, wenn sie mit Ingrid zusammen war. Ingrid selbst schien auch heimatlos, so fahrig und unstet, wie ihr Blick stets war.

Der Beruf der Eltern, der blieb Anne lange verborgen. Ihr Haus war groß, aber Anne durfte nicht überall hin. Sie hielt sich mit Ingrid nur in der Küche und in ihrem oder Ingrids Zimmer auf. An ihrem sechsten Geburtstag wurde sie nach dem Abendbrot zu den Eltern gerufen. Sie erwarteten sie im Salon, dort, wo Anne vorher noch nie gewesen war. Oh, das sah alles so fein aus. In den Glasvitrinen standen schöne Gegenstände, die bestimmt sehr wertvoll waren. Deshalb hatte sie wohl nie hier spielen sollen, damit sie nichts zerbrechen oder schmutzig machen konnte.

Mutter und Vater saßen auf dem Sofa, als Anne eintrat. Vor dem Sofa stand ein Stuhl. „Setz dich hierher, auf diesen Stuhl", befahl der Vater. Aber sein Ton war nicht sehr böse, eher fast freundlich.

Mutter war blond, sehr schlank, mit blauen Augen und heller Haut. Anne sah nur dem Vater ein wenig ähnlich. Vor allem die ungewöhnlichen Augen. Die waren bei ihm noch schräger als bei Anne. Er hatte glänzend schwarze glatte Haare und dunklere Haut als die Mutter.

„Du stehst jetzt an der Schwelle zu einem neuen Lebensabschnitt, Anne. Heute hattest du deinen sechsten Geburtstag, zu dem wir dir alles Gute wünschen. Ab morgen wirst du zum ersten Mal zur Schule gehen. Und deshalb möchten wir etwas mit dir besprechen."

Das klang sehr wichtig. Anne blieb stocksteif sitzen, sie durfte nicht ein einziges Wort von dem verpassen, was der Vater weiter sagen würde.

„Du wächst in einer großen Zeit auf, in der die Menschen der ganzen Welt zusammenrücken und ihre Probleme gemeinsam lösen wollen. Und diese neue Welt braucht Menschen, die sich für sie einsetzen, sogar dafür kämpfen würden. Alles kann ein kleiner Mensch noch nicht tun, aber er kann und muss seine Arbeit achten, den PRIMEQUI, unseren wunderbaren Führer, lieben und seinen Anweisungen gehorchen, sich anstrengen, damit er ein nützliches Glied der Gemeinschaft der Gleichen und Gerechten wird. Hast du das verstanden, Anne?"

Anne hatte die Worte des Vaters natürlich gehört, aber was er genau gemeint hatte, das wusste sie nicht. Sie nickte und blickte dem Vater dabei in die Augen.

„Ich glaube, du wirst ein braves und gehorsames Kind werden, Anne", ergänzte die Mutter. „Wir haben dich aufgenommen, wir möchten stolz auf dich sein, verstehst du das?"

Anne bewegte sich nicht, schaute nun die Mutter an und nickte. Mutter und Vater standen auf, zeigten mit dem Arm zur Tür. Sie ließen Anne den Vortritt, folgten ihr und gingen dann hinauf zu den Schlafzimmern.

In der Küche saß Ingrid noch vor einer Tasse Tee. Wenn Anne sie nur nach dem Unterschied fragen könnte. Ali hatte am Morgen zu Anne gesagt „Meine Mutter hat mich im Krankenhaus bekommen." Das war etwas anderes als „wir haben dich aufgenommen", da war Anne sicher.

♣

In der Schule gefiel es Anne gut. Endlich erklärten die Lehrer ihr mehr von der Welt. Am liebsten hörte sie zu, wenn etwas über Tiere erzählt wurde. An den Wölfen und den Hunden war sie am meisten interessiert. Dass Hunde gezähmt werden konnten, obwohl ihre Vorfahren wilde Raubtiere gewesen waren, das faszinierte sie.

Abends ging sie jetzt immer um die gleiche Zeit vor dem Schlafengehen zu den Eltern in den Salon, um ihnen Bericht über den Schultag zu erstatten. Was sie gelernt hatte und in welchen Fächern, ob die Lehrer das Begrüßungszeremoniell eingehalten oder etwas über den PRIMEQUI erzählt hatten, mit welchen Kindern sie in den Pausen spielte und ob sie irgendwelche Freunde gefunden hatte. Wie gerne hätte sie Kameraden auch einmal nachhause eingeladen. Aber leider erlaubten das die Eltern nicht. Anne war allerdings sehr stolz, dass die Eltern sich jetzt viel mehr als früher für sie interessierten. Umarmt oder geküsst, das wurde sie auch weiterhin nicht, aber sie war jetzt ja auch schon ein großes Mädchen, da war das nicht mehr so wichtig.

Ingrid war, seit Anne die zweite Klasse besuchte, nicht mehr im Hause. Eines Nachmittags, als Anne aus der Schule heimkam, war Ingrid nicht mehr da. Die Eltern erklärten nichts über ihr Verschwinden. Anne wartete noch einige Tage, ob Ingrid zurückkommen würde, aber so sehr vermisste sie sie nicht. Ihr unsteter und gehetzter Blick hatte Anne immer etwas schaudern lassen. Sie hätte nur gerne gewusst, wo Ingrid jetzt zuhause war, um ein Lebenskapitel beenden und abschließen zu können.

Ein neues Kindermädchen stellten die Eltern nicht ein. Die neue Zugehfrau schaute ab und zu nach Anne, wenn sie in ihrem Zimmer oder manchmal auch in der Küche ihre Hausaufgaben erledigte.

Als Anne zwölf Jahre alt war, veränderte das Winterfest, das jedes Jahr im Dezember gefeiert wurde, auf nachhaltige Art ihr Leben. Schon lange hatte sie sich einen Hund gewünscht, es aber nicht gewagt, die Eltern darum zu bitten. Warum sie ihr dann ohne Aufforderung einen Chow-Chow schenkten, lag bestimmt daran, dass Anne immer so begeistert über Hunde berichtet hatte, wenn sie abends bei den Eltern im Salon zum Rapport war.

Als Anne am Abend des Winterfests in den Salon eintrat, war sie überwältigt. Die Eltern hatten überall grüne Girlanden und rote Lampions aufhängen lassen. Sie saßen, wie immer, auf dem Sofa, aber heute war etwas anders. Rechts neben dem Sofa stand ein großer Pappkarton mit Löchern, der Pappkarton bewegte sich und Laute kamen aus ihm heraus.

„Setz dich", sagte der Vater und deutete auf den Stuhl. „Deine Lehrer loben dich, Anne. Sie meinen, du arbeitest hart daran, eine gleiche und gerechte Persönlichkeit zu werden, die beim Aufbau unserer zukünftigen Weltgemeinschaft des Friedens und der Harmonie mithelfen kann. Deine Mutter und ich haben uns deshalb entschieden, dich anlässlich des Winterfests für dein Streben zu belohnen und dir eine Freude zu machen."

Die Mutter erhob sich, ging zu dem Pappkarton und hob den Deckel etwas an.

„Die Belohnung und Freude ist hier drin. Schau mal." Noch bevor Anne aufgestanden war, hatte sich die Winterfestfreude aus ihrem Pappgefängnis befreit. Der Kartondeckel segelte auf den Boden und wie ein Jack-in-the-box, den ein Schulkamerad einmal mitgebracht hatte, hüpfte eine Mischung aus riesengroßem Wollknäuel und Löwe aus dem Karton. Nur einen Augenblick saß er vor Annes Stuhl und blickte sie an, dann rannte er im Salon herum, biss in den Teppich, zog an jeder Decke, sprang auf das Sofa, um eine erneute Zerstörungsrunde zu drehen. Der Vater lächelte, was Anne sehr erstaunte. Jede noch so kleine Widerborstigkeit von ihr tadelte er sonst mit strengen Worten.

„Du siehst, Anne, dass Menschen und Tiere der Schranken bedürfen, wenn sie nützliche Mitglieder einer Gemeinschaft werden wollen. Das sollst du bei der Zähmung und Erziehung dieses Hundes lernen und dir am Ende ein Beispiel daran nehmen. Ohne Züchtigung wird aus keinem Wesen etwas Gutes. Wir haben dich für drei Nachmittage in einer Hundeschule angemeldet. Dort werden sie – ich denke, wir sollten den Hund Tian nennen – Tian schon Manieren beibringen. Du darfst jetzt in dein Zimmer gehen und Tian mitnehmen. Sorge dafür, dass er kein Unheil anrichtet."

Der Vater legte den Arm um die Mutter. Sie wies Anne mit der Hand zur Tür.

„Er hat ein Halsband um, Anne. Nimm die Leine aus dem Karton mit, dann kannst du ihn ziehen, erziehen – ihn an die Leine legen, nicht wahr?"

Mutter und Vater lachten. Anne war es eher zum Heulen zumute.

♣

In der Anfangszeit ihres gemeinsamen Lebens machte Tian – das heißt Himmel – seinem Namen keine Ehre. Eher bereitete er Anne seine individuelle Welpenhölle. Tages- und Nachtzeiten purzelten durcheinander, alle anderen Plätze schienen ihm lieber als sein Korb zum Ruhen und Schlafen, vor allem Annes Bett hatte es ihm angetan. Wie wunderbar warm-weich und perfekt fürs Pieseln! Mutter kam neuerdings vor dem Abendrapport in Annes Zimmer, um dort nach dem Rechten zu sehen.

Anne hatte das Fenster schon zwei Stunden vor der Zeit geöffnet, in den letzten Wochen unzählige Male ihre Bettwäsche gewechselt. Sie hoffte, dass ihr Zimmer und die Versuche ihrer Erziehungsmaßnahmen für Tian Gnade vor den Augen der Mutter finden würden. Da sie nicht klopfte, wenn sie ins Zimmer kam, war Anne in ihrer Erwartung zu keinem anderen Gedanken fähig und saß wie angewurzelt auf ihrem Bett, während Tian wieder hin und her rannte, in Annes Schuhe biss, auf ihren Schreibtisch sprang und an den Schranktüren kratzte.

Das erste, was die Mutter sagte, als sie in Annes Zimmer trat, war „Hier stinkt es immer noch oder schon wieder, Kindchen." Dabei rümpfte sie die Nase, schüttelte den Kopf und bedeutete Anne mit der Hand, vom Bett aufzustehen. Sie schaute auf das Kopfkissen, drehte die Bettdecke um, inspizierte das Bettlaken. Dann beugte sie sich hinunter zur Bettwäsche, schnüffelte daran in Hundemanier, wiegte bezüglich des Prüfungsergebnisses ihren Kopf hin und her.

„Zumindest riecht die Bettwäsche nicht, dann ist es wohl der Boden, auf den dein Hund gepinkelt hat. Du musst öfters putzen, damit dieser bestialische Gestank verschwindet. Der zieht uns noch ins ganze Haus."

Die Mutter wendete sich zur Tür. Ob Tian in diesem Moment Beschützerinstinkte entfaltete und die Mutter für ihre unfreundliche Art Anne gegenüber bestrafen oder ob er nur spielen wollte, das wusste Anne hinterher nicht zu sagen. Jedenfalls sprang Tian an der Mutter hoch, biss in ihre Hosenbeine und was darunter lag. Sie versuchte, ihn abzuschütteln, was aber nicht gelang, sie schlug mit der Hand nach ihm, was ihn noch mehr aufstachelte. Anne stellte sich vor ihn und rief:

„Stopp! Sitz, Tian!"

Und tatsächlich. Tian ließ augenblicklich von der Mutter ab und setzte sich, stramm und gehorsam wie ein Hundesoldat, vor Annes Füße. Er blickte sie treuherzig und fröhlich an. Anne tätschelte seinen Kopf.

„Das ist ja wohl das Letzte, Anne. Der Hund beißt mich und du streichelst seinen Kopf, belohnst ihn noch für seine Frechheiten mir gegenüber. Das werde ich Vater erzählen, das wird ernste Konsequenzen haben, darauf kannst du dich verlassen!"

Die Mutter stapfte hinaus und knallte die Tür zu.

„Braver Hund", sagte Anne.

Tian legte sich vor ihr auf den Boden und wedelte mit dem Schwanz, als sie ihn zu streicheln begann.

♣

Anne war klar, dass der Rapport heute Abend unangenehm werden würde. Die Mutter war zornig und der Vater würde ihr sicherlich in allem beispringen. Noch nie hatten beide ihr gegenüber einen Meinungsunterschied erkennen lassen. Sie musste blitzschnell nachdenken. Am besten, sie verteidigte sich mit den Argumenten des Hundetrainers, den sie andererseits aber auch nicht in die Pfanne hauen durfte – den Ausdruck hatte Anne von ihm.

Wie immer saßen Mutter und Vater auf dem Sofa, Annes Stuhl stand davor.

Anne nahm Platz, nachdem der Vater sie mit einer Handbewegung dazu aufgefordert hatte.

„Nun, was gibt es Neues aus der Schule zu berichten?", begann der Vater sein Verhör.

„Die Zwischennoten sind heute mitgeteilt worden. Ich stehe in allen Fächern auf einem B, außer in Biologie. Da habe ich ein A."

Vater und Mutter tauschten einen Blick aus.

„Nun", meinte Vater, „da ist ja noch Platz nach oben, nicht wahr? Mag sein, dass die Erziehung von Tian dich auch etwas zu sehr ablenkt, da werden wir schauen müssen. Wir hoffen natürlich, dass die Endnoten sich in den meisten Fächern noch verbessern werden, B ist nicht gerade schlecht, aber auch alles andere als exzellent, so haben wir uns das für unsere Tochter nicht vorgestellt. Du wirst deine Anstrengungen also erheblich steigern müssen, damit wir am Ende des Schuljahres zufrieden sein können. Hast du das verstanden, Anne?"

♣

Anne nickte, entgegnete nichts. Was hätte sie selbst den Eltern alles vorhalten können! Warum sie sich in deren Gegenwart unwohl, schutz- und heimatlos fühlte, warum sie ihnen nicht vertraute, warum Tian ihr einziger Gefährte war, der sie liebte und den sie lieben durfte – das alles war ihr erst bewusst geworden, seit sie mit Tian die Hundeschule besuchte.

„Hast du schon einmal einen Hund gehabt?", hatte der Hundetrainer als erstes gefragt, als Anne sich mit Tian vorgestellt hatte.

„Nein", hatte Anne geantwortet, „Tian ist mein erster."

„Na, da hätten deine Eltern aber besser nachdenken müssen. Ein Chow-Chow ist kein Anfängerhund, da ist das Scheitern der Erziehung doch vorprogrammiert."

Der Coach hatte danach die Hand auf den Mund gelegt und eine Weile geschwiegen. Er sah so aus, als ob er sich über sich selbst ärgerte.

„Na ja", verbesserte er sich, „wenn du dich anstrengst, wirst du es mit Tian schon schaffen. Ich helfe dir dabei. Sicher haben es deine Eltern nur gut gemeint. Tian ist ein schöner Hund."

In den folgenden Wochen hatte sie so viel über Erziehung, Liebe und Vertrauen gelernt wie nicht in den ganzen Jahren davor.

Dass man eine Bindung zu dem Wesen, das man erziehen möchte, aufbauen muss, dass es deshalb der Nähe, Verlässlichkeit, Geduld und auch des Kuschelns bedarf, dass ein kleines Wesen Lob braucht, nicht nur Tadel, Konsequenz und Forderungen. Und bei dem Vergleich mit ihrer eigenen Erziehung lagen nun die vielen Fehler der Eltern offen zutage. Aber sagen durfte sie das natürlich nicht. Nicht allein wegen der Folgen für sich selbst, denn Kritik an Vater und Mutter äußern zu dürfen, das hatte bisher nicht zu Annes Erziehungsprogramm gehört, sondern vor allem wegen der Konsequenzen für den Hundetrainer.

„Ich kann dir nicht auf alles eine Auskunft geben, Anne, ich bin nur ein ganz kleines Rädchen im Getriebe", hatte er eines Nachmittags zu ihr gesagt, „deine Eltern, mit denen legt man sich nämlich besser nicht an, die gehören zur Elite."

Anne hätte den Coach gerne gefragt, was er unter Elite verstehen würde, aber er hatte signalisiert, dass seine wenigen Worte das Äußerste waren, was er von sich geben wollte. Und so hatte Anne nicht gefragt, sondern sich vorgenommen, den Begriff im Netz nachzulesen.

„Elite; von *eligere* – auswählen; ausgewählte Menschen, Träger der Revolution und der Gleichheitsbewegung", diese Erklärung fand Anne im Computer. Unter

einem zweiten Eintrag fand sich keine weitere Erklärung. *Elite; herrschende.*

Ein bisschen komisch fand sie die Erklärungen schon, obwohl sie von diesen Dingen ja noch nicht so viel verstand. Dass man zu den Ausgewählten zählte und gleichzeitig der Träger der Gleichheitsbewegung war? Sie wusste nur, dass die Eltern ein sehr großes Haus bewohnten und viele ihrer Schulkameraden in kleineren oder nur in Wohnungen. Und widersprechen durfte man ihnen auch nicht, weder Anne wagte das noch hatte es sich je irgendeiner der Angestellten getraut.

Na ja, die Eltern bestanden eben darauf, die einzigen Alphatiere zu sein. Das musste man in der Hundeerziehung auch beachten, dass nicht der Hund das Herrchen oder Frauchen wurde, der den Ton angab, sondern dass man dem Hund Befehle geben musste, dass er gehorchen musste, dass der Mensch das Sagen hatte. Nur, dass die Eltern nicht Hunden Befehle erteilten, sondern Menschen.

♣

„Nun zum nächsten Punkt, Anne", fuhr der Vater fort. „Deine Mutter hat mir berichtet, dass Tian immer noch nicht stubenrein ist."

„Er macht aber große Fortschritte. Bei der Erziehung braucht man eben Geduld und viel Liebe, damit so ein kleines Wesen in kleinen Schritten auf den richtigen Weg gebracht wird", verteidigte sich Anne.

Die Eltern blickten sich an, schwiegen einen Augenblick.

„Tian hat deine Mutter aber auch gebissen, was natürlich ein unverzeihliches Vergehen ist, was du hättest hart bestrafen müssen. Stattdessen hast du Tian durch Streicheln dafür belohnt. Was hast du dir dabei gedacht, Anne? Glaubst du, dass wir ein solches Verhalten dulden werden?"

„Ein Chow-Chow ist gegenüber Fremden immer distanziert und manchmal auch etwas zickig. Zu mir ist er lieb."

Die Mutter war bei den letzten Worten aufgesprungen.

„Was fällt dir ein? Ich bin deine Mutter, ich bin keine Fremde, oder?"

„Nun beruhige dich doch, Liebste", beruhigte der Vater. „Tian sieht dich doch wirklich fast nie und so ein kleiner Hund hält eben jemanden, der nicht präsent ist, für einen Fremden, das ist nachvollziehbar."

Jetzt war Anne aber doch erstaunt. Das war das erste Mal, dass der Vater zu ihr hielt. Die Mutter war wohl von Vaters Reaktion genauso überrascht wie Anne. Ihr Gesicht war rot angelaufen, was bei ihrer sonst stets blassen Haut besonders auffiel. Sie ging im Salon auf und ab, schwieg. Anne senkte den Blick, wartete. Die Stille wurde kurz darauf durch jammervolles Jaulen unterbrochen. Dann folgte lautes Bellen und erneut herzzerreißendes Gejaule.

„So ein Kläffer! Dein Vater und ich haben einen Chow-Chow für dich ausgesucht, weil er eigentlich ein ruhiger Hund ist und die Klappe hält. Wenn du ihm solches Spektakel nicht augenblicklich abgewöhnst, wird er als Leckerbissen in irgendeiner Pfanne landen. Chow-Chow heißt nämlich übersetzt Leckerbissen-Leckerbissen, liebes Kind", stieß die Mutter hervor.

Der Vater legte Anne die Hand auf den Arm.

„Deine Mutter meint es nicht so, sie ist nur aufgebracht, weißt du? Geh hinauf zu deinem Hund, der jault und kläfft nur, weil er Sehnsucht nach dir hat."

Anne erhob sich sofort und ging schnellen Schrittes zur Tür.

„Du Schwein", hörte sie die Mutter zischen. „Die Kleine fällt wohl schon in dein Beuteschema, was? Dass du mir so in den Rücken fällst, das zahle ich dir heim, versprochen!"

Anne schloss die Tür.

♣

Das schreckliche Gespräch hinterließ bei Anne ein Gefühl von Unsicherheit und Angst. Was hatte die Mutter mit Beuteschema gemeint? Ob sie sich durchsetzen und ihr den Hund wieder wegnehmen würde? Je mehr Anne jedoch versuchte, durch höheren Druck den Hund schneller zu erziehen, umso öfter fiel Tian wieder in alte Gewohnheiten zurück. Mal ging ein kleines Geschäftchen daneben, weil sie es nicht mehr schnell genug nach draußen schafften, mal biss Tian wieder einen Schuh kaputt oder zerfetzte eine Decke. Und das Verabschieden am Morgen, wenn Anne in die Schule gehen musste, dauerte wieder länger, Tians Hundeblick war todtraurig und vorwurfsvoll. Meist legte er sich am Ende des Procederes vor Anne hin, legte seine Schnauze auf die Pfoten und jaulte leise, so dass seine Blicke und Laute sie noch bis in den Unterricht verfolgten. Aber es passierte nichts weiter mehr. Anne beruhigte sich, Tian auch, so hätte alles weiter gehen können.

Als Anne eines Tages im Herbst aus der Schule heimkehrte, war es im Haus noch stiller als sonst. Sie öffnete die Tür und wurde von der Zugehfrau, die nun schon mehrere Jahre im Hause arbeitete, begrüßt.

„Komm bitte mit mir in die Küche, Anne. Ich habe dir etwas mitzuteilen."

Sofort fiel Anne der Hund ein. Ohne weitere Erklärung lief sie die Treppe zu ihrem Zimmer hinauf. Das Zimmer war leer, Tians Korb stand nicht mehr in der Ecke. Anne rannte zurück zur Küche. Die Zugehfrau saß auf einem Hocker.

„Wo ist mein Hund? Wo ist Tian?", schrie Anne.

„Setz dich auf den Stuhl, Anne. Ich sage es dir."

Anne nahm Platz, obwohl sie viel lieber herumgelaufen wäre. Aber das machte keinen Sinn.

„Deine Eltern haben heute Morgen das Haus verlassen. Und Tian wurde mitgenommen."

„Was soll das heißen? Sind die Eltern mit Tian irgendwo hingefahren? Ich verstehe nicht, was Sie meinen", schluchzte Anne.

Frau Abrahimovic überlegte einen Moment, dann sagte sie:

„Deine Eltern sind abgeholt worden, Anne. Sie werden umgesiedelt, du weißt ja schon, was das heißt, nicht wahr?"

„Ich werde sie niemals wiedersehen, ja. Und Tian? Ihn auch nicht?"

„Nein, Kind, du weißt sicher schon aus der Gesellschaftsunterweisung, dass wir alle lernen müssen, nicht zurückzuschauen und das Alte zu vergessen, es auszuradieren, damit das Neue blühen kann. Dazu musst du jetzt aufbrechen, alle Wurzeln der Vergangenheit werden gekappt, so ist es bei uns vorgesehen, nicht wahr?"

Anne rannte die Treppe hinauf zu ihrem Zimmer. Wo Tians Korb gestanden hatte, legte sie sich auf den Boden und weinte, bis die Nacht hereinbrach und der Schlaf sie endlich übermannte.

♣

Die ungewisse Zukunft und der Verlust von Tian legten sich in den nächsten Tagen und Wochen wie ein Bleigewicht auf Annes Seele. Der einzige Anker in diesem bodenlosen Intermezzo, das hoffentlich bald beendet sein würde, war Frau Abrahimovic. So, als sei nichts geschehen, ging sie im Haus herum, sorgte für Ordnung, wo keine Unordnung war, jagte imaginären Staubkörnern hinterher. Jetzt, wo Tian nicht mehr Schritt für Schritt seine Gegenwart mit der Wolle aus seinem Fell markierte, war jedes Lebenszeichen aus dem Haus verschwunden.

Eines Morgens, als Anne schon das Haus verlassen hatte, um zur Schule aufzubrechen, hielt ein Lieferwagen vor der Haustür. Anne sah Frau Abrahimovic die Tür öffnen, die drei Männer, die aus dem Lieferwagen ausgestiegen waren, hereinbitten. Was würde Anne heute Nachmittag bei ihrer Rückkehr erwarten?

Das Haus war still, wie immer in den letzten Wochen, wenn sie nachhause zurückgekommen war. Frau Abrahimovic empfing Anne im Flur.

„Komm bitte mit mir in die Küche, Anne. Ich habe dir etwas mitzuteilen", sagte sie.

Dieses Mal nahm sie auf dem Stuhl Platz, Anne auf dem Hocker.

„Morgen wird sich hier im Haus einiges ändern. Neue Bewohner ziehen ein, aber man hat sich entschieden, dass du hierbleiben kannst. Das freut dich sicher, nicht wahr?"

„Wo ich wohne, Frau Abrahimovic, ist mir eigentlich weniger wichtig als mit wem."

„Nun ja. Du solltest aber nicht undankbar sein, immerhin. Hier werden zukünftig zwei Familien wohnen, eine unten, eine oben. Die Küche wird gemeinsam genutzt, da kann das Zusammenleben auf engerem Raum geübt werden. Für drei Personen war dieses Haus sowieso völlig überdimensioniert, das hatte mit Gleichheit wenig zu tun und das hat man nun endlich auch anderen Orts erkannt."

Anne entgegnete nichts. Die Erklärungen der Frau, die sie bisher nur beim Staubwischen und Putzen oder beim gelegentlich gemeinsamen Abendbrot in der Küche kennengelernt hatte, erstaunten sie.

„Wie gesagt", fuhr Frau Abrahimovic nach einer Weile fort, „du kannst dein Zimmer behalten. Du bekommst morgen neue Eltern und eine Oma gleich dazu."

Wieder verstummte sie für einen langen Augenblick, schaute Anne durchdringend an.

„Das freut dich doch sicher, nicht wahr?", drängte sie.

„Mal sehen."

Frau Abrahimovic musste lachen.

„Du bist ein nettes Mädchen, und ein ehrliches und mutiges dazu", flüsterte sie. „Pass auf dich auf und denk daran, Wände haben oft Ohren."

„Gehen Sie auch fort?"

„Ja. Meine Aufgabe hier ist erledigt, man braucht mich zukünftig woanders. Alles Gute, Kind", sagte sie und schloss die Küchentür.

Anne hörte, wie sie noch einige Male Türen öffnete und schloss, die Treppe hinauf- und hinunterstieg, dann schloss sich die schwere Haustür. Im Haus wurde es totenstill.

♣

In einem großen Haus des Nachts allein zu sein, ist für die meisten Menschen eine Herausforderung. Die Geräusche, wenn alles andere zum Stillstand gekommen ist, die Schemen, die in der Dunkelheit herumhuschen, die unbewältigten Ereignisse und die Bilder, die auftauchen. Anne, die mit schlimmen Vorahnungen den nächsten Morgen erwartete, konnte nicht in den Schlaf finden.

Dass man das Alte ausradieren müsse, damit das Neue blühen könne, diese Zukunftslosung hatte Frau Abrahimovic ausgegeben. So ein Unsinn! Sie würde Tian nie vergessen, ihn sicher lebenslang herbeisehnen, die Augenblicke nachschmecken, in denen sie ihren Kopf in seine Löwenmähne geschmiegt, sein dichtes Fell gekrault hatte. Nicht an die Eltern zu denken, das war leichter, aber vergessen konnte sie sie auch nicht. All die schlimmen Erinnerungen an ihre Lieblosigkeit und die eisige Distanz zwischen ihnen, das hatte sich in ihren Kopf eingegraben und konnte nicht einfach gelöscht werden wie eine Digital-Datei. Ein Reset, ein Neustart bei einem Computer war etwas anderes als bei einem Menschen aus Fleisch und Blut, das konnte selbst ein Mädchen von dreizehn Jahren beurteilen. Gegen Morgen musste Anne doch noch eingeschlafen sein, denn sie schreckte hoch, als sie Lärm im Haus wahrnahm. Die neuen Bewohner hatten also bereits ihre eigenen Haustürschlüssel und ihre künftige Familie würde in Kürze neben ihr einziehen.

Dass eine Dreizehnjährige weiter in einer Familie leben sollte, war ungewöhnlich und – da hatte Frau Abrahimovic Recht gehabt – damit hatte Anne wahrscheinlich Glück gehabt. Ab Erreichen des zwölften Lebensjahres wurden die meisten Kinder und Jugendlichen bei Umsiedelung in gesellschaftliche Erziehung übergeben. Kinder- und Jugendcamps waren über ganz Mondia verteilt. Sie hatte einmal ein Gespräch der Eltern mitbekommen, in dem sich die Eltern über das Thema unterhielten.

„Die sind sich doch auch nicht einig, wie sie es halten sollen. Die Kleinfamilie mit Mutter und Vater wieder als Ideal festlegen oder Familien und Familienverbände als unerwünschte Alternative verbieten. Die nächsten Jahre wird es sicher eine experimentelle Phase geben, wo die parallelen Ansätze ausprobiert werden. Mit einer endgültigen Entscheidung ist momentan noch nicht zu rechnen", erinnerte sich Anne an Vaters Worte.

Also nahm sie jetzt vermutlich, ohne dass man sie davon in Kenntnis setzen würde, an einem Experiment teil. Denn eine Familie, die sogar eine Oma als Familienmitglied beinhaltete, war äußerst selten und Anne hatte bei ihren Schulkameraden noch nie eine solche Konstellation kennengelernt. Es klopfte an Annes Tür. Der Jemand da draußen trat also nicht einfach, wie die Mutter es stets getan hatte, ins Zimmer, sondern begehrte Einlass in ein geschütztes Gelände. Anne war erleichtert, freute sich, vielleicht war das ein guter Anfang.

„Einen Moment bitte", rief sie, warf sich schnell ihren Bademantel über und öffnete die Tür.

Eine mittelgroße schlanke Frau mit kurzem Haar stand im Türrahmen.

„Guten Morgen, A., ich bin Ihre – deine neue Oma. Mein Name ist B. Wenn wir uns näher kennenlernen, steht das für Beate, das verrate ich schon mal."

Sie lachte.

„Dann nennen Sie – nenn du mich bitte Anne."

Sie gaben sich die Hände, für einen Augenblick länger als nötig.

„Ich freue mich auf unser gemeinsames Leben."

„Ich auch", erwiderte Anne.

♣

In den nächsten Wochen kamen sich Anne und Beate immer näher.

„Würde es dir etwas ausmachen, mich Omimi zu nennen?", hatte Beate eines Tages gefragt. „Ich hatte keine eigenen Kinder und Enkelkinder, es würde mir Freude bereiten."

Mit Annes dritten Eltern war Omimi Beate nicht verwandt. Sie hatte die neue Aufgabe als Familienoma zugeteilt bekommen, weil ihr getrennt von ihr lebender Ehemann ihr diese Möglichkeit verschafft hatte. Er gehörte zur herrschenden Elite, Beate war wegen kritischer Äußerungen im Bekanntenkreis unliebsam aufgefallen und denunziert worden. Ihr Ehemann hatte es aus Rücksicht auf seine Stellung vorgezogen, sich offiziell von ihr zu trennen. Er fühlte sich ihr aber nach wie vor verbunden und hielt die Hand schützend über sie.

„Weißt du, Anne", meinte Omimi eines Abends, als sie beide zusammen in Annes Zimmer saßen und Tee tranken, „leider haben wir uns trotz der langen Ehejahre sehr entfremdet. Mit den neuen Verhältnissen hat er seinen Verstand an der Garderobe abgegeben." Beate musste über den Ausdruck lachen und Anne auch. „Er äußert keine eigenen Meinungen mehr", setzte Beate ihre Überlegungen fort, „er fühlt sich außerstande, irgendetwas zu beurteilen. Stattdessen ist er ganz versessen darauf, ein Gleicher zu werden und sich gleich wie alle anderen zu verhalten. Und ein Gerechter glaubt er auch zu sein. Im Schwätzen zumindest hat er seine soziale Ader entdeckt, setzt sich für alle Minderheiten und Unterprivilegierten ein, fordert lautstark deren Emanzipation. Aber auf unser Haus, seinen guten Wein, seine teuren Zigarren und sein exquisites wochenlang gereiftes Rindersteak jede drei Tage verzichtet er nicht. Bei mir ist die Entwicklung umgekehrt verlaufen. Wenn man mir den Mund verbieten und vorschreiben will, was ich zu denken und wie ich zu urteilen habe, werde ich zum Widerstand aufgestachelt."

Sollte Anne Omimi warnen? Sie hatte Frau Abramovics Hinweis, dass Wände Ohren haben, nicht vergessen. Und Omimi redete immer so frei daher, sie nahm nie ein Blatt vor den Mund, wie sie stolz des Öfteren verkündete.

„Die Zugehfrau meiner vorigen Eltern hat mir beim Abschied gesagt, dass ich aufpassen soll, weil Wände Ohren haben. Ich habe das als Warnung verstanden, wir sollten vielleicht etwas vorsichtiger sein, oder?"

Augenblicklich verstummte Beate und erhob sich. Sie wirkte verstört.

„Es ist schon spät, ich gehe dann mal rüber in mein Bett. Bis morgen, Anne. Schlaf gut", sagte sie und schloss die Tür.

♣

Nach diesem denkwürdigen Abend begannen Omimi und Anne mit ihren Ausflügen. Jedes Wochenende, bei Sonnenschein, Wind, Regen oder Schnee machten sie sich auf, die Umgebung oder die Stadt zu erkunden. Manchmal fuhren sie mit der Untergrundbahn an den Stadtrand und liefen dann stundenlang bis zu einem verlassenen Dorf oder einer aufgegebenen Windplantage. Sie stapften auf verschneiten Wegen durch dunkle Wälder, sie gingen stille Dorfstraßen entlang. In den Vorgärten blühten die Blumen um die Wette, verströmten Schönheit und Fülle, obwohl ihre Bewunderer nun für immer ausbleiben würden. Unterwegs erzählte Omimi von der Vergangenheit. Von dem Leben in den kleinen Dörfern, die im Umland großer Städte begehrte Wohnplätze gewesen waren, dass es dort alles gab, was man kaufen wollte, genau wie in der Stadt. Dass die verrostenden Windradgiganten, deren Flügel nun stillstanden, früher Strom produziert hatten und die Gegenden rund um die Städte dicht besiedelt gewesen waren. Dass man überall hatte hinreisen können, in die weit entfernten Regionen von Mondia, die früher eigene Namen und Regierungen gehabt hatten, die von den Bewohnern auf Zeit gewählt wurden, bevor sie in dem neuen Riesenstaat mit einem allen gemeinsamen Führer aufgegangen waren.

Durch Omimis Berichte erwachte in Anne manchmal die Sehnsucht nach der früheren Zeit. Nach den Tagen, in denen die Menschen sich ihre Herrscher selbst aussuchen und sie wegschicken konnten. Und dass man nun die Welt nicht mehr bereisen konnte, machte Anne traurig. Aber diese Bitternisse wogen wenig im Angesicht der Veränderungen, die durch Omimis Gegenwart bewirkt wurden. Zum ersten Mal in ihrem Leben fühlte sich Anne geborgen, gab es einen Menschen, der ihr nah war, der mit ihr gemeinsam die Geheimnisse der Welt erschließen wollte und ihre Sprache sprach.

„Weißt du, Anne", sagte Oma Beate eines Tages auf einer ihrer Wanderungen, „ich schäme mich eigentlich jeden Tag, dass wir uns alles haben wegnehmen lassen."

„Habt ihr denn gar nichts getan, als man euer Leben immer mehr eingeengt und euch die Freiheit genommen hat?"

„Doch, eine ganze Reihe von Menschen wollte sich das nicht gefallen lassen. Ich selbst auch nicht, ich habe mich einer Oppositionsgruppe angeschlossen. Aber letztlich haben wir nichts ausrichten können, weil die Mehrheit, zumindest in den ersten Jahren, mit den Veränderungen irgendwie einverstanden war. Durch den Druck, der ausgeübt wurde, durch die Prozesse, in denen die Menschen wegen anderer Meinungen vor Sondergerichte gestellt wurden, durch den zunehmenden Terror waren viele Menschen so verängstigt, dass sie paradox reagierten."

„Was bedeutet denn, paradox zu reagieren?", wollte Anne wissen.

„Viele wehrten sich nicht, als die herrschende Klasse ihre Anstrengungen zur völligen Gleichschaltung der Bevölkerung immer weiter verstärkte, sondern verlangten, sehnten sich danach, zu den Gleichgeschalteten dazuzugehören. Und die Macht-Elite war geschickt. Gleichheit auf der ganzen Welt, das ist Gerechtigkeit, gaben sie als Motto aus. Und wer konnte es wagen, sich dem hehren Ziel der Gerechtigkeit zu entziehen? Sich ein eigenes Urteil unter moralischem Druck und durchaus realem Terror zu bewahren, gelang nur wenigen. Obwohl gerade in diesem Teil von Mondia mit Diktaturen bereits sehr schlimme geschichtliche Erfahrungen vorhanden waren, wehte wieder der alte Untertanengeist. Und so sind die meisten gläubig in die nächste Katastrophe gerannt und haben auf dem Weg in den Abgrund auch die Widerspenstigen mitgerissen. Und jetzt sitzen wir in der Scheiße", Omimi lachte laut, „und ob du da wieder rauskrabbeln kannst, weiß man nicht. Aber lass uns die freien Gedanken hier in der frischen Landluft genießen. Es ist fast so wie früher, als es noch keine Überwachungskameras und Richtmikrofone an jeder Ecke gab."

Mit ihren wöchentlichen Wanderungen verflossen ein Frühjahr, ein Sommer und ein Herbst. Anne war jetzt vierzehn Jahre alt. Ein apartes schlankes Mädchen mit schwarzem Haar und schrägen Augen, die sie ein wenig wie eine Asiatin aussehen ließen. Omimi hatte, gemeinsam mit den dritten Eltern, bei den Behörden erreicht, dass Anne Klavierunterricht bekam. Beate konnte selbst Klavier spielen und liebte das alte Instrument, das im Salon stand. Manchmal spielte sie Anne etwas vor, bewegte, von der Musik inspiriert, heftig ihren Oberkörper. Anne musste sich dann zusammenreißen, nicht laut zu lachen, so witzig wirkte das. Anne teilte Omimis Musikbegeisterung nicht, aber ließ sich von ihr zum vierhändigen Klavierspiel bewegen, als sie die ersten Schritte ihres Unterrichts bewältigt hatte.

„Hier, schau mal, meine alten Diabelli-Noten. Die habe ich mir gekauft, als ich jung war. Da habe ich mir noch vorgestellt, wie ich eines Tages zusammen mit meinem Kind davorsitze und wir die Musik gemeinsam erklingen lassen. Mit einem Kind hat's nicht geklappt, aber jetzt habe ich ja ein Enkelkind und mit dem versuche ich es nun, nach so vielen Jahren. Einverstanden, Anne?"

Anne tat Beate stets den Gefallen, wenn sie darum bat, obwohl ihre musikalische Minderbegabung – so hatte der Lehrer ihr Versagen umschrieben – einen musikalischen Rausch verhinderte und Omimi entsprechend steif und bewegungslos auf ihrem Klavierhocker verharrte. Spaß schien es ihr trotzdem zu machen, nicht selten entdeckte Anne nach der gemeinsamen Übung Tränen in ihren Augen, die sie verstohlen wegwischte.

Bei der letzten Wanderung, kurz vor dem Winterfest, schien Oma Beate bedrückt. Sie hatte viel geschwiegen, etwas schien sie zu bewegen.

„Mein Mann ist gestern gestorben", sagte sie irgendwann.

„Das tut mir sehr leid, Omimi."

„Hoffentlich werde ich nicht umgesiedelt."

Den Rückweg legten sie schweigend, Hand in Hand, zurück.

Als Anne am nächsten Tag aus der Schule zurückkam, war Omimi verschwunden.

♣

7

Kinderszenen

„Die Definition von Wahnsinn ist,
immer wieder das Gleiche zu tun
und andere Ergebnisse zu erwarten."
Albert Einstein zugeschrieben

„Unsere Lebenswege haben viel gemeinsam", sagt Nora und legt mir die Hand auf die Schulter. „Lassen Sie uns hineingehen, Sie sind sicher schon halb erfroren." Sie öffnet die Hintereingangs-Tür des Hauses und geht voraus in den Salon.

„Ich mache uns eine heiße Schokolade, einverstanden?"

„Sehr gern", antworte ich. „Kann ich unser Gespräch weiter aufzeichnen?"

„Ich bitte darum", lacht Nora.

Nach einer Weile taucht sie wieder auf. Auf einem Tablett balanciert sie zwei große Tassen Kakao.

„Die Sahne ist aus der Sprühdose, damit Sie nicht so lange warten müssen. Wenn Sie mal mehr Zeit mitbringen, schlage ich die Sahne für Sie, das schmeckt besser."

Sie ist herrlich altmodisch, gastfreundlich, unprätentiös und fürsorglich. Ich mag sie.

„Edwin hat mich dann am Flughafen abgeholt", nimmt sie den Faden unseres Gespräches wieder auf. „Wir haben uns die Hand gegeben, nicht einmal umarmt. Wir waren uns in den vier Jahren unendlich fremd geworden. Es hätte viel zu erzählen gegeben, aber Edwin ließ sich Zeit damit, bis wir fast zuhause angelangt waren.

‚Es gibt einige Veränderungen, Nora, von denen ich dich in Kenntnis setzen möchte. Rosa wohnt jetzt bei uns, das war für mich einfacher.'

‚Was war einfacher? Deine Bedürfnisse zu erfüllen, mich möglichst schnell zu ersetzen, oder was?'

‚Natürlich nicht. Ich brauchte nur jemanden für den Haushalt und da war es naheliegend, dass Rosa ins Haus zieht.'

‚Ich habe mich früher auch nicht um den Haushalt gekümmert und Rosa hat trotzdem nicht bei uns gewohnt', habe ich Edwin entgegnet.

Er hat dann eine ganze Weile geschwiegen, es fiel ihm wohl kein Gegenargument ein. Mit den Geständnissen war es aber noch gar nicht vorbei. Als wir vor dem Garagentor standen, rückte er erst damit heraus.

‚Rosas Sohn wohnt auch bei uns. Sie hätte mich sonst verlassen, sie hat darauf bestanden. Und da blieb mir keine Wahl.'

‚Eine Haushälterin verlässt einen nicht, Edwin. Die kündigt und dann sucht man sich einen neue, oder? Rosa ist deine Geliebte, gib's zu! Wie heißt denn ihr Sohn? Das würde mich interessieren.'

Edwin hat nicht sofort geantwortet, druckste herum, bis er es endlich herausbrachte.

‚Sein Name ist Alessandro', hat er nach einer Weile geantwortet.

Das schlechte Gewissen sprach aus seinem Gesicht.

‚Die italienische Form von Alexander, Edwin Alexander Fichtner, nicht wahr? So lange geht das also schon. Wie alt ist er?'

‚Ein halbes Jahr älter als Clara. Aber ich versichere dir, er ist nicht mein Sohn. Das ist alles nur Zufall.'

‚Das kannst du jemand anderem weismachen, Edwin. So viele Zufälle auf einmal gibt es gar nicht. Jetzt wird mir auch klar, warum du nicht einen Finger gerührt hast, um mich aus den USA frei zu kriegen. Pack deine Sachen und verschwinde mit deiner Familie. Morgen habt ihr mein Haus geräumt. Ich komme erst abends, da habt ihr genug Zeit.'

Ja, meine Rückkehr nach den vielen Jahren hatte ich mir anders vorgestellt. Ich habe mir dann ein Taxi und ein Hotelzimmer genommen und bin am nächsten Tag zurückgefahren. Rosa, Alessandro und Edwin waren verschwunden, seitdem habe ich meinen Mann nicht wiedergesehen und wohne allein in diesem menschenleeren Haus. Im Nachhinein sieht man allerdings vieles anders. Und hätte vielleicht anders entschieden.'

Nora erhebt ihre Tasse und schaut mich an.
„Eine ziemlich banale Schmierenkomödie, wie unsere Ehe geendet ist. Nur leider nicht lustig. Zum Wohl, Anne."

Ich schalte das Aufzeichnungsgerät ab.

„Ich glaube, für heute haben wir genug gearbeitet, Nora", sage ich.

„Stimmt", sagt sie, steht auf und begleitet mich zur Tür.

„Grüßen Sie Edwin Schneider, bekanntermaßen. Bis nächsten Freitag."

Sie lacht. Sie hat ihren Galgenhumor wiedergefunden.

♣

Montag, ein verregneter Tag nach einem öden Wochenende, Regentropfen gegen das Fenster als Begleitmusik. Ich schminke mich ein bisschen, verwerfe den Rock, sonst denkt sich Schneider noch wer-weiß-was, greife aber zu den Pumps, trotz zu erwartender Pfützen. Die sechs Zentimeter Absatz kann ich gut gebrauchen, bei meiner Größe und der neuen Stellung. Führt zu etwas mehr Augenhöhe, hoffe ich zumindest.

Ich klopfe um punkt neun Uhr an Schneiders Bürotür.

Er öffnet, lächelt.

„Da ist sie ja, meine neue Assistentin. Bitte, nehmen Sie Platz, liebes Kind."

Kind. Als Bezeichnung für eine Achtundzwanzigjährige eher ungewöhnlich. Hegt er tatsächlich väterliche Gefühle für mich und will einfach nur freundlich sein? Oder hält er mich für ein naives Dummchen, will er den Unterschied zwischen uns beiden klar machen?

Er setzt sich mir gegenüber in seinen dunkelbraunen aufwendig gepolsterten Bürodrehstuhl. Er wippt, stößt sich sacht mit den Füßen ab, so dass er sich ein wenig bewegt; hin- und her, nach hinten und nach vorne. So genau hat er vor mir gesessen, als ich um Entpflichtung von dem Fichtner-Projekt gebeten hatte.

„Ich habe Großes mit Ihnen vor", sagt er.

Er lehnt sich zurück, nimmt sich einen Keks aus der auf dem Schreibtisch stehenden Gebäckschale und beginnt genussvoll zu essen. Er beobachtet mich, er kneift seine Augen ein wenig zusammen. Erwartet er eine Entgegnung? Ich entscheide mich für Schweigen.

„Verschlägt Ihnen meine Ankündigung die Sprache?"

„Nein, Herr Schneider, aber ich denke, Sie wollen erst einmal ausführen, was Sie damit meinen."

Schneider schmunzelt.

„Ihre Vorsicht und Zurückhaltung gefällt mir, Anne", sagt er. „Besonnenheit und Disziplin sind bei jungen Frauen nicht selbstverständlich. Bei Männern auch nicht. Ich war früher weder besonnen noch diszipliniert."

Er schaut einen Moment zum Fenster hinaus, sicher ärgert er sich, dass er mit seiner neuen Angestellten in den ersten zwei Minuten ihrer Tätigkeit schon Privates austauscht.

„Ich möchte Sie zu meiner rechten Hand machen, Anne. Wer weiß, vielleicht werden Sie eines Tages sogar mein Nachfolger. So, wie ich Sie kennengelernt habe, vermutlich ein geeigneterer und besserer als ich es war. Ihre Aufgabe bei Frau Fichtner werden Sie allerdings noch eine Weile fortsetzen. Auch da habe ich Großes geplant und bereits in die Wege geleitet. Ich zeige Ihnen jetzt Ihr neues Reich."

Schneider öffnet die zweite Bürotür.

„Kommen Sie, das wird Ihnen sicher gefallen."

Ein Riesenraum, kaum kleiner als Schneiders Büro, schneeweiße geputzte Wände, ein weißer Schreibtisch mit einem Bürostuhl auf blitzenden Chromfüßen, gut gepolstert wie Schneiders eigener Sessel, sogar ein runder Tisch mit vier Chromschwingern in schwarzem Leder.

„Wow", entfährt es mir.

Schneider grinst.

„Da habe ich wohl Ihren Geschmack getroffen, was? Willkommen bei den Gleicheren der Gleichen, meine Liebe! Mit Speck fängt man Mäuse, sagte meine Großmutter stets. Bringen Sie mir bitte um vierzehn Uhr die Aufzeichnung und das Protokoll vom Fichtner-Treffen letzten Freitag."

Woher weiß er, dass ich dieses Mal unser Gespräch mitschneiden konnte? Schneider wendet sich zur Tür und ist augenblicklich verschwunden.

♣

Was hat er mit mir vor? Warum meint er, mich mit dem schönen Büro bestechen zu müssen? Das ist nur nötig, wenn ich etwas tun soll, was meinen ethischen Vorstellungen widerspricht. Mach ich eigentlich schon, obwohl ich alle heiklen Informationen von und über Nora so weit als möglich geheim zu halten versuche. Was aber heute nicht gelingen wird, denn Schneider wird sich den Mitschnitt anhören und da gibt es für ihn genug Problematisches über sich selbst zu erfahren. „Der Lauscher an der Wand hört seine eigene Schand", war eins von Beates beliebtesten Sprichwörtern.

Das Gesprächsprotokoll des Treffens habe ich schon am Sonntag angefertigt. Ich werde mich noch ein Weilchen über mein neues Refugium freuen und dann in die Kantine gehen. Omimi war sowieso davon überzeugt, dass Bosse und leitende Angestellte, so wie ich jetzt einer bin, selten etwas tun, sondern nur im Netz surfen oder Zeitungen lesen. Mal schauen, ob ich in meiner neuen Position weiterhin so wenig arbeiten muss wie in den letzten Monaten. Ich lege die Füße auf meinen Schreibtisch, schaue in meinen Handspiegel, ziehe mir die Lippen nach. Ich werde jetzt mal in der Kantine vorbeischauen, ob ich einen Nachfolger für Alkim auftun kann. Eine Karriere, die man eigentlich gar nicht machen will, trägt nämlich weniger zum Glücklichsein bei als eine heiße Affäre oder gar eine Liebesbeziehung. Mein Spiegelbild nickt mir einigermaßen zufrieden zu.

Ich verzichte auf den Fahrstuhl und steige die sechs Treppen von meinem Büro hinunter in den Keller zur Verlagskantine. Man hört nie etwas, nicht einmal auf der letzten Treppenstufe. Schalldichte Wände. Hinter der Eingangstür ist dagegen ein Riesenlärm. In der Kantine sind mindestens zweihundert Leute. Die Warteschlange ist lang, es dauert, bis ich an der Reihe bin. Ich entscheide mich für die Peking-Suppe und Rindfleisch mit Mandeln. Sitzplätze sind wieder Mangelware, ich muss mich irgendwo dazusetzen. Drei Mal werde ich abgewimmelt.

„Ach, tut uns leid, aber wir warten auf unsere Arbeitskollegin, die kommt gleich", oder so ähnlich.

Habe ich heute etwas an mir, das mich aussätzig erscheinen lässt? Am hintersten Ende der Kantine ist neben einem jungen Mann noch ein Platz frei.

„Kann ich mich zu Ihnen setzen oder warten Sie auch auf einen Kollegen?", frage ich.

„Bitte, nehmen Sie Platz! Ich habe Sie schon eine Weile beobachtet. Daran werden Sie sich gewöhnen müssen."

„Woran?"

„Dass man Sie meidet, dass Sie ausgebissen werden und ein Außenseiter sind."

„Wieso denn?"

„Sie sind doch Schneiders neues Schätzchen. Und vor seinen Intimfreunden nimmt jeder Reißaus. Vor Ihnen haben jetzt alle Angst."

Woher kennt er mich? Woher weiß er, dass ich Schneiders neue Assistentin bin?

„Kennen wir uns?", frage ich.

„Ich kenne Sie, aber nicht umgekehrt", sagt mein neuer Bekannter und lacht.

Er sieht gut aus, dunkle lockige Haare, hellbrauner Teint, große Hände mit langen Fingern. Mein Typ. Äußerlich Alkims perfekter Nachfolger.

Ich lächle zurück.

„Wenn Sie Kantinen-Odysseen mit peinlichen Absagen zukünftig vermeiden wollen, können wir uns für mittags hier oder woanders immer verabreden. Neben mir will nämlich auch nie jemand sitzen", fährt er fort.

Ich schaue ihn ungläubig an.

„Ja, natürlich sehe ich blendend aus, aber Sie ja auch, Schönste", erwidert er. „Die Kontaktverweigerungen haben bei mir ähnliche Gründe, da kann man nichts machen. Also, was halten Sie von meinen Vorschlägen?"

„Ich glaube, sie könnten mir gefallen."

„Groß oder klein geschrieben?"

Ich muss einen Moment überlegen, bis der Groschen fällt.

„Beides", flüstere ich und beuge mich etwas in seine Richtung.

Ganz schön weit vorgewagt! Wir kennen uns etwa fünf Minuten, wissen nicht mal unsere Anfangsbuchstaben und haben schon Dauerdates verabredet. Scharfes Tempo!

„Ich heiße A", sagt mein Tischgenosse. „Und du?"

„Ebenso."

„Morgen um dreizehn Uhr dann?"

Ich nicke.

„Bring dir von zuhause ein Sandwich mit, sonst verlieben wir uns nicht", sagt er und erhebt sich. Häh? Er nimmt meine Hand, haucht einen Handkuss darauf.

„Bis morgen, A", sagt er.

Ich liebe galante Männer! Wenn das mal kein Erfolgstag ist!

♣

Um vierzehn Uhr klopfe ich pünktlich an Schneiders rückwärtige Bürotür.

„Kommen Sie herein!", ruft er.

Er ist sitzengeblieben, schaut mich forschend-freundlich an.

„Nehmen Sie Platz!", sagt er. „Ich führe Grundsatz-gespräche mit den mir untergebenen Gleichen immer nur einmal und erwarte, dass meinen Ausführungen zunächst zugehört und meine Anweisungen danach ausgeführt werden."

Schneider gluckst ein bisschen, er findet seinen Satzbau und seine Wortwahl anscheinend witzig. Zugegeben, die Form war recht nett, der Inhalt ist jedoch platt und eigentlich irre. Unter der Führung von Gleichen versteht er Befehl und Gehorsam. Als untergebener Gleicher – ein Widerspruch, den nur ein Wahnsinniger nicht bemerken kann – ist man schnell im Schlamassel drin. Wer im Dunstkreis der Macht arbeitet, kann leicht schuldig werden, denn etwas ändern oder sich widersetzen kann er nicht.

„Zunächst noch etwas Aktuelles und Operatives. Sie werden das Fichtner-Projekt zunächst zu Ende führen. Über die Artikelserie hinaus denke ich an eine Biografie. Nora hat immer noch viele Bewunderer, sowohl für ihre Klavier- wie ihre Schreibkünste. Diese doppelte Bedeutung ihres persönlichen Wirkens sollen Sie herausarbeiten und später dem Lesepublikum nahebringen. Da ist besonders hinsichtlich Noras schriftstellerischer Bedeutung einiges von Ihnen zu tun, Ihre Aufzeichnungen sind dabei noch viel zu dünn. Damit Artikel und Buch auf Interesse stoßen, muss vorher getrommelt werden. Vom Sender *Mondia aktuell* habe ich bereits eine Zusage für ein Live-Interview mit anschließender Dokumentation von Noras Lebensstationen. Das wird sie wieder in den Fokus schießen – und Sie mit." Schneider faltet zufrieden die Hände, lächelt mich an. „Na, was sagen Sie dazu, Anne?"

„Ihre operativen Entscheidungen freuen mich und Ihre Ex-Frau sicher auch."

Mist, ich bin ein Esel. Das klingt unangemessen gönnerhaft, auch undankbar. Er bietet mir eine große Chance und ich erinnere ihn dazu noch an seine Ex-Frau. Er ist, deshalb wohl, kurz zusammengezuckt. Er lacht dennoch, schüttelt dann den Kopf.

„Sie sind störrisch, Anne, unangepasst und unvorsichtig. Warum ich trotzdem einen Narren an Ihnen gefressen habe, weiß ich nicht. Gehen Sie jetzt in Ihr Büro, ich rufe Sie, wenn ich den Mitschnitt abgehört und ihr Gesprächsprotokoll gelesen habe. Dann setzen wir unser Gespräch fort. Bis nachher."

Schneider beugt sich sofort über meine Akte. Ich bin entlassen.

♣

Es dauert nur zehn Minuten, bis das Telefon klingelt. Schneider ist dran.

„Kommen Sie bitte sofort", befiehlt er. Er scheint aufgewühlt.

Ich klopfe an seine Tür.

„Nehmen Sie Platz!"

Er wartet nicht, bis ich mich gesetzt habe.

„Wissen Sie was, Nora bleibt einfach immer Nora. Stimmt nicht, was sie mir vorwirft."

Schneider schaut mich an. Soll ich zu seiner Aussage Stellung nehmen?

„Ihr Gesprächsprotokoll", sagt er, gefolgt von einer Kunstpause.

Was ist damit? Wieder fixiert er mich.

„Ich hab's erst gar nicht zu Ende gelesen. Was Nora erzählt, ist sowieso falsch – weil sie nun mal paranoid ist.

War sie immer. Hinter jeder Ecke wittert sie Verrat. Einfach unerträglich."

Eine weitere Kunstpause. Schneider wirkt nachdenklich.

„Sie fördern will ich trotzdem", sagt er. „Licht und Schatten liegen nun einmal bei allen großen Menschen dicht nebeneinander, nicht wahr? Ich bleibe fair."

Häh? Gerade hat er seine Ex-Frau als psychiatrisch behandlungsbedürftig charakterisiert, ihre Aussagen als Lügen gebrandmarkt und eine riesige Portion Misstrauen in meinen Kopf geträufelt. Ein merkwürdiges Verständnis von Fairness.

Er lacht.

„Sie sind wohl wieder mal nicht meiner Meinung, liebe Anne? Zugegeben, das mit dem Fair-Bleiben war etwas übertrieben. War auch nur ein Versuchsballon, um Sie aus der Reserve zu locken."

Kann Schneider Gedanken lesen?

„Nun wird es aber höchste Zeit für unser Grundsatzgespräch", fährt er fort. „Eigentlich hatte ich mir eine ausgefallene Methode überlegt, damit es für Sie nicht langweilig wird. Die Idee habe ich dann aber wieder verworfen."

Er geht zur Mahagoni-Sitzgruppe mit den sechs dunkelbraunen Lederschwingern, zeigt auf einen der Sessel.

„Kommen Sie, setzen Sie sich!"

Er holt eine Schale mit Gebäck und zwei große Tassen mit Kaffee.

„Ich wollte ein Streitgespräch mit Ihnen simulieren. Wie hätte Ihnen das gefallen?"

„Das kann ich schwer beurteilen, Herr Schneider. Streitgespräche sind mittlerweile verpönt, man hat höchstens im privaten Raum Übung dafür."

„Klug geantwortet! In unserer Gesellschaftsordnung ist eine allseitige Harmonie erreicht, wir sind uns in den Zielen einig, teilen die gleichen Prinzipien. Der unselige

Streit hat früher die Gesellschaft entzweit, von der Bewältigung unaufschiebbarer Aufgaben abgelenkt, heute ist er überflüssig. Aber."

Ich schaue Schneider an. Er schaut zurück. Ziemlich lang.

„Gut geschwiegen, Anne! Vielleicht haben Sie aber auch Angst, sich den Mund zu verbraten? Mir gefällt, dass Sie warten können und nicht losplappern, wie man das so oft bei Frauen findet."

So ein Chauvi! Und was stellt der nur ständig mit Redensarten und Sprichwörtern an? Eingedenk meiner Stellung halte ich den Mund.

„Aber", nimmt er den Faden wieder auf, „es gibt Mäkler, Aufsässige, Unbelehrbare, die immer noch nicht von unseren Ideen der Gleichheit und Gerechtigkeit überzeugt sind. Eine Minderheit natürlich, während die Mehrheit sich nach Lenkung sehnt, sich ihr unterwerfen will.

Diese Leute opponieren hinter dem Rücken unserer Regierung gegen das System. Die Führung und unser PRIMEQUI haben sich entschieden, mit diesen Leuten Geduld zu haben, ihnen Zeit zur Erkenntnis und Erziehung einzuräumen. Wenn wir uns auf Streit mit ihnen einlassen, weil sie immer noch über Macht verfügen und ihre Kanäle haben, müssen wir ihre Argumente kennen, diese benutzen und sie mit kluger Taktik und Strategie besiegen. Für diesen Endkampf will ich Sie fit machen, Anne."

Ich nippe an meinem Kaffee, nehme mir ein Plätzchen aus der Schale, nippe wieder an meinem Kaffee. Schneider fixiert mich.

„Warum antworten Sie nicht, Anne?"

Mir fällt ein passgenaues Sprichwort von Idi Amin ein – dem Diktator, der vor vielen Jahrzehnten ein Land in Afrika terrorisiert hat. Omimi hat es oft zitiert.

‚There is freedom of speech.

But I cannot guarantee freedom after speech.'
„Sie haben mir eingangs erklärt, dass Sie die Idee eines Streitgespräches verworfen haben", taste ich mich vorwärts. „Konsequenterweise verstehe ich deshalb meine Rolle als die eines Zuhörers, der nichts einwendet."
Schneider feixt.
„Bestens pariert! Ich gratuliere mir immer mehr zu meiner neuen Assistentin. Sie sind fix im Kopf! Aber das allein reicht nicht aus, nicht wahr?"
Jetzt muss ich wohl etwas sagen und mir vielleicht den Mund verbraten – verbrennen. Vielleicht sollte ich ihn mit einer unwichtigen Frage ablenken, damit ich Zeit zum Überlegen gewinne?
„Darf ich Ihnen eine Nebenfrage stellen, die mich trotzdem beschäftigt?"
Schneider lächelt generös.
„Warum verwenden Sie Redensarten und Sprichwörter immer falsch?"
Schneider runzelt die Stirn, kneift die Lippen zusammen.
„Ich meine natürlich innovativ", korrigiere ich mich.
Seine Züge entspannen sich. Obwohl veränderte Worte keine veränderte Wirklichkeit herbeizaubern, fällt er auf meinen Trick herein.
„Erneuern, ja, und ausradieren, Anne, das genau sind die Stichworte und die Devise für unser Handeln, auch in der Sprache. Wir müssen Begriffe erfinden, umdefinieren, benutzen, in neue Zusammenhänge einbetten, sie einschleifen. Irgendwann ist das Alte vergessen, Tabula rasa. Und in den leeren Gehirnen und auf den gelöschten Tafeln entsteht die neue Welt."
Schneider lehnt sich zurück, greift zum Keks, nippt an dem kalten Kaffee.
Ich muss auf mein Gesicht aufpassen. Kalter Kaffee, ich könnte mich verraten, was ich wirklich denke.

207

„Nach diesem kleinen Exkurs, Anne", Schneider kneift das linke Auge zu, „kommen wir zu dem wichtigsten Punkt zurück. Ihre Gesinnung, die für jeden Gleichen wichtig, allerdings für die berufliche Perspektive, die ich Ihnen als meine rechte Hand biete, unverzichtbar ist. Quasi eine conditio sine qua non." Auf die Aufstiegschancen könnte ich verzichten, wenn ich das könnte. Durch Latein wird's auch nicht besser. Ich habe aber keine Wahl. Ich muss. Diesen Druck, den halte ich vermutlich keine zwei Wochen aus, dann bin ich entweder tot oder willenlos. Was auf das Gleiche herauskommt. Verdammt! Ich schaue Schneider aufmerksam an.

„Wir befinden uns in einer Revolution." Häh? Schneider weiß doch ganz genau, dass der vierte PRIMEQUI die Revolution für beendet erklärt hat. Was soll das also?

„Es gibt Revolutionen von unten – die Revolution der vielen – und Revolutionen von oben – die Revolution von wenigen oder sogar nur einem. Und in der letzteren Form befinden wir uns momentan."

Ich schaue ihn weiter aufmerksam an, nicke zustimmend, sitze still. Schneider erhebt sich, fängt an herumzugehen. Das kann also dauern.

„Nun."

Er beschleunigt seinen Schritt.

„PRIMEQUI der Vierte hat, wie Sie wissen, die Revolution der vielen für beendet erklärt hat, nachdem die Majorität der Menschheit sich unserem Kollektiv der Rechtgläubigen und Guten angeschlossen hatte. Was glauben Sie, Anne, mit welcher Inbrunst die Rechtgläubigen die neuen Wahrheiten verkündet haben, mit welchem Eifer sie die Andersdenkenden ausgegrenzt, sie zu Feinden, zu Ketzern erklärt haben? Fast konnte man den Eindruck haben, dass die meisten Bürger nur auf den Moment gewartet hatten, wo man sie endlich an die

Hand nimmt, ihnen sagt, was richtig und falsch ist, sie der Notwendigkeit enthebt, sich selbst eigene Gedanken zu machen. Die Sehnsucht nach starker Führung, nach Unterwerfung, war allenthalben spürbar. Sogar auf ihre Muttersprache wollten sie freudig verzichten."

Schneider geht weiter herum, ist aber verstummt.

„Hat Sie belastet, dass die Sprache, deren Dichter und Denker Sie verlegt haben, auf einen Regionaldialekt herabgewürdigt wurde?", frage ich.

„Mir war es nicht gleichgültig, das gestehe ich ein. Ich habe Gesamtausgaben von vielen Großen herausgebracht. Heine, Schopenhauer, Lenz. Es fiel mir nicht so leicht wie manchem anderen Zeitgenossen."

Wieder verstummt Schneider. Das Thema scheint ihn zu bewegen.

„Wer keine Kultur hat, kann eben auch keine verlieren", murmelt er.

Ich habe ihn verstanden und bin ein wenig überrascht über seine Abweichler-Meinung.

„Nachdem nun also die Gesellschaft der Harmonie mit Gleichheit und Gerechtigkeit auf dem ganzen Erdball verwirklicht ist", fährt Schneider nach einem Moment mit fester Stimme fort und beschleunigt erneut seinen Schritt, „müssen diejenigen, die den Überblick über das Ganze haben, die Impulse setzen. So schön ein Gleichgewicht ist, dann und wann gibt es Friktionen, auf die das System reagieren muss. Da die Impulse von unten und innen ausbleiben, fällt dem System die Impulssetzung von oben zu, im Sinne einer permanenten Revolution von oben. Und hier kommen Sie ins Spiel, Anne!"

„Was stellen Sie sich vor, Herr Schneider?"

„Zunächst einmal ist Voraussetzung für Ihre Arbeit, dass Sie das System mit seinen Prinzipien hundertprozentig bejahen. Für Ihre Tätigkeit wird es nicht ausreichen, dass Sie alle vier Jahre dem dann regierenden PRIMEQUI Ihre Zustimmung geben, sondern dass Sie ganz bei der Sache sind, aktiv das System absichern, fördern, ihm zu allumfassender totaler Geltung verhelfen. Dabei müssen Sie flexibel sein oder werden."

Das letzte klingt sehr bedrohlich. Was meint er damit?

„Wer an den Schaltstellen der Macht sitzt, kann sich individuelle Befindlichkeiten nicht mehr leisten. Immer muss das Ganze, das wunderbare Ganze, im Auge behalten werden. Und diese eiserne Gesinnung ist der unabdingbare Leitfaden für das eigene und das fremde Handeln. Haben Sie das verstanden, Anne?"

„Könnten Sie das etwas konkretisieren, Herr Schneider?"

Ein strafender Blick trifft mich. Wie kann ich mit meiner Frage seine Aussagen als allgemeines Geschwafel brandmarken?

Er wandelt eine Weile schweigsam im Büro auf und ab. Dann hat er sich offensichtlich gefangen.

„Wo gehobelt wird, fallen Köpfe. Das heißt das. Konkret, für die neue Welt als Ganzes müssen auch Opfer gebracht, besser, Opfer gemacht werden. Und die Elite muss, wie zu allen Zeiten vor uns, bestimmen, wer diese Opfer sind. Und dazu brauchen Sie die richtige Gesinnung! Dass Sie das Richtige zur richtigen Zeit tun und trotzdem stark und unbeteiligt bleiben. Das muss von Ihnen erwartet werden, sonst sind Sie die falsche Person am richtigen Platz!"

Oh Mann, ich sitze so was von in der Falle!

„Haben wir uns also verstanden, Anne?"

„Natürlich, Herr Schneider!"

Schneider lächelt, er ist zufrieden.

„Prima", sagt er. „Dann steht einer gedeihlichen Zusammenarbeit ja nichts mehr im Wege. Am kommenden Sonntag sind Sie Gast in meinem Hause. Dann werden wir ein Schnäpschen auf die gemeinsame Zukunft trinken. Zeit und Adresse teile ich Ihnen rechtzeitig mit. Sie können jetzt gehen."

Schneider steht auf, greift nach einer Akte in seinem Aktenschrank und wendet mir den Rücken zu. Ich bin entlassen.

Prost, Mahlzeit! Was Schneider erzählt, ist pures Gedankengift. Einen ganzen Liter Schnaps auf einmal in sich reinzuschütten ist im Verhältnis dazu ein Witz!

♣

Jeder Tag ist jetzt vollgestopft mit Arbeit und Struktur. Mittags treffe ich mich um dreizehn Uhr mit A in der Kantine. Ich weiß immer noch nicht seinen Namen. Spaß haben wir trotzdem.

„Du brauchst nur einen einzigen, der dich liebhat, das reicht zum Glücklichsein", hat Omimi mir beigebracht.

Ich habe die Anweisung von A befolgt und mir am Dienstag und am Mittwoch ein Sandwich mitgebracht.

„Ich sehe, du willst dich in mich verlieben", sagt er, als ich mein Sandwich auspacke.

„Und du?", frage ich.

„Ich habe mich schon in dich verliebt. Meins habe ich um elf gegessen und jetzt lebe ich eben von der Luft und der Liebe. So sagte man früher."

A lacht und legt seine Hand auf meinen Arm.

„Erklärst du mir, was Sandwich-Essen mit Verlieben zu tun hat?"

A wiegt den Kopf hin und her, als müsse er überlegen, ob er mir eine Antwort geben will.

„Kannst du Geheimnisse für dich behalten, A?", fragt er.

„Ich schweige wie ein Grab", versichere ich.

„Sie mischen Oxytocin-Hemmer ins Essen, damit wir nicht rollig werden und uns vermehren wollen. Im Wasser ist es auch drin, aber nur in kleiner Menge. Sonst würden die engagierten Wassertrinker vielleicht umfallen oder sonst was."

„Die vergiften uns?"

„Sagen wir, sie beeinflussen uns, so dass wir gelassen durchs Leben gehen und gesellschaftsverträgliche Entscheidungen hinsichtlich Bevölkerungsdichte fällen. Ein bisschen Manipulation zur rechten Zeit, damit die Geburtenrate schön niedrig bleibt. Eine große Erdbevölkerung würde Arbeit haben und an dem Mehrwert, den die Künstliche Intelligenz erwirtschaftet, teilhaben wollen. Die Menschen sind aber zu weiten Teilen überflüssig geworden. Heimliches Oxytocin – das ist immerhin noch besser als die Ein-Kind-Politik vor einigen Jahrzehnten, da mussten Mütter ihre Kinder abtreiben. So entsteht erst gar nichts und es gibt kein Problem."

Ich bin platt. Die Asiatin hat's auch gewusst und mich gewarnt. Ich schaue verstohlen zu den Nachbartischen. Die essen alle die Kantinengerichte und sind ahnungslos, wenn sie abstumpfen oder sich leer fühlen. Und genau das ist gewollt.

„Dich scheint das gar nicht aufzuregen! Findest du das richtig, dass man gegen seinen Willen und ohne, dass man es weiß, mattgesetzt wird?"

„Ich habe das Urteilen aufgegeben. Ich schaue nur noch, wo ich selbst bleibe. Management by egoism oder survival of the phlegmatics – so könnte man das nennen.

„Bewältigen durch Egoismus" und das „Überleben der Oberflächlichen", übersetze ich. Interessant."

„Schöne Begriffe für die Wissenschaft, findest du nicht, Anne?"

Am liebsten würde ich losschreien, losheulen, Gläser oder Teller zerdeppern – aber A hat Recht.

„Das Schlimme ist, man kann nichts tun", sagt er nach einer Weile. „Und damit man nicht verrückt wird in dieser Ausweglosigkeit, muss man sich auf einen kleinen individuellen Standpunkt zurückziehen. Das kann man lernen. Und deshalb – wollen wir morgen in der Mittagspause einen Spaziergang machen? Ich weiß einen schönen verträumten verlassenen Park mit einem Teich. Da wirst du dich zurückhalten müssen, nicht über mich herzufallen."

A gefällt mir. Mit ein paar Worten kann er Traurigkeit, Furcht und schlechte Laune wegpusten.

„Ich warte am Ausgang auf dich?", frage ich.

„Ich freue mich, A, ich freue mich sehr", antwortet er und küsst meine Hand.

Ich schwebe die Treppen hinauf. Schneider holt mich kurz darauf von meiner Wolke herunter. Er steht plötzlich, ohne, dass er angeklopft hätte, in meinem Büro.

„Kommen Sie ab jetzt bitte jeden Abend eine halbe Stunde vor Arbeitsschluss zum Rapport. Den Tag mit seinen Ereignissen und Entscheidungen Revue passieren lassen, den nächsten Tag in seinen Zielen planen und durchstrukturieren – das sind wesentliche Elemente erfolgreicher Arbeit. Also, ab heute Abend stehen Sie um 16.30 Uhr auf meinen Matten. Bis dann."

Wie erinnert mich Schneider mittlerweile an meine zweiten Eltern! Der tägliche Rapport, die giftigen Aussagen und Inhalte, der Befehlston, die Unfähigkeit, auf das Gegenüber zu reagieren oder seine Gefühle wahrzunehmen oder gar zu berücksichtigen. Eine Furcht einflößende Mutation von Mensch ist dieser Schneider! Wie hat Nora das nur ausgehalten?

Um 16.20 Uhr klopft es an meine Bürotür. Schneider tritt ein.

„Unsere Besprechung, liebe Anne, muss heute leider ausfallen. Ich bin überraschend zu einem wichtigen Termin gerufen worden. Ach ja, ich war wohl heute Nachmittag etwas harsch zu Ihnen, ich habe mich vermutlich im Ton etwas vergaloppiert. Tut mir leid, das hatte mit

Ihnen gar nichts zu tun, es gab private Gründe dafür. Also, nichts für ungut. Bis morgen dann."

Hat Schneider sich gerade entschuldigt? Ist er doch ein Mensch aus Fleisch und Blut, mit Gefühlen, Empathie? Mit etwas weniger Beklemmung sehe ich dem Donnerstag entgegen.

♣

Donnerstag. Ob ich mich daran gewöhnen werde? An die Kollegen, die wegschauen, sich umdrehen, verstummen, wenn ich ihnen begegne? Mein schneeweißes Büro im sechsten Stock, das auf die umliegenden Dächer schaut, ist kein Trost. Die Freude über Sachen dauert ohnehin maximal drei Wochen. Das weiß ich von Beate, die hatte einen Artikel darüber gelesen. Vielleicht werde ich mit A glücklich? Vielleicht in einem kleinen Haus in einem der verlassenen Dörfer in der Peripherie, mit einer Kuh, einem Schaf, einem Hund und vier Kindern – dahin könnte man sich zurückziehen, ein Biedermeierleben wie die enttäuschten Bürger des neunzehnten Jahrhunderts führen. Dann würde man von dem ganzen Schlamassel hier fast nichts mehr mitkriegen. Aber ob das bei zwei systemrelevanten Humanressourcenträgern genehmigt wird? Man kann nicht mehr einfach seinen Wohnort selbst wählen, umziehen, wie sie das früher genannt haben. Heute wird allokiert, zugewiesen, wo man gebraucht wird oder keine Probleme verursacht. Umsiedelung ist ein Vorrecht des Systems. Man wird umgesiedelt, man siedelt nicht selbst um. Flüchten? Möglicherweise sucht das System nach dir, verfolgt und verurteilt dich. Das ist keine Alternative. Ab und zu müsste man in der Stadt auch etwas besorgen. Ganz unabhängig, autark sein, das hat man nicht gelernt, das konnten sie in vergangenen Zeiten. Die hatten es gut. Wenn ich schwanger wäre, würden sie mich vielleicht gehen lassen. Frauen, denen übel ist oder die mit anderen Wehwehchen aufwarten, die sind bei den Bossen nicht beliebt. Ich bin so ein Traumtänzer! Ich kenne nicht mal A's Namen. Auf die Besprechung heute Abend muss ich mich vorbereiten. Sicher erwartet Schneider ein paar eigene Ideen von mir. Wie ich mich durchwinden soll, ohne Nora zu schaden, ist mir schleierhaft. Ich muss alles Schrittchen für Schrittchen auf mich zukommen lassen.

Um 12.50 Uhr ziehe ich mir die Lippen nach, bürste meine Haare und werfe mir den Mantel über. Mal sehen. A steht schon am Ausgang des Komplexes. Er winkt mir zu, lächelt mich an. Warum nur bin ich so Männeraffin? Wenn mir einer gefällt, schmelze ich dahin wie Wachs. Er hat schöne dunkle Augen. Und feine Hände, von denen man gestreichelt werden möchte.

„Hallo", sagt er und nimmt wie selbstverständlich meine Hand. „Ich entführe dich an meinen Lieblingsplatz. Du wirst schon sehen. Ein Hauch von Dekadenz und Schönheit, von Einsamkeit und Romantik. Komm!"

Wir schweigen. Meine Hand in seiner Hand, was für ein herrliches Gefühl von Nähe. Ab und zu schaue ich verstohlen auf A's Profil. Der ganze Schlamassel ist verschwunden, ich bin einfach nur glücklich. Obwohl wir schnellen Schritts gehen, dauert es eine geraume Zeit, bis wir an einem alten Tor ankommen. Wir stehen am Eingang des alten verlassenen Parks, in dem ich schon mit Alkim gewesen bin. Aber die Erinnerung an ihn blitzt nur ganz kurz auf, die Gegenwart von A löscht die vergangenen Eindrücke aus. Ich vergleiche nicht, ich genieße nur den Zauber des Anfangs. Wir laufen über Unkraut-überwucherte Wege vorbei an alten gebeugten Bäumen zum Teich, der wie ein Spiegel die Bilder seiner Umgebung zurückwirft. A zieht mich zu der Bank am Ufer. Keinen Augenblick lässt er verstreichen. Er dreht meinen Kopf zu sich und küsst mich. Sofort, leidenschaftlich, nicht vorsichtig, tastend, sondern fordernd, wie ein Ertrinkender sich an seinen Retter klammern mag. A's Tempo benimmt mir den Atem. Ich erwidere seine Küsse, denn auch ich bin eine Ertrinkende, die Halt sucht.

„Willst du?", fragt A nach unzähligen Küssen.

Ich nicke.

„Komm!"

A zieht mich zu einer Trauerweide, die einige Meter entfernt von der Bank ihre Äste bis zum Boden ausgebreitet hat. Im Schutz der Blätter sinken wir uns in die Arme.

„Du bist sicher?", fragt er noch einmal nach.

Statt einer Antwort beginne ich ihn auszukleiden. Meine Güte, bin ich froh, dass ich auf das Kantinenessen verzichtet habe!

Nach dem Akt ist Eile geboten. Draußen ist es schon viel zu kalt für solche Abenteuer. Und unsere Mittagspause ist fast um, wir werden zurück rennen müssen. Wir ziehen uns hastig an, A nimmt wieder meine Hand.

„Eine Frage noch, mein Herr", sage ich und halte seinen Arm fest. „Mit wem bitte hatte ich das Vergnügen?"

A schaut mich einen Moment verblüfft an, dann prustet er vor Lachen.

„Endlich eine Dame mit Humor", antwortet er, als er sich beruhigt hat. „Gestatten, mein Name ist A-lessandro."

Häh? Was für ein Zufall! So heißt doch Rosas Sohn. Dabei ist der Name an sich nicht so häufig. Ich verbeuge mich, knickse, wie es früher die Fräuleins bei Hofe getan haben sollen.

„Mein Name, Geliebter, der Sie mich, so versichere ich Ihnen, auf das Beste beglückt haben, ist Anne."

Alessandro lacht.

„Weiß ich doch schon. Mir war bereits vorher klar, auf wen ich mich einlasse. Aber du hattest wahrlich noch Überraschungen bereit."

A nimmt meine Hand und wir rennen durch das Tor zum Komplex.

Der kleine Nadelstich und die Unsicherheit von vorhin ist fast schon vergessen.

♣

„Herein", ruft Schneider, als ich pünktlich um 16.30 Uhr an seine Tür klopfe. Er sitzt am Schreibtisch, ich nehme auf dem Stuhl davor Platz.

„Nun, wie waren Ihre Tage in Ihrem neuen Job, Anne?"

Sein Blick nagelt mich wie immer fest.

Hoffentlich kann er mir nichts ansehen! Alkim hat so komische Andeutungen von Röntgenaugen gemacht.

Unkeusches Verhalten wird heute nicht mehr gern gesehen.

„Ich habe mir über den weiteren Verlauf des Fichtner-Projekts Gedanken gemacht", lenke ich Schneiders Aufmerksamkeit auf das Berufliche.

„Dann legen Sie mal los!"

„Frau Fichtners Lebensstationen und ihre musikalische Karriere kenne ich jetzt genau genug, um eine Biografie über sie schreiben zu können. Ihre schriftstellerische Laufbahn würde ich ab morgen gemeinsam mit ihr beleuchten. Die Recherchen, denke ich, könnte ich in zwei Wochen beendet haben."

Schneider lächelt mich an, schweigt einen Moment.

„Das könnte Ihnen so passen", sagt er dann. „So schnell werden wir Nora nicht aus unseren Fängen lassen. Ihre Recherchen mögen für ein Büchlein reichen, für eine mehrteilige Fernsehdokumentation keinesfalls."

„Ich würde ohnehin vorschlagen, Herr Schneider, dass Nora ihre Biografie selbst schreibt, mit meiner Unterstützung natürlich. Wenn Sie ihr Buch verlegen, wird das Interesse dafür geweckt sein. Die gleiche federführende Leitung sollte sie auch bei der Fernsehreihe haben, sie ist doch auch eine bekannte und versierte Schriftstellerin."

Schneider wiegt den Kopf hin und her.

„Also gut", meint er, „die Dokumentationsreihe muss ja nicht fertig sein, bevor der erste Teil in zwei Wochen aufgenommen wird. Konzentrieren Sie sich morgen auf Noras schriftstellerische Laufbahn, schauen Sie, auf welche Bücher Sie sich stützt, lassen Sie sich ihre Bibliothek zeigen. Sie hat bestimmt alles zurückbehalten. Wenn man die Bücher kennt, die ein Mensch liest, kennt man ihn auch selbst, nicht wahr?"

„Haben Sie für den Termin noch andere Vorgaben?"

„Nein, nur noch einige Hinweise. Nora gehört zu den Menschen, die durch die Ablehnung unseres Systems in einer Spirale des Misstrauens gefangen sind. Da sie leugnet, dass es für die Probleme der Vergangenheit keine Alternative des Handelns gegeben hat, glaubt sie an Manipulation und hält alle Systeminformationen und - Handlungen für Lüge und Betrug. Als ihre Krankheit begonnen hat, zweifelte sie sogar den Wetterbericht an und vermutete Verrat. Wenn Sie signalisieren, dass Sie ihr glauben, bestärken Sie sie in ihren falschen Überzeugungen. Halten Sie sich also so viel wie möglich zurück, das könnte sie zum Nachdenken bringen. Ich möchte für Nora Aufmerksamkeit generieren. Sie soll sich wieder auf ihre Stärken besinnen, statt ständig zu grübeln. Der Welt hätte sie noch etwas zu geben. Der Welt von heute und vor allem der von morgen. Vielleicht können Sie und ich helfen, dass das geschieht."

„Ich werde mich bemühen", entgegne ich und stehe auf.

„Vergessen Sie Sonntag nicht! Um 19.30 Uhr erwarten wir Sie, wir freuen uns."

Schneider greift in seine Jackettasche und gibt mir eine Karte.

„Die Adresse steht drauf. Bis dann", sagt er.

♣

Ob Grübeln ansteckend ist? Es ist vier Uhr nachts, ich habe noch kein Auge zugetan. Schneiders Aussagen haben mich verunsichert. Vermutungen, Verdächtigungen, diametral entgegengesetzte Sichtweisen, was soll ich glauben? Wer sagt die Wahrheit? Wer weiß sie? Ist die jetzige Situation ein schrecklicher Schlamassel oder die beste aller möglichen Lösungen? Soll ich das System unterstützen und mich der Arbeit für und mit Schneider mit Engagement widmen oder in die Opposition gehen, so wie Nora es getan hat? Alessandro scheint sich entschieden zu haben. Er macht nichts und zieht sich zurück. Ist das für mich auch ein Ausweg? Ich muss jetzt schlafen, sonst bringe ich bei dem Termin morgen gar nichts zustande. Ich gehe ins Bad und nehme eine Schlaftablette. Nach kurzer Zeit bin ich eingeschlafen. Um sieben weckt mich mein Phone. Ich mache mich ein wenig zurecht, stecke meine Haare hoch, zum Haarewaschen hat mir die Zeit gefehlt. Um neun Uhr läute ich an Noras Tür.

Die Klingel. Schumann. Erinnerung. Nora öffnet die Tür. Sie stutzt und weicht etwas zurück.

„Malika", flüstert sie.

Noch einen Moment, dann hat sie sich gefangen. „Kommen Sie herein, Anne. Ich freue mich, Sie zu sehen."

Wir nehmen im Salon Platz. Nora ist seltsam, sie schaut mich nur an, fast nagelt mich ihr Blick so fest wie bei Schneider. Die Stille macht mich wie immer verlegen und veranlasst mich zum Plappern.

„Ihr Ex-Mann, Herr Schneider, hat mir seine endgültige Planung für unser Projekt erläutert. Der Verlag will Ihnen eine Biografie und eine Dokumentarreihe über Ihre Lebensstationen ermöglichen. Der erste Teil soll schon in zwei Wochen aufgenommen werden, als Live-Interview. Das ist doch sicher in Ihrem Sinne?"

„Ja, natürlich", antwortet Nora und legt ihre Hand auf meinen Arm.

Nora ist in einer merkwürdigen Verfassung. Ob Schneiders Aussage, dass sie krank ist, stimmt? Ich frage Nora nicht, ob ich mitschneiden kann. So, wie sie wirkt, würde sie wohl nur Schneiders Eindruck bestätigen. Vielleicht sollte ich sie durch ein paar private Bemerkungen ablenken, etwas entspannen.

„Es gibt einiges Neue zu berichten, das Sie vielleicht interessiert, Nora."

Ich warte einen Moment auf eine Reaktion, sie nickt nur und schaut mich weiter an.

„Ich bin aufgestiegen. Ich bin jetzt Herrn Schneiders persönliche Assistentin."

„Das ist gar nicht gut, Anne", antwortet sie und schüttelt den Kopf.

Ich frage erst mal nicht nach den Gründen für ihre Beurteilung.

„Aber vielleicht freut es Sie zu hören, dass ich mich wieder verliebt habe?"

Nora lächelt und nickt.

„Er arbeitet auch im Komplex."

„Und wie heißt er?"

„Alessandro", antworte ich.

Nora runzelt die Stirn. Für einen Moment stützt sie das Kinn auf ihre Hand. Sie scheint nachzudenken.

„Ach Anne", sagt sie. „Sie haben sicher schon gemerkt, dass ich mich heute nicht so wohl fühle. Ich möchte Sie deshalb bitten, unseren Termin abzukürzen. Ich schreibe nur noch schnell eine Nachricht für Herrn Schneider, die Sie ihm bitte persönlich übergeben, ja?"

Sie erhebt sich, geht zum Sekretär und ist für eine Weile verschwunden.

„Hier ist der Brief. Übergeben Sie den bitte gleich am Montag. Er ist wichtig. Und machen Sie sich keine Sorgen um mich! Ich erhole mich schon wieder. Wir sehen uns, Anne", sagt sie und begleitet mich zum Ausgang.

Hastig schließt sie die Tür.

Auf ihre Bücher habe ich nicht geschaut.

♣

Was hat Nora so plötzlich verwirrt? Oder ist sie tatsächlich ständig verwirrt, wie Schneider behauptet? Wie sich Menschen, die einander mal geliebt haben und sogar ein Kind zusammen hatten, so voneinander entfernen können, dass man Welten und Abgründe zwischen ihnen wahrzunehmen glaubt.

Der restliche Freitag, der Samstag, der Sonntagmorgen, der Sonntagnachmittag – das alles dehnt sich in die Länge. Alessandro ruft nicht an, schickt keine Nachricht, steht nicht vor meiner Tür. Wir haben noch nicht einmal Adressen und Telefonnummern ausgetauscht. Er kann aufgrund meines Benehmens mit Recht von einer kurzen Affäre in gegenseitigem Einverständnis ausgehen. Heftig, ohne Verpflichtung, keine Erwartungen, keine Vorwürfe. Leider, das weiß ich aus der Vergangenheit, funktioniert das bei mir nicht. Gefühle stellen sich stets bei mir ein, ich kann sie nicht verhindern, so oft ich mir auch einschärfe, dass ich es sollte. Sehnsucht, die wehtut, Leidenschaft, die brennt – das ganze Repertoire an unsinnigen romantischen Empfindungen hält mich mal wieder gefangen. Ach Anne, wirst du denn nie gescheit?

Um 18.30 Uhr gehe ich zur U-Bahn-Station. Sicher werde ich noch einige Male um Schneiders Haus herumlaufen müssen. Aber zu spät will ich bei meinem Vorgesetzten auch nicht kommen. Ich will ihm keine Vorwände liefern, wenn ich unbequem werde. Solange ich mich nicht entschieden habe, den Assistentenjob hinzuschmeißen, werde ich mich ordentlich benehmen. Pünktlich um 19.30 Uhr läute ich unter der angegebenen Adresse an der Tür. Es dauert, bis geöffnet wird. Alessandro steht im Eingang.

„Was machst du denn hier? Bist du auch eingeladen?"

„Natürlich, komm rein", sagt er.

Im großen Wohnzimmer sind einige Leute versammelt. Alessandro stellt mich vor, ich höre Namen, ich kenne niemanden. Im Hintergrund läuft leise Musik. „Wind of change." Instrumentalfassung. Wenn das mal nicht merkwürdig ist! Der alte Song ist verfemt, wenn nicht gar verboten. Beate liebte den auch. „Einen Totengräbersong für ein ungeliebtes Unterdrücker-System", nannte sie ihn.

Als die Vorstellrunde beendet ist, kommt Schneider auf mich zu. An seiner Seite hat er eine dunkelhaarige kleine Frau, vielleicht etwas jünger als er selbst.

„Ich bin Rosa", sagt sie und gibt mir die Hand.

„Wir freuen uns, dass Sie hier sind", ergänzt Schneider und übergibt mir ein mit Rotwein gefülltes Weinglas. Wollten wir nicht Schnaps zusammen trinken?

„Lasst uns das Glas erheben und den Abend gemeinsam genießen, liebe Freunde und Mitarbeiter."

Alle Gäste schauen sich an, wir prosten uns zu. Hoffentlich stellt sich Alessandro gleich neben mich. Ich fühle mich so fremd und verloren.

„Na, Geliebte, Lust auf Wiederholung?", fragt Alessandro, als er sich endlich neben mir postiert.

„Bist du wahnsinnig?", flüstere ich.

„Wahnsinnig vor Verlangen, verrückt nach dir – das trifft es", entgegnet er und grinst.

„Sei still, einen lockeren Lebenswandel kann ich mir als Schneiders Assistentin nicht leisten!"

„Wieso? Rosa und er sind doch auch nicht verheiratet."

„Was du alles weißt!"

„Ich bin ihr Sohn, Anne."

Oh nein! Jetzt kann ich mit Alessandro auch kein offenes Wort mehr sprechen.

„Keine Angst, ich petze nicht", lacht Alessandro. „Ich bin schon ein Weilchen erwachsen und mache mir auf alles meinen eigenen Reim."

Er nimmt meine Hand und lässt sie lange nicht mehr los.

Um Mitternacht brechen alle Gäste auf. Alessandro hilft mir in meinen Mantel.

„Darf ich dich nachhause begleiten?", fragt er.

„Sehr gern. Ich bitte darum", antworte ich.

Als wir draußen sind, halte ich ihn fest und küsse ihn.

„Oho, du freust dich auf eine gemeinsame Nacht, Anne?"

„Ich liebe dich" – sage ich nicht, das würde ihn nur erschrecken.

♣

8

Coda

„Die Wunden der Liebe kann nur heilen,
wer sie schlug."
Sprichwort

Lieber Edwin,

du wirst vielleicht über meinen Brief erstaunt sein. Immerhin haben wir über zwanzig Jahre nichts voneinander gehört.

Dass du mir helfen willst, noch einmal in den Fokus der Öffentlichkeit zu gelangen, rechne ich dir hoch an. Natürlich wäre ich glücklich, an alte Erfolge anknüpfen zu können. Ich bin realistisch genug, dabei nicht auf meine Schriftstellerei zu setzen. Aber in der Musik hat sich nicht alles verändert und die Klassiker und Romantiker finden bei vielen Menschen auch heute noch Anklang. Ich hoffe, du hast bei unserem Projekt reine Absichten. Das war in der Vergangenheit leider nicht immer der Fall. Über alte Wunden will ich aber gar nicht sprechen.

Mich bewegt und beunruhigt vielmehr ein Gedanke, der unsere gemeinsame Vergangenheit betrifft. Anfänglich war es nur eine vage Vermutung, allmählich ist er mir fast zur Gewissheit geworden. Ich möchte persönlich mit dir darüber sprechen.

Mir ist bewusst, dass du in deiner Stellung nicht einfach den Kontakt zu einer immer noch Verfemten aufnehmen kannst. Ich weiß, dass ich in meinem Haus Tag und Nacht abgehört und mit Kameras beobachtet werde. Deshalb komme bitte an das Gartentor, dort haben sie keine Überwachung installiert. So gelangst du unerkannt auf das Grundstück. Wir können uns im Garten aufhalten oder in den Erdkeller gehen, den ich selbst gebaut habe. Zieh dich warm an, an beiden Orten wird es natürlich kühl sein. Ich schlage vor, dass du am nächsten Freitag um neun Uhr morgens hier bist. Kannst du nicht, wird Anne da sein. Dann gib ihr bitte einen neuen Terminvorschlag mit.

Mein Anliegen ist wichtig, Edwin, für uns alle.

Ich hoffe, wir werden uns mit Respekt begegnen können. Die Verletzungen aus der Vergangenheit tun ja nach den vielen Jahren nicht mehr so weh.

Bis hoffentlich kommenden Freitag
Nora

Schneider legt den Brief zur Seite. Der erste Kontakt mit Nora nach so vielen Jahren. Wie wäre das Leben verlaufen, wenn sie sich nicht voneinander getrennt hätten? Wenn Clara nicht verschwunden geblieben wäre? Hätte er im System Karriere gemacht, machen wollen? Hätte, wäre, wenn – es ist nun einmal, wie es ist und es war eben, wie es war. Schneider verscheucht die Gedanken. Zu Nora hingehen wird er nicht, dem wird er sich nicht aussetzen. In Kürze ist der Fernsehtermin. Er wird Nora zurückschreiben, sie um schriftliche Aufklärung bitten und ihr alle Einzelheiten des Termins mitteilen. Anne wird er als Boten senden, Postbriefe nimmt Nora nicht an, weil sie Angst vor Briefbomben hat. Das ist doch völlig übertrieben, verrückt!

Liebe Nora,

ich war tatsächlich über deinen Brief erstaunt – aber andererseits auch nicht, denn meine Anstrengungen, dir wieder eine berufliche Chance zu eröffnen, zielen auch darauf, uns nach den vielen Jahren wieder etwas näher rücken zu lassen.

Dich nächsten Freitag zuhause zu treffen, wird leider nicht möglich sein. Ich bin diese ganze Woche bis einschließlich Freitag verreist. Außerdem ist das Live-Interview mit dir, das dir meine Assistentin Anne ja schon erläutert hat, vorverlegt worden und findet schon am kommenden Freitag ab 18.00 Uhr statt. Man bittet dich, in den Mondia-Studios am Heldenplatz 1 um 15.00 Uhr einzutreffen, es müssen vorher Beleuchtungsproben durchgeführt werden. Und die Maske kostet auch Zeit. Geplant ist ein Gespräch im Plauderton, über dich und die Welt.

Ich wünsche dir für deinen ersten Auftritt von hoffentlich vielen, die folgen werden, alles Gute.

Ich lasse diesen Brief von meiner Assistentin bei dir vorbeibringen.

Herzliche Grüße
Edwin

Nora liegt im Bett. Am Dienstag war Anne da. Sie hat nur den Brief abgegeben, ist nicht einmal hereingekommen. Schneider hatte einen Besprechungstermin anberaumt, der keine Zeit ließ. Es ist Donnerstagnachmittag, aber dunkel im Raum. Nora hat seit Dienstag die Rollläden nicht mehr hochgezogen, nichts mehr gegessen, nur dann und wann aus dem Zahnputzbecher etwas Wasser getrunken. Ihr Comeback – eigentlich sollte das der Grund für Freude, das Ende der Einsamkeit, ein Neuanfang sein.

Und dass sie vielleicht ihr Kind wiedergefunden hat – das müsste sie jubeln lassen. Aber bevor sie jubeln kann, muss Edwin versuchen, die Identität von Anne endgültig zu klären. Elitenangehörige wie er kommen bestimmt an die Zentralakte oder den zentralen Informationsaccount heran, in dem alle Daten über jeden Bürger gespeichert sind. Da wird es hoffentlich vermerkt sein, dass Anne Clara ist. Sie muss es sein. Mit ihrem hochgesteckten Haar sah sie aus wie eine lebende Kopie von Malika. Das kann kein Zufall sein. Alles andere passt auch.

Mein Kind, flüstert Nora und zieht die Bettdecke über sich. Endlich beginnt sie zu weinen, die eisernen Ketten, die ihren Brustkorb zusammenschnüren, lockern sich etwas. Vor Glück strömen die Tränen noch nicht. Man darf sich nicht zu früh freuen, sonst wird das Aufwachen hinterher umso schlimmer. Wenn doch nicht noch neues Unheil heraufgezogen wäre! Anne hat sich in Alessandro verliebt. Und ist er nicht Edwins Sohn? Dann würde Anne ihren Bruder lieben. Nein, es ist zu früh, schwarz zu sehen.

Nora schlägt die Bettdecke zurück und geht ins Bad. Sie darf sich ihre Chance auf Änderung ihrer Lebensumstände nicht verderben. Sie wird sich jetzt vorbereiten, innerlich und äußerlich. Und dieses Mal wird sie aufpassen. Nichts hat Edwin geschrieben, das wie damals zur Vorsicht gemahnt. ‚Versprich mir wenigstens, dass du deine Zunge im Zaum hältst, Nora. Man kann es mit Händen greifen, dass sich hier alles immer rasanter verändert. Aufmerksamkeit ist in diesen Zeiten eher gefährlich als erstrebenswert. Bitte, sei vorsichtig! Denk an das Kind!‘, das waren seine Worte damals. Ja, alles hat sich verändert. Wenn er wüsste, wie berechtigt seine Mahnung nach diesen vielen Jahren auch in anderer Hinsicht immer noch ist. Dass man an das Kind denken muss, dass das Kind immer noch die größte Rolle spielt.

Wer kämpft, kann verlieren, wer nicht kämpft, hat schon verloren. Das hat der alte Brecht gesagt. Nach dieser Devise wird Nora handeln.

♣

Man hat sie mit großem Respekt behandelt. Die Beleuchter, die Kameraleute, der Moderator. Fast ein bisschen zu ehrerbietig. Jeder im Studio scheint zu flüstern, auf Zehenspitzen herumzuschleichen. Sie ist doch keine Primadonna, vor der man auf die Füße fallen müsste.

Vor über zwanzig Jahren war sie mal eine berühmte Pianistin und eine vielgelesene Autorin, aber das Team aus lauter jungen Leuten hier kennt sie vermutlich gar nicht mehr. Der Produktionsleiter auf seinem Stuhl gibt das Zeichen. Der Kameramann das OK. Mit dem Moderator sitzt Nora in einer Sitzgruppe, bestehend aus zwei Sesseln und einem kleinen Beistelltisch, auf dem Noras Glas mit Wasser positioniert ist.

„Wir freuen uns, heute Abend Frau Eleonore Fichtner begrüßen zu dürfen. Nicht wenige unserer Zuschauer und Zuhörer mögen Sie noch als berühmte, manche sagen, begnadete Schumann-Interpretin, kennen. Trotzdem ist es in den letzten Jahren, nunmehr ehrlicherweise zwei Jahrzehnten, still um Sie geworden. Worauf führen Sie das zurück, Frau Fichtner?"

„Die Akzeptanz, die ein Künstler erfährt, ist von vielen Faktoren abhängig. Und die waren wohl für mich nicht günstig."

„Dürfen wir da einen kleinen Vorwurf gegen das System heraushören? Dass man Sie benachteiligt hat? Diese Vorwürfe haben Sie wohl schon unverändert vor mehr als zwanzig Jahren geäußert, nicht wahr?"

„Ich denke, wir sollten uns nicht mehr mit der Vergangenheit, sondern mit der Zukunft beschäftigen. Deshalb, so habe ich es jedenfalls bis jetzt verstanden, haben Sie mich doch eingeladen, nicht wahr?"

„Die Vergangenheit von der Gegenwart und Zukunft zu trennen, das wäre sicher eine völlig künstliche Methode. Sie werden mir sicher zustimmen, dass alle drei untrennbar verwoben sind?"

„Dem kann man nicht widersprechen."

„Sehen Sie, Frau Fichtner, deshalb meine Frage: Wie stehen Sie zu unserer neuen Weltordnung? Sie sind hier, weil Sie wieder gefördert werden wollen. Sie verlangen Leistungen von dem System, das Sie früher bekämpft haben. Warum, so frage ich Sie weiter, sollte das System Menschen begünstigen, die gegen das System opponieren, wo es so viele Leute und Künstler gibt, die voll hinter ihm stehen? Warum, nennen Sie mir einen Grund!"

„Wenn ich richtig mitgezählt habe, waren es zwei Fragen und eine Aufforderung, die Sie geäußert haben. Soll ich erst die Fragen beantworten und dann der Aufforderung nachkommen oder möchten Sie es umgekehrt haben?"

Einen Moment schweigt der Moderator, ein wenig mattgesetzt. Aber nicht lange.

„Liegt Ihre Zurückhaltung gegenüber dem System vielleicht daran, dass man Ihnen wegen gesellschaftlicher Unzuverlässigkeit Ihr Kind abgenommen hat?"

Jetzt schweigt Nora. Sie schluckt, der Kameramann fährt auf ihr Gesicht. Das hat gesessen, Noras Gesicht ist rot angelaufen. Wird sie in Tränen ausbrechen? Das könnte die Zuschauer interessieren. Nein, sie fängt sich.

„Möchten Sie mit mir über mein Privatleben oder meinen Beruf als Pianistin und Autorin sprechen? Zu meinem Privatleben gebe ich öffentlich keine Auskünfte."

„Nun, auch in Ihrer beruflichen Karriere lief nicht alles rund, nicht wahr? Waren Sie nicht monatelang wegen Erregung öffentlichen Ärgernisses und Gefährdungspotential für Ihre Mitmenschen und sich selbst in der Psychiatrie eingesperrt? Weil Sie sich vor unserer Botschaft angekettet und ein Heftpflaster über Ihren Mund geklebt hatten?"

Der Moderator will sie also fertigmachen. Er will sie vor den Zuschauern blamieren, den letzten Rest von Achtung bei denjenigen zerstören, die sie überhaupt noch kennen. Dann muss sie wenigstens die Gelegenheit eines Live-Interviews nutzen. Wenigstens der Wahrheit eine Gasse schlagen.

„Sie und Ihr ganzes System demonstrieren doch auch in dieser Sendung nur Ihre grenzenlose Gemeinheit und Hinterhältigkeit. Sie unterdrücken die Menschen und verkaufen es als gute Taten. Der Kampf gegen das System wäre die einzig sinnvolle Antwort, liebe Zuschauer." Der Moderator gibt ein Zeichen an die Kameraleute. Die Lichter gehen aus. Zwei Männer gehen auf Nora zu. „Kommen Sie bitte mit", sagt der eine und zieht Nora von ihrem Sessel. Sie nehmen sie zwischen sich und verlassen das Studio.

♣

Nora steht seit Stunden in ihrer Zelle. Man hat die Holzpritsche, auf der sie in den vergangenen Nächten geschlafen hat, am Morgen wieder hinausgetragen. Dann und wann setzt sie sich auf den kalten Betonboden, aber immer nur kurz. Sie hat das leichte Kleid, das sie in der Fernsehsendung getragen hat, an. Sie weiß, dass sie bei längerem Verweilen auf dem Boden eine Blasenentzündung, eine Nierenentzündung bekommen wird. Irgendwann wird sie ohnehin auf den Boden fallen, weil sie nicht mehr stehen kann. Aber sie will diesen Zeitpunkt so lange wie möglich herauszögern. Tag und Nacht, den Wechsel von beidem, kann Nora seit zwei oder drei oder vier Tagen nicht mehr ausmachen. Sie haben das vergitterte, hoch über dem Boden liegende Fenster von außen mit Brettern zugenagelt, so dass kein Tageslicht mehr hineindringen kann. Von der Decke baumelt eine Glühbirne herunter. Manchmal brennt sie, dann ist sie wieder für Stunden oder Minuten oder Sekunden aus.

Vielleicht wird Edwin etwas für sie tun? Vielleicht werden Zuschauer protestieren? Oder war das Ganze gar kein Live-Interview? Nur eine Falle, in die sie getappt ist? Weil sie sich hat provozieren lassen, so dass man sie endlich als aktiven Systemgegner überführen konnte? Hat sie ihr Kind dadurch wieder in Gefahr gebracht?

Ob Anne, ob Clara weiß, dass sie verhaftet worden ist? Wird sie jemals erfahren, dass Nora ihre Mutter ist? Oder stimmt das gar nicht und sie hat es sich nur gewünscht? Diese unendliche Stille. Nora scheint der einzige Häftling zu sein. Nur wenn der Wärter an die Zellentür klopft und durch den Schlitz am Boden einen Teller mit Essen und ein Glas Wasser schiebt, wird die Lautlosigkeit unterbrochen. Lange wird es nicht mehr dauern, da ist Nora sicher. Entweder wird sie verrückt werden und ihre Lage nicht mehr wahrnehmen oder sie wird sterben. Die zweite Möglichkeit wäre die bessere. Auf Rettung, doch, auf die hofft sie noch, ein ganz kleines bisschen. Aber vorstellen kann sie sich nicht, wie die Rettung aussehen könnte. Vielleicht erkennen sie, dass sich ihr Tod gar nicht lohnt? Ein Systemgegner weniger, was bewirkt das schon? Sie hat niemanden verraten, keine Informationen preisgegeben.

Es ist schon so lange wieder dunkel. Wo kommt das Licht jetzt her? Nora tastet sich in seine Richtung. Sie hört Laute. Stimmen, das Hin- und Her-Rücken eines Stuhls? Da ist jemand in der Zelle nebenan. Das Licht erlischt. Wieder rabenschwarze Dunkelheit. Hört sie jemanden atmen? Es muss ein Loch in der Wand geben, durch welches das Licht hereingefallen ist. Sie muss warten, bis der Lichtkegel wieder erscheint und dann sofort ertasten, wo sich die Öffnung befindet. Da, wieder das Rücken des Stuhls. Der Zellennachbar hat es gut. Er kann sich hinsetzen. Wenn sie ihm einen Stuhl überlassen, bekommt sie vielleicht auch einen? Ein Königreich für einen Stuhl!

Mit ihren Klassenkameraden hat sie mal ein Konzentrationslager besichtigt, das sie zum Museum gemacht hatten. Zur Abschreckung für jedermann, wozu Menschen fähig sind. Und später hat sie ein Gefängnis besucht, wo sie politische Gegner gefoltert und eingesperrt haben. Im KZ und in dem Gefängnis gab es Löcher in den Wänden. Die Gefangenen hatten sich davorsetzen müssen, mit abgewandtem Gesicht. Und dann hatte man sie durch Genickschuss getötet. Wie abscheulich, hat sie damals gedacht.

Ob das hier vielleicht so ein Gefängnis ist, was jetzt wieder benutzt wird? Ob sie die Gefangenen hier auch durch Genickschuss töten? Sie wird sich nicht mit abgewandtem Gesicht hinsetzen. Sie will wissen und sehen, was mit ihr geschieht.

Sie bringen schweigend ihre Holzpritsche herein, schließen eilig die Tür. In der Nachbarzelle wird die Tür geöffnet. Sie quietscht. Der Zellennachbar bekommt wohl auch eine Pritsche zum Schlafen. Ob er den Stuhl behalten darf? Leise Stimmen. Sprechen die Wärter mit ihrem Zellennachbarn? Der hat es gut. Er hat einen Stuhl und die Wärter sprechen mit ihm.

Durch die Öffnung fällt wieder Licht. In der Nachbarzelle brennt wohl die Glühlampe. Bei ihr nicht. Alles rabenschwarz. Sie tastet sich in Richtung des Lichtkegels, versucht durch die Öffnung hindurchzuschauen. Die ist zu klein, sie kann nichts erkennen. Oder der Zellennachbar hält sich in einer anderen Ecke auf.

„Nora?"

Hat da jemand ihren Namen gerufen?

„Nora, komm hier an das Wandloch. Ich muss flüstern, sonst hören sie mich."

Ist das Edwins Stimme?

„Edwin?"

„Ja, ich bin's. Hier in der Zelle neben dir."

„Wie kommst du dahin?"

„Sie haben mich auch verhaftet. Nach der Fernsehsendung. Du weißt, sie machen kurzen Prozess mit den Angehörigen. Und ich bin dir durch meine Ideen einfach zu nahegekommen, so dass sie denken, wir stecken unter einer Decke."

Nora lacht, sie kann sich gar nicht mehr beruhigen.

„Was soll das, Nora? Warum lachst du? Mir ist eher zum Schreien zumute."

„Mir auch, Edwin. Aber du hast gesagt, unter einer Decke, und da musste ich an die schönen Zeiten denken, wo wir noch unter einer Decke geschlafen haben. Ich freue mich so, dass du hier bist."

„Du hattest schon immer Humor, Nora. Wir stecken jetzt beide in der Klemme, sitzen beide im Gefängnis. Ob das eine gute Wendung ist, möchte ich bezweifeln."

Nora schweigt einen Augenblick.

„Nimm es mir nicht übel, Edwin, dass ich für einen Moment so egoistisch gewesen bin. Aber ich habe seit vielen Tagen nicht mehr mit jemanden gesprochen. Und meistens war es dunkel bei mir. Seit du da drüben bist, sind die Zeiten des Lichts häufiger geworden."

Jetzt schweigt Edwin einen Moment.

„Schade, dass wir uns erst jetzt und hier wieder treffen. Wie wäre wohl unser Leben verlaufen, wenn du mich nicht fortgeschickt hättest, Nora?"

„Du hast mich betrogen, mit Rosa ein Kind gezeugt und mich in Amerika im Stich gelassen. Hast du das alles vergessen?"

„Nichts, gar nichts habe ich vergessen. Aber Rosas Kind ist nicht von mir. Dass ich dich mit ihr betrogen habe, stimmt, aber erst später. Kannst du dir vorstellen, wie verzweifelt ich war, als Clara abgeholt worden war und du in Amerika festsaßest? Vielleicht wärest du auch in die Arme von jemandem geflüchtet, bist es vielleicht auch, oder?"

„Möglicherweise hast du recht. Aber Pierre war schwul, da stand niemand bereit, in dessen Armen ich mich hätte verkriechen können."

„Hast du Pierre überhaupt noch einmal wieder getroffen?"

„Ja, wir haben Kontakt gehalten über die Jahre. Er war neulich bei mir. Wir waren dumm, Edwin. Ich hätte dir verzeihen sollen. Und wir hätten gemeinsam nach Clara suchen müssen. So war sie all die Jahre ohne uns."

„Du glaubst, Clara lebt?"

„Das war es, was ich mit dir besprechen wollte, Edwin. Ich habe es dir doch im Brief geschrieben. Ich glaube, ich weiß, dass Clara lebt."

„Wie hast du das herausbekommen? Ich habe es auch versucht. Ohne Erfolg."

„Anne – Anne ist unsere Tochter, Edwin."

„Ach, das ist doch Unsinn."

„Nein, ist es nicht. Mir war schon beim ersten Treffen die Ähnlichkeit von ihr mit meiner Mutter aufgefallen. Aber als sie beim letzten Mal bei mir war, hat sie ihre Haare hochgesteckt getragen. Und da war es für mich gewiss. Sie ist das absolute Ebenbild von Malika. Ich habe danach alle Fotos durchsucht und eines zeigte meine Mutter mit der gleichen Frisur. Sie könnten Zwillinge sein, Edwin. Anne ist unser Kind. Und was sie über ihr Leben erzählt hat, so genau könnte es für Clara gewesen sein."

„Das glaube ich nicht. Das glaube ich einfach nicht."

Plötzlich ist Noras Zelle in grelles Licht getaucht. Sie bedeckt ihre Augen mit den Händen. Nur einen Augenblick, dann ist es genauso plötzlich wieder schwarze Nacht. Auch der Lichtschein von drüben ist verschwunden.

„Edwin", flüstert sie, „bist du noch da?"

Aber niemand antwortet.

♣

Nora muss eine Zeit geschlafen haben. Vielleicht sogar ein paar Stunden. Ihre Zellentür wird geöffnet, sie steht sofort von ihrer Pritsche auf. Einer der Wärter hat einen Stuhl und setzt ihn vor Nora auf den Boden. Er schweigt und trägt mit seinem Kollegen die Holzpritsche hinaus.

„Danke", flüstert Nora.

Aber sie haben es sicher nicht gehört, weil sie so eilig hinausgegangen sind. Nora setzt sich auf den Stuhl und lauscht. Wird nebenan die Tür geöffnet? So sehr sie sich auch anstrengt, sie vernimmt keinen Laut. Sie richtet ihre Augen auf die Wand an der linken Seite. Sie hat sich gestern Abend genau gemerkt, wo die Öffnung ist. Man muss in der Dunkelheit sehr aufpassen, dass man die Seiten nicht verwechselt. Wenigstens hat sie jetzt einen Stuhl. Der Durst wird immer schlimmer. Ein Glas Wasser ist nicht genug für einen erwachsenen Menschen, das weiß Nora genau. Deshalb klebt die Zunge am Gaumen. Wenig essen, das macht ihr nichts aus. Wenn nur der Lichtkegel wieder erscheinen würde und Edwin mit ihr sprechen könnte.

„Edwin?"

Keine Antwort. Kein Licht. Sie muss sich gedulden, bestimmt kommt Edwin irgendwann.

„Edwin!", schreit Nora.

Ganz kurz geht das Licht in ihrer Zelle an. Zu grell, Nora ist das Licht nicht mehr gewöhnt.

Der Lichtkegel, da ist er. Nora eilt zum Licht. Sie presst ihr Ohr an die Öffnung.

„Ich bin hier, Nora."

Das ist Edwin, er ist endlich wieder da.

„Wo warst du so lange?"

„Ich war die ganze Zeit hier. Wir haben doch miteinander gesprochen, weißt du es nicht mehr?"

„Nein, ich habe es vergessen."

Du hast über unsere Freunde von früher gesprochen."

„Weißt du, dass sie dich am Anfang sehr vermisst haben?"

„Arbeitet ihr immer noch zusammen?"

„Außer dir sind alle von früher dabeigeblieben. Wir hätten bestimmt mehr erreicht, wenn du nicht gegangen wärest und dich dem System angeschlossen hättest, Edwin. Dann wäre jetzt nicht alles so und wir säßen nicht im Gefängnis."

Edwin antwortet nicht.

„Steckst du mal einen Finger durch die Öffnung?", fragt er.

Nora muss lachen.

„Wie bei Hänsel und Gretel? Wenn mein Finger fett genug ist, werde ich geschlachtet?"

„Ich möchte deinen Finger küssen. Wenigstens etwas von dir möchte ich noch einmal berühren."

Nora beginnt zu weinen.

„Warum haben wir unsere Zeit nur so verschwendet? Wir hätten unser ganzes Leben zusammen verbringen können. Und unser gemeinsames Kind hätte bei uns sein müssen."

„Wenn es stimmt, dass sie unser Kind ist, Nora."

„Vielleicht sehe ich sie nie wieder, obwohl ich sie gefunden habe."

„Ich werde auf sie aufpassen, das verspreche ich dir."

Das Licht geht kurz an, geht aus. Ein paar Mal hintereinander. Dann ist es wieder schwarze Nacht. Aus der Öffnung dringt kein Licht mehr.

„Edwin?"

Nein, Edwin antwortet nicht mehr. Edwin antwortet gar nicht mehr. Aber sie hat ja den Stuhl. Auf den kann sie sich setzen, sich an ihm festklammern. Dann fällt sie nicht um. Clara? Aus der Öffnung kommt wieder Licht. Immer größer wird der Lichtkegel, bis er die ganze Zelle in warmweiße Helligkeit taucht. Das Licht blendet nicht. Clara ist da. Als Baby. Und Clara als Anne. Wie schön ist das Licht.

♣

Epilog

Nach Nora Fichtners Tod wurden ihre Freunde aufgespürt, sämtlich verhaftet und der Verschwörung der Gleichen angeklagt. Nach mehrmonatigen Schauprozessen wurden die meisten von ihnen öffentlich hingerichtet. Die Kinderbuchautorin und der Chinese wurden zu Umsiedelung begnadigt.

Über die Umstände von Noras Tod hatte nichts bekannt werden sollen, die Nachrichten waren trotzdem nach außen gedrungen. Man verdächtigte die Wärter, verhörte und folterte sie, konnte die undichte Stelle aber letztlich nicht dingfest machen.

Noras Tod und die Schauprozesse wirkten in den nächsten Jahren wie eine Lunte, die an die Grundfesten des Systems gelegt worden war. Überall gab es Heftpflaster-Demonstrationen und -Schweigemärsche. Sie wurden bekannt, obwohl offiziell nicht darüber berichtet werden durfte. Gegen die aufflammenden Widerstände ging man mit aller Härte vor, dennoch gelang die Kontrolle des Schwelbrands, der das System zu zerstören drohte, nicht.

Schneider war nach Noras Tod weiter in der Hierarchie aufgestiegen. Nun war er der Fürsprecher einer allmählichen Lockerung. Als er einige Jahre später starb, war Mondia, wie viele Riesenreiche vor ihm, bereits in allmählicher Auflösung begriffen. Und in zahlreichen ehemaligen Provinzen gab es schon wieder Freiheiten, die lange Zeit vergessen gewesen waren.

Auf vielen öffentlichen Plätzen stand nun eine Skulptur, aus Gips, aus Stein, aus Bronze. Eine sitzende Frau, die sich an eine Stuhllehne klammert.

Anne oder Clara und Alessandro schafften es mit Hilfe von Schneider, aus ihren systemrelevanten Stellungen entlassen zu werden. Sie verließen die Stadt und zogen in ein Haus in einem der verlassenen Dörfer in der Peripherie. Viele folgten und begründeten gemeinsam die Bewegung zur Erneuerung der ländlichen Kultur. Annes und Alessandros Liebe hatte Bestand. Eines ihrer vier Kinder spielte später als Begründer einer neuen Freiheits-Partei eine bedeutende Rolle in der wieder erstandenen Nation.

Die Autorin

Luise Link lebt in
Rockenberg/
Hessen.

Bisher sind von ihr neun Bücher erschienen, zwei satirische
Ratgeber, ein Kurzroman, drei Erzählbände und deren überar-
beitete Gesamtausgabe, ein Erzählband mit biografischer Fikti-
on sowie ein Sachbuch übers Schreiben.

2016
- *Erzähl Dir Zeit, Band 1*
- *Self-Publisher-Blues*

2017
- *Erzähl Dir Zeit, Band 2*
- *Erzähl Dir Zeit, Band 3*

2018
- *Die Farm der Hühner. Fabelhaftes aus Hessen*
- *Sie wollen ein Buch schreiben? Literarische Technik*
  für Einsteiger

2019
- *Erzähl Dir ZeitGeschichten*
- *Werden Sie wichtig. Ein satirischer Ratgeber*

2020
- *Utopisch. Ideen und ihre Geschichten*

Luise Link war Lehrerin für Politische Bildung und Englisch.
Sie ist verheiratet und hat eine Tochter und zwei Enkelkinder.

Die Illustratorin

Doris Bauer lebt in
Niddatal-Assenheim/
Hessen.

Ihre Bilder malt sie vorzugsweise als
Aquarelle oder in Acryl- und Mischtechniken.

Sie waren bei vielen Ausstellungen, u.a. im
- Kloster Arnsburg
- Hohaus Museum/Lauterbach

in
- der Galerie Julia/Gelnhausen,
- Johannisberg/Rheingau,
- Karben
- Münzenberg

bei
- verschiedenen Kunsthandwerkermärkten in der Wetterau

zu sehen.

- 2018

hat sie den Kurzroman „Die Farm der Hühner"
sowie
- 2019

den satirischen Ratgeber „Werden Sie wichtig!"
- 2020

den Erzählband „Utopisch. Ideen und Geschichten"
illustriert.

Doris Bauer war Lehrerin für Sport und Musik, ist verheiratet,
hat eine Tochter und drei Enkelkinder.